Die VERMUTLICH BESTE schlechteste IDEE EVER

FRANZISKA ERHARD

Die vermutlich beste schlechteste Idee ever

1. Auflage Februar 2021

Korrektorat: Doris Eichhorn-Zeller,
www.perfekte-texte-coburg.de
Cover / Umschlaggestaltung: Buchgewand
www.buch-gewand.de

Ich freue mich über jede Rückmeldung.
Schreibt an franziska.erhard@gmx.de
Oder besucht mich auf Facebook:
Franziska.Erhard.Autorin

Kapitel 1

Nachdenklich legte ich den Kopf schief und starrte auf die Fläschchen, die ich auf meinem Schreibtisch aufgereiht hatte. Hm. Giftgrün, Himmelblau oder das sonnige Orange? Ich wickelte abwesend eine Strähne meines langen braunen Haares um den Finger und kniff ein Auge zu. In diesem Fall vermutlich Grün.

Das Telefon riss mich aus meinen Überlegungen und ich schob mein Headset zurecht, während ich einen Blick auf das Display riskierte. Die Nummer war mir sehr vertraut, weshalb ich das Gespräch mit einem munteren und gar nicht professionellen »Und?« entgegennahm.

»Im Beruf klappt heute einfach alles. Hürden, die Sie bisher nicht überwinden konnten, packen Sie mit links. Wenn Sie heute die richtige Entscheidung treffen, steht dem nächsten Karriereschritt oder dem lange ersehnten neuen Posten nichts mehr im Weg«, tönte es mir entgegen.

»Wie gut, dass ich noch eine halbe Stunde Zeit habe bis zum Feierabend und gerade eine wichtige Entscheidung treffen muss. Hallo, Omi.«

»Für die richtige Entscheidung braucht man nur ein paar Sekunden. Und wer weiß, Idalein, vielleicht hast du sie bereits gefällt, ohne es zu ahnen?« Die Stimme meiner Oma klang freudig erwartungsvoll und ich dachte kurz nach.

»Na ja, so wirklich viele Entscheidungen habe ich heute nicht getroffen. Und ich denke mal, die Frage, ob ich mir eine Bratwurst oder ein Fischbrötchen zum Mittagessen gegönnt habe, zählt nicht, oder?«

»Es tut mir leid, ich konnte nicht früher anrufen. Ich war selbst die ganze Zeit am Telefon.« Omi kicherte. »Ich hatte heute Dienst in der Telefonseelsorge.«

Ich grinste. »Und? Jede Menge zu versorgen?«

»Jede Menge«, kam es zufrieden zurück. »Es spricht sich rum. Ich habe heute zu Klärchen gesagt, wir sollten langsam ernsthaft darüber nachdenken, ob wir noch jemanden für unser Team begeistern können. Nächste Woche ist Seniorenkaffee im Kurhaus. Mal sehen, ob sich was ergibt.«

»Omi, du bist die Beste.« Und ein echter Garant für meine gute Laune. »Danke. Dein Anruf kam genau zur richtigen Zeit.«

»Musst du denn jetzt etwas entscheiden?«

Ich sah auf die drei Fläschchen Nagellack auf meinem Schreibtisch und nickte energisch. »Ja, Omi. Etwas sehr Wichtiges sogar.«

»Die *Schirm und Schild Versicherung*, Ida Walter am Apparat. Ich sollte Sie zurückrufen?«, flötete ich in das Mikrofon und gratulierte mir selbst zu meiner oscarreifen Leistung.

»Fuchs. Na, Sie haben sich ja reichlich Zeit gelassen. Ich habe bereits heute früh um einen Anruf gebeten.«

Langsam schraubte ich den Deckel des giftgrünen Nagellacks ab.

»Hm. Es tut mir leid, die Anfragen werden in der Reihenfolge bearbeitet, in der sie ins Haus kommen. Aber jetzt bin ich für Sie da.«

»Ja«, knurrte er. »Und?«

»Und was, Herr Fuchs?«, fragte ich zurück. Ich wusste zwar, was er wollte, aber ich wollte es nicht sagen und zog das Ganze ein wenig in die Länge. Sorgsam begann ich, die Fingernägel der linken Hand zu lackieren. Ein toller Farbton, schon beim ersten Auftragen leuchtete er wie Absinth.

»Ist mein Fall abgeschlossen? Bekomme ich mein Geld?«

Ich schluckte und schloss kurz die Augen. Wenn es nach mir ginge, nicht, du Früchtchen, dachte ich. Weil ich genau weiß, dass da irgendetwas nicht stimmt. Aber ich konnte leider nicht sagen, was das war. Alles sah rechtens aus. Ich wechselte vorsichtig zur anderen Hand und machte mich daran, die restlichen Fingernägel zu bemalen.

»Warten Sie, ich rufe eben den Vorgang auf«, sagte ich und konzentrierte mich dann auf meine Malerarbeiten.

Natürlich hatte ich den Fall längst geöffnet und die Akte heute schon zehnmal geprüft, aber es half nichts. Außer meinem Bauchgefühl, dass da etwas faul war, hatte ich gar nichts in der Hand und das Bearbeitungsfenster war abgelaufen.

»Und?«, raunzte mich mein Gesprächspartner an. »Gefunden?«

»Ja.« Ich starrte auf das leuchtende Grün und überwand mich endlich, ihm die erhoffte Botschaft mitzuteilen. »Der Vorgang ist abgeschlossen. Sie werden die Schadensregulierung in den nächsten Tagen erhalten.«

»Gut.«

»Dann noch einen schönen Tag. Wenn Sie wieder ein Problem haben, ist die *Schirm und Schild* gerne für Sie da. Danke für das angenehme Gespräch«, beendete ich das Telefonat mit dem vorgeschriebenen Schleimersatz und klang dabei so, als würde ich das wirklich meinen. Tja, jahrelange Übung.

»Jaja, und dann gerne ein wenig fixer«, verabschiedete sich Herr Fuchs charmant.

Ich starrte meine Nägel an und dachte, dass ich vielleicht doch die falsche Entscheidung getroffen hatte. Der grüne Lack war zwar der Hammer, aber er brauchte so lange zum Trocknen und in dieser Zeit konnte ich nichts machen, als mit den Händen in der Luft zu wedeln. Und zuhören, wie Herr Fuchs weiterhin ins Telefon schnaufte. Himmel, normalerweise legte man doch auf, wenn man sich verabschiedet hatte. Konnte der denn gar nichts richtig machen?

Dann zuckte ich zusammen, weil es mächtig rumpelte. Vermutlich hatte der Armleuchter den Apparat auf den Tisch geworfen und vergessen, das Gespräch zu beenden, und ich durfte mir jetzt weiterhin sein Schnaufen anhören, bis mein Lack endlich getrocknet war. Ich überlegte, ob ich eine unschöne Macke riskieren und selbst auf den Knopf drücken sollte, da fing er an, so laut zu lachen, dass ich beinahe vom Stuhl gefallen wäre. Ich wollte schon etwas sagen, als er mir zuvorkam.

»Ich hab's doch gewusst, die sind zu blöd bei dieser Versicherung. Diese ganzen kleinen blonden Schnallen, die dort arbeiten. Ein wenig Arbeit mit dem Computer, ein Kaffeefleck am richtigen Ort, und fertig ist die Laube. Die haben die falschen Zahlen geschluckt wie Zucker. Na, wer ist hier der Fuchs?«

Bingo! Ein breites Grinsen zog über mein Gesicht. Am Telefon setzte ein zweites Lachen ein, anscheinend war im Fuchsbau einiges los. Ich hörte noch einen winzigen Moment zu, wie sich, der Stimme nach, ein Kumpel von Herrn Fuchs nun auch ein wenig über meine Dämlichkeit ausließ, ehe ich zum Gegenangriff überging.

»Hallo«, rief ich laut und beherzt, um das Lachen zu übertönen. »Hallo-ho!«

Ich musste ein paar Mal brüllen, was mir befremdliche Blicke meiner Kollegen einbrachte, aber schließlich erwischte ich eine Pause in ihrem Gelächter, das daraufhin auch nicht mehr einsetzte. Stattdessen schnaufte es wieder an meinem Ohr, ehe Herr Fuchs irritiert nachfragte, wer denn da in der Leitung sei.

»Verzeihung.« Dieses Mal klang mein Flöten so echt, wie es war. »Hier ist noch einmal die kleine Schnalle von der Versicherung, die sogar so dumm ist, dass sie ein Telefonat nicht abbricht, wenn es vorbei ist.«

Ich gönnte mir eine winzige Pause, um sein Stöhnen von Herzen zu genießen, und wedelte noch einmal lässig mit meinen giftgrünen Nägeln. Die richtige Entscheidung treffen, ganz genau. Danke, Omilein, du bist einfach die Beste. Ich wusste es doch, die Sterne logen nie. Dann holte ich Luft und sagte endlich diesen Satz, den ich schon so lange einmal hatte sagen wollen.

»Ich fürchte, es wird doch nichts mit der Schadensregulierung.«

»Und dann habe ich mir die Rechnung noch einmal genauer angesehen.« Ich saß im Büro meines Chefs, mit vor Aufregung rot glühenden Wangen und glänzenden Augen. »Und wenn man genau hinsieht«, ich hielt ihm meine Sherlock-Holmes-Stiellupe hin, »dann kann man ganz klar erkennen, dass die Schrifttypen im Rechnungsbetrag etwas anders sind. Sehen Sie hier? Die Neun oben im Datum? Und dann die Neun unten im Rechnungsbetrag? Die ist eindeutig ein wenig breiter und gestauchter. Und da, bei der Größenangabe, da ist eine Sieben, die nicht passt. Man sieht es kaum, weil durch diesen Kaffeefleck, der leider auf die Rechnung kam, alles ein wenig verschmiert ist. Und genau der kam mir gleich verdächtig vor. Wer benutzt eine Rechnung über einen so hohen Betrag als Unterlage für seinen Kaffee? Und ausgerechnet dieser Kunde, der hat schon öfter etwas eingereicht, und immer ist alles wie aus dem Ei gepellt. Der hat sogar seine Belege für die Zehn-Euro-Lichterketten, die ihm angeblich letztes Jahr aus dem Tannenbaum im Vorgarten geklaut wurden, in einer Plastikhülle eingereicht.« Ich machte eine, effektvolle kleine Pause und neigte mich dann über den Tisch.
»Also habe ich mich mal umgehört, und dieselben Fische kosten deutlich mehr, wenn sie größer sind. Diese hier hat der Besitzer einfach länger gemacht, was den höheren Preis durchaus rechtfertigt. Dreißig Zentimeter drauf und zack, kostet das Ding viertausend Euro mehr, ist das nicht verrückt? Wenn diese Fische«, ich begann mich immer mehr für das Thema zu erwärmen, »nun schon zwei, drei Jahre im Gartenteich geschwommen wären, dann hätten sie jetzt natürlich einen höheren Wiederverkaufswert. Aber die Rechnung wurde vor einem Monat ausgestellt, in dieser Zeit tut sich nicht viel.«

Mein Vorgesetzter nickte nachdenklich.

»Deshalb habe ich diesen Fischhändler kontaktiert und mir eine Rechnungskopie zusenden lassen. Und voilà«, ich zog einen zweiten Bogen Papier hervor und legte ihn neben den ersten. Meine grünen Fingernägel machten es ihm noch leichter, sofort die entsprechenden Stellen zu finden, weil sie wie Textmarker leuchteten.

»Wie vermutet. Die Größe und der Endbetrag wurden manipuliert. Clever, aber nicht clever genug für mich.«

Mein Chef hatte meinen Ausführungen schweigend gelauscht, nun strich er sich gedankenverloren über seine beginnende Halbglatze.

»Und weshalb ist das nicht vorher aufgefallen?«

»Eben weil es so clever gemacht ist. Ich gehe davon aus, dass der Kollege, der den Fall prüfte, die Preise kontrollierte, und die stimmen ja. Und die Rechnung ist fast genauso echt, wie sie aussieht. Sogar der Tathergang«, ich erschauderte und genoss es von Herzen, dieses Wort zu benutzen, »wird vermutlich echt sein. Ich meine, die Bilder«, eine kleine Gänsehaut machte sich breit, als ich daran dachte, »diese Bilder vom Kadaver des restlichen Tieres waren schon recht überzeugend.«

Mein Chef nickte noch immer nachdenklich.

Ich sah wieder hinab auf meine Unterlagen. Dieser Schaden, den Herr Fuchs gemeldet hatte, war sehr sorgfältig dokumentiert und klang zu hundert Prozent plausibel. Eine Katze hatte sich die schweineteuren Kois aus dem hauseigenen Teich geholt. Ein Tier hatte sich verzweifelter gewehrt als die anderen oder die Katze war satt gewesen, was auch immer, auf alle Fälle gab es sogar das sehr unappetitliche Bild eines halben Fisches. Nun ja, eigentlich nur vom Schwanz und so aufgenommen, dass man keinerlei Zweifel hegen konnte, dass der Rest von scharfen Zähnen abgenagt wurde. Aber auch so, dass man nicht abschätzen konnte, ob dieser Schwanz zu einem vierzig Zentimeter langen Tier gehörte oder zu einem, das wie ausgewiesen mehr als doppelt so groß gewesen sein sollte. Und keiner hatte es gemerkt. Nur mir war das von Anfang an seltsam vorgekommen und ich hatte es aufgedeckt. Zufrieden lehnte ich mich zurück und ließ meine Finger auf meinen Oberschenkeln steppen. Wie kleine irische Kobolde, grün und clever, tanzten sie zufrieden auf und ab.

Dann endlich zog sich ein Lächeln über das Gesicht meines Chefs. »Gut gemacht, Ida. Ja, ich denke, das haben Sie wirklich gut gemacht.«

Kapitel 2

»Und dann habe ich mich für den Grünen entschieden«, berichtete ich ein paar Stunden später.

Meine Oma nickte wissend. »Den langsam Trocknenden.«

»Genau. Den, den ich eigentlich nie nehme, aber irgendwie wusste ich, dass ich dieses Telefonat nur mit dem überstehe.«

»Darfst du dir denn auf der Arbeit die Nägel machen? Das gab's bei uns nicht«, warf Omas Freundin Klärchen ein.

Nun, das konnte ich verstehen, denn sie hatte als Verkäuferin in der Wurstabteilung unseres kleinen örtlichen Supermarkts gearbeitet. Sie hatte schon damals ihre Haare zu einem tiefen, strengen Knoten im Nacken zusammengebunden, wie sie es auch heute noch tat. Damals waren ihre Haare natürlich noch nicht weiß gewesen wie jetzt, sondern hellbraun, aber ansonsten hatte sie an dieser Frisur nichts geändert. Und auch heute noch schnitt sie ihre Nägel kurz und würde sie nie lackieren, wie man es die ganze Zeit von ihr verlangt hatte. Sie war auch noch genauso schlank wie früher und hielt sich genauso aufrecht wie zu den Zeiten hinter der Wursttheke, als sie mir immer eine Extrascheibe Lyoner zuschob. Sogar dann noch, als ich längst kein Kind mehr war. Klärchen glaubte fest daran, dass Liebe durch den Magen geht, und zumindest bei mir lag sie damit nicht falsch.

»Wenn ich ein Gespräch habe, von dem ich weiß, dass es mich ärgern wird oder dass mich die Arroganz meines Gesprächspartners runterziehen wird, dann mach ich das einfach. Es ist eine super Ablenkung und ich bin hinterher nicht frustriert. Was sowieso nichts bringen würde, weil ich ja nichts daran ändern kann. Aber wenigstens habe ich dann hübsche Nägel, an denen ich mich erfreuen kann. Ich habe nicht vor, mir meine gute Laune von blöden Kunden verderben zu lassen, schon gar nicht so kurz vor Feierabend.«

Klärchen nickte verständig. »Das klingt vernünftig, Ida.«

Ich holte tief Luft. »Und dann bin ich natürlich schnurstracks damit zum Masmeier marschiert.« Ich machte eine Pause, um den beiden Damen Gelegenheit zu geben, ausführlich zu seufzen.

»Der Maschi«, sagte Klärchen und grinste Omi an. »Der Gute.«

Ich grinste ebenfalls. Die beiden alten Damen kannten ihn flüchtig und hatten aus mir unerfindlichen Gründen eine leichte Schwäche für meinen Chef entwickelt. Klar, er war nett und als Vorgesetzter superfair, selbst wenn er bisher immer wieder meine Bewerbungen, in eine andere Abteilung zu wechseln, ignoriert hatte, aber auch rundlich und mit einer beginnenden Glatze und jetzt nicht so der heißeste Typ, den man sich vorstellen konnte.

»Wir brauchen Sie doch hier, Ida«, sagte er stets und lächelte, wenn ich wieder einmal einen Versetzungsantrag stellte. »Sie machen Ihre Arbeit gut und drüben, nun, die sind doch anspruchsvoll.«

Ich weiß, dass er das als Kompliment meinte und meine Hoffnungen ein wenig runterschrauben wollte, aber im Ernst, wie könnte man meinen Job nicht gut machen? Ich hatte nicht viel mehr als Dienst nach Vorschrift zu erledigen, weil die wirklich interessanten Fälle, die, weshalb ich bei der *Schirm und Schild* war, nie bei mir landeten. Die wurden bereits vorher von der tollen neuen Software herausgefischt, einer sogenannten künstlichen Intelligenz, und dann direkt in die Abteilung Betrugsfälle geleitet. Ich bekam die danach nie mehr zu sehen, weil wir für Betrugsfälle natürlich keine Zahlungen leisten und das Ganze somit auch nicht den regulären Abschluss über meinen Schreibtisch schafft. Aber dieser Fall war den Betrugsheinis entgangen. Sie hatten ihn angesehen und entschieden, dass es keiner war und wir die horrende Summe für vier Karpfen zahlen würden. Ich meine, im Ernst? Vier Fische für knapp zwanzigtausend Euro? Mir war das gleich verdächtig vorgekommen, aber ich hatte mitleidig gesagt bekommen, dass da ganz andere Preise üblich wären. Und dann hatte meine Spürnase angeschlagen.

»Auf alle Fälle war Masmeier ziemlich beeindruckt. Und«, ich führte ein kleines Sitztänzchen auf, bei dem ich breit grinsend von links nach rechts zuckte und meine Oberweite ein wenig in Wallung brachte, »und morgen früh habe ich ein Gespräch mit ihm und der Abteilung für Versicherungsbetrug. Weil die da eine freie Stelle haben und Maschi mich dafür sehr warm empfehlen wird.«

Eine Stelle in der Abteilung für Versicherungsbetrug ist mein Traum. Schon als Kind wollte ich das. Zumindest so in der Art. Lange Zeit hatte ich auf die Frage, was ich später mal werden will, nur eine Antwort gegeben.

»Miss Marple«, sagte ich selbstbewusst und grinste, wenn die Leute lachten.

Mir war es egal, ob sie sich über mich amüsierten. Ich wollte genau so ein Leben wie meine große Heldin haben, Geheimnisse aufspüren und in scheinbar regulären Vorfällen das Verbrechen finden. Meine Omi und ich sind beide Riesenfans von ihr und mit ihr konnte ich das Thema ganz ernsthaft besprechen.

»Du brauchst natürlich einen Job, in dem Geld hereinkommt. Detektivin?«, war Omis erster Vorschlag gewesen.

»Vielleicht«, hatte ich gemurmelt und mich mit einer Lupe und undurchschaubarer Miene gesehen, wie ich auf Ermittlungen ging.

Aber ein paar nähere Recherchen hatten mich recht schnell nachdenklich werden lassen. Das echte Berufsbild des Detektivs unterschied sich doch ziemlich von dem, was ich aus den Filmen und Büchern kannte. Man musste stundenlang im Auto sitzen und Leute beobachten, bei dreißig Grad im Schatten ebenso wie bei minus fünfzehn, musste eine umfassende Allgemeinbildung haben und sich auf jedem Parkett zurechtfinden, und man musste bereit sein, die meiste Zeit irgendwo im Einsatz zu sein, weit weg von zu Hause. Und dieser Punkt klang so, als meinten die das wirklich ernst. Nicht nur ein paar Tage, sondern immer dorthin, wo eben die Aufträge waren. Ich hatte kein Problem damit, ein wenig in der Welt herumzureisen, aber ich fragte mich nachdenklich, ob ich den Großteil des Jahres irgendwo anders sein wollte. Eher nicht, um ehrlich zu sein, denn ich glaube daran, dass jeder Mensch eine Heimat braucht und einen Ort, an dem er regelmäßig seine Reserven auffüllen kann.

Man musste außerdem bereit sein, Menschen beim Seitensprung zu fotografieren, oder auch langweilige Fälle übernehmen. Und man musste, so lernte ich, unabdingbar sportlich und in körperlicher Bestform sein. Und das war ich nun nicht gerade. Ich war nicht gänzlich unsportlich, wenn man moderate Spaziergänge dazuzählte, aber doch eher der entspannte Typ. Ich wog gerade so viel mehr als empfohlen, dass es noch nicht gefährlich war, sondern mir die charmante Bezeichnung *drall* einbrachte, war damit auch recht zufrieden und hatte keine Ambitionen, aus meinem gut gerundeten, einladend weichen und bei sehr vielen Männern durchaus geschätzten Körper eine stahlharte Hülle zu machen. Nein, wenn ich es mir genauer überlegte, war das doch nichts. Ähnlich war es mit der Polizei, über die ich auch einmal nachdachte. Die verlangten ebenfalls einen Fitnesstest und dann zog man los, um Katzen von Bäumen zu retten oder so. Wenn ich nicht einfach nur den ganzen Tag Verkehrsunfälle aufnehmen musste. Stattdessen überlegte ich, eine Polizeisekretärin zu werden, wie ich sie ebenfalls aus Fernsehserien kannte, und dann die Fälle meines Chefs für ihn zu klären. Aber auch das, bekam ich heraus, ist eine Erfindung der Drehbuchautoren. Das, was ich wollte, gab es nicht. Ich wollte eigentlich schön bequem wie meine Heldin im häuslichen Umfeld ermitteln, bei Verbrechen, die bitte nicht zu blutig waren und bei denen ich in Miss-Marple-Manier meine Nase kräuseln konnte und schnüffeln und dann – ha – losmarschieren und den Bösewicht schnappen. Und natürlich hätte ich dabei die Hilfe eines gut aussehenden Inspektors, der mich bewundernd ansah und im Notfall aus den Fängen des Schuftes rettete, nachdem ich die nötigen Beweise beschafft hatte.

Mit zunehmendem Alter wurde mir jedoch klar, dass das irgendwie nicht klappen würde. Ich wohne auf dem Dorf und leider sind alle meine Mitbewohner nette Menschen. Hier geht man nicht hin und bringt sich ständig um wie in diesen Serien. Hier klärt man das anders und wenn nicht, dann ist das so offensichtlich, dass man keine besondere Spürnase braucht.

Und dann las ich einen Bericht über Versicherungsbetrüger und ich spürte, dass das meine Zukunft sein könnte. Da brauchte man genau das: ein gutes Gespür und dann ein paar Ermittlungen. Man musste erkennen, wenn etwas nicht ganz koscher war, und dann die richtigen Schritte einleiten, um das zu beweisen. Da wusste ich plötzlich, was ich werden wollte, und bewarb mich um einen Ausbildungsplatz bei der *Schirm und Schild*.

»Wenn der Maschi dich empfiehlt, können wir ja bereits gratulieren«, meinte Klärchen zufrieden. »Der hat was zu sagen und seine Stimme hat Gewicht.«

Ich nickte zustimmend. Genau so sah ich das auch. Wenn er der Meinung war, dass dieser freie Posten das Richtige für mich war und das an der entsprechenden Stelle sagte, dann hatte ich den Job schon so gut wie in der Tasche.

Am nächsten Morgen nahm sich Omi Zeit, mir gleich beim Frühstück mein Horoskop zu verlesen. Sie war extra aufgestanden und saß mir in ihrem alten geblümten Morgenrock gegenüber, die grauen Haare standen in alle Richtungen ab. Auch wenn sie ihr Haar seit einiger Zeit kurz trug, war es immer noch wild und dicht. Und auch wenn ihr Gesicht mittlerweile recht viele Falten aufwies, war sie nach wie vor eine schöne Frau, fand ich. Eine, der man das Leben ansah und der der Schalk selbst dann aus den Augen blitzte, wenn sie noch müde war. Sie hatte ihre Lesebrille auf der Nase und den extrastarken Kaffee vor sich stehen, den sie ganz offensichtlich brauchte.

»Heute könnte der Tag sein, an dem sich Ihr Liebesleben entscheidend wandelt und Sie dem Menschen begegnen, der Ihre Zukunft sein wird«, las sie vor.

Ich hob die Augenbrauen und sie lachte scheppernd.

»Den Menschen gibt es nicht, Omi. Wie sollte ein einziger Mann genügen, um mich glücklich zu machen?« Ich zwinkerte ihr zu. »Lies mir den Berufsteil vor.«

»Im Job könnten Sie heute endlich den Schritt gehen, auf den Sie lange hingearbeitet haben, und die Lorbeeren ernten, die Sie verdienen.« Zufrieden sah sie auf.

»War das alles?«

»Ziemlich«, sie runzelte die Stirn. »Das andere ist nicht so wichtig.«

»Was ist denn das andere?«, fragte ich leicht alarmiert.

»Denken Sie heute gut darüber nach, ehe Sie eine Entscheidung fällen. Es könnte sein, dass es anders ausgeht, als Sie erhoffen. Geben Sie nicht alle Trümpfe aus der Hand und üben Sie sich in Zurückhaltung.«

Ich dachte nach. »Was soll das heißen?«

»Keine Ahnung. Ich sag es ja, nicht wichtig. Zurückhaltung ist eine Zier, die dich beruflich nur bremst, das ist meine Erfahrung. Also spiel jeden Trumpf aus, den du hast, nur so als Tipp. Und zeig denen, was du zu bieten hast.«

»Genau das habe ich vor. Oh, schon so spät? Ich muss los, Omilein. Die Bahn fährt gleich und ich sollte heute zur Abwechslung einmal pünktlich sein.« Ich sprang auf und drückte ihr einen Kuss auf die Wange. »Mach's gut, und einen schönen Tag.«

Kapitel 3

»Das geht jetzt vielleicht alles ein wenig schnell«, sagte mein Chef und sah mich nachdenklich an. »Sind Sie wirklich sicher, dass Sie wechseln wollen, Ida?«

Ich nickte nachdrücklich. Ich meine, was war daran so schwer zu verstehen, dass ich mich seit Jahren regelmäßig darum bewarb, in die Betrugsabteilung zu wechseln? Erst vor drei Tagen hatte ich wieder einen Antrag gestellt, weil sie aktuell eine vakante Stelle hatten, die dringend besetzt werden musste. Ich würde mit Freuden noch heute dort anfangen und denen meine Instinkte zur Verfügung stellen.

»Nun denn«, sagte Masmeier und lächelte. »Dann verrate ich nicht zu viel, wenn ich sage, dass ich Sie heute ziehen lassen muss.«

Ich sprang auf und legte ein kleines Tänzchen hin. Dann sah ich sein Gesicht, das von einem spontanen Lachen in eine recht strenge Miene wechselte, und drosselte meine Freude ein wenig.

»Das freut mich sehr«, sagte ich in einem hoffentlich angemessenen, geschäftsmäßigen Tonfall und stoppte meinen Tanz.

»Was unschwer zu übersehen ist. Nun, dic Vcrsctzung ist auf Probe, das sollte man in diesem Fall wohl ganz klar sagen«, erklang eine mir unbekannte, tiefe und ein wenig reserviert klingende Stimme hinter mir.

Ich drehte mich um. Im Türrahmen stand ein Mann Anfang dreißig, der mich mit undurchdringlichem Gesicht musterte. Er nahm sich Zeit, mich anzustarren und zu sehen, ob ich dabei wohl den Blickkontakt abbrechen würde. Tja, das hatte ich nicht vor, ich konnte so ziemlich jedes Starr-Duell gewinnen, wenn ich wollte. Und tatsächlich war er es, der zuerst nachgab. Er ließ seine Augen langsam über meine Erscheinung wandern und seine Augenbrauen dabei in die Höhe schnellen, als er meinen bunt geringelten Lieblingspulli und die alten, heiß geliebten Jeans betrachtete. Ich nahm diese augenscheinliche Musterung meiner Person als Aufforderung, dasselbe mit ihm zu machen. Himmel, das war einer von denen, die jede freie Minute unter irgendeiner Hantelbank lagen, keine Frage. Er kam mir riesig vor, und das nicht nur, weil ich mit meinen einsdreiundsechzig ziemlich klein bin. Er war mindestens zwanzig Zentimeter größer als ich und seine Schultern waren doppelt so breit wie meine. Dafür könnte er mich im Hüftumfang schlagen, denn die waren bei ihm deutlich schmaler als bei mir. Die Schenkel könnten auf ein Unentschieden hinauslaufen, auch wenn ich mir ziemlich sicher war, dass sich seine beträchtlich muskulöser anfühlen würden als meine, die eher mit gemütlicher Masse punkteten. Ich ließ meinen Blick wieder zu seinem Gesicht zurückkehren. Er sah mich immer noch streng an und seine grauen Augen waren ein wenig verengt. Seine Haare, ein ganz dunkles Braun, trug er kurz und sauber frisiert und seine Augenbrauen waren dicht und hatten den perfekten Schwung, um seinen Blick noch ein wenig zu intensivieren. Das Gesicht war glatt rasiert und mit messerscharfen Konturen, deutlich hervortretenden Wangenknochen, einem energischen Kinn und einem schönen Mund, sogar, wenn er wie jetzt leicht spöttisch nach oben gezogen war. Wenn ich auf diesen Typ Mann gestanden hätte, dann würde mir nun vermutlich der Speichel aus dem Mund tropfen, denn er war, das konnte selbst ich nicht leugnen, eine ganz nette Augenweide. Sein top gestählter Körper steckte in einem formellen dunkelgrauen Anzug. Allerdings hatte er den obersten Hemdknopf offen gelassen und trug die Krawatte etwas lockerer als üblich, was meiner Meinung nach ziemlich attraktiv wirkte und ihn fast lässig aussehen ließ. Wenn er nicht so stramm dagestanden hätte, mit den Händen in den Hosentaschen und breiten Beinen und einem dermaßen durchgestreckten Rücken wie ein Kind, das sich durch jahrelanges Balletttraining gequält hatte.

Offensichtlich hatte er es mitbekommen, dass ich ihn eben genauso fix abgecheckt hatte wie er mich, und seine Augenbrauen hoben sich noch ein wenig mehr, als wolle er fragen, ob mir gefallen habe, was ich da gerade so ausgiebig betrachtet hatte. Ich zuckte die Schulter und grinste ihn an, was dafür sorgte, dass sich kurzzeitig Verwirrung auf seinem Gesicht zeigte. Dann hatte er sich wieder im Griff und kam mit zackigen Schritten ins Zimmer.

»Ida, das ist Gideon Parker«, sagte Masmeier gut gelaunt. »Der Chef der Abteilung Betrug.«

»Hallo.« Ich strahlte ihn an und ging ihm mit ausgestreckter Hand entgegen. Natürlich wusste ich, wer er war. Er war so etwas wie unser persönlicher Cola-Light-Mann aus dieser Werbung, in der die ganzen Mädels wie aufgescheuchte Hühner durch das Büro flattern, wenn er auftauchte. Aber ich wusste auch, was sich gehörte, und tat so, als hätte nicht auch ich manchmal meinen Spaß daran gehabt, wenn er zufällig über unseren Gang spazierte.

»Ich bin Ida. Es freut mich, Sie kennenzulernen, Herr Parker.«

»Parker genügt«, entgegnete er knapp und nahm meine Hand. Sein Händedruck war so fest, wie es bei seinen Armmuskeln zu erwarten gewesen war. »Ebenfalls.«

»Nun, Parker«, sagte Masmeier und deutete zum Tisch. Er nahm Platz und sah uns erwartungsvoll an. »Das ist also Ihre neue Mitarbeiterin Ida Walter. Wie ich höre, brauchen Sie sie dringender als je zuvor und sie hat sich ja bestens für den Job empfohlen.«

Parker nickte knapp. »Diese Sache mit den Karpfen hätte uns auffallen müssen. So etwas darf nicht durchgewunken werden.«

»Das war ja ein ziemlicher kniffeliger Fall«, tröstete ich ihn munter. »Das wäre auch mir beinahe entgangen. Wenn ich nicht«, ich dachte an den Nagellack und entschied spontan, dass er diese Information nicht brauchte. *Halten Sie Ihre Trümpfe zurück* und so. »Einfach Glück gehabt hätte und mir diese Ungereimtheit im Schriftbild ebenfalls entgangen wäre«, vervollständigte ich deshalb meinen Satz.

Sein Gesicht blieb eine starre Maske. »Bei uns setzen wir nicht auf Glück. Ich erwarte von meinen Mitarbeitern, dass sie genau hinsehen. Das war bereits mehrfach nicht der Fall und solche Fehler haben Konsequenzen. Ich kann nicht alles nachprüfen, was bei uns landet, und muss mich darauf verlassen können, dass mein Team sauber arbeitet.«

»Dann bin ich die Richtige.« Ich strahlte ihn an. »Ich bin so sauber, das glauben Sie nicht.«

Er warf einen Blick auf meinen Pulli, sagte aber nichts. Gut, der war vielleicht nicht ganz so blitzblank, weil der dumme Schokoladenkeks ein wenig zu weich gewesen war und ich den Krümel hätte sorgsamer entfernen sollen und ihn nicht hastig abreiben, was leider einen unschönen Fleck auf einem weißen Streifen hinterließ, aber gut. »Und ich bin sehr gewillt, jeden Fall so lange zu prüfen, bis wir entdecken, was daran faul ist.«

»Nun«, es war offensichtlich, dass ihm diese Worte nicht allzu leicht von den Lippen kamen, »Sie haben, wie es scheint, jetzt die Chance, Ihren großen Versprechen Taten folgen zu lassen. Sie wurden meiner Abteilung zugeordnet und da ich leider einen Kollegen abgeben musste«, hier zuckte es kurz in seiner Wange, »und eine Mitarbeiterin bald in Mutterschutz geht, werde ich es mit Ihnen versuchen müssen.«

»Sie werden sie lieben, meine Ida«, sagte Masmeier mit warmer Stimme. »Sie ist ein wenig unkonventionell, aber sie war meine beste Mitarbeiterin. Ich lasse sie nur sehr ungern ziehen.«

»Danke«, sagte ich und nahm mir die Zeit, Maschi ein strahlendes Lächeln zu schenken. Dann wandte ich mich an meinen neuen Chef, der steif neben mir saß. »Sehen Sie«, ich stupste Parker leicht an. »Wir werden eine tolle Zeit miteinander haben und Sie werden es nicht bereuen, dass ich jetzt endlich zu Ihrem Team gehöre.«

»Er ist ein guter Mann«, sagte Masmeier beruhigend, als wir hinter Parker hersahen, der zackig den Besprechungsraum verließ. »Er wird es schon merken, was er an Ihnen hat.«

Ich nickte. »Bestimmt. Aber gewollt hat er mich nicht, was?«

Masmeier antwortete nicht, sah aber so angestrengt lässig aus dem Fenster, dass das auch eine Antwort war.

»Unter uns, Ida. Er ist ein guter Mann, und damit meine ich nicht nur seine beruflichen Qualifikationen. In seinem Job ist er der Beste, den wir je hatten. Und er ist ein feiner Mensch, einer, auf den man sich verlassen kann. Ich schätze ihn sehr und ich würde jederzeit meine Hand für ihn ins Feuer legen oder ihm mein Leben anvertrauen.« Er lächelte verlegen. Vermutlich hatte er selbst gemerkt, dass er ein wenig zu pathetisch wurde. »Aber er hat auch ganz klare Ansichten davon, wie Dinge angegangen werden sollten, und er ist sehr pflichtbewusst. Wenn seine Mitarbeiter schlampen, dann empfindet er das als persönliches Versagen. Er gibt alles, aber er fordert es auch ein.«

Ich nickte nachdenklich. Und er hat einen Stock im Hintern, dachte ich. Ein wenig zu steif für meinen Geschmack, zu korrekt, und ganz sicher ein wenig zu humorbefreit.

»Aber«, jetzt sah Masmeier wieder mich an, »er ist nie unfair und er gibt jedem eine Chance. Das wird er auch mit Ihnen tun. Er muss sich vielleicht erst ein bisschen an Sie gewöhnen, aber dann wird er erkennen, welchen Gewinn Sie für ihn und die Abteilung sind. Er weiß, was er an guten Mitarbeitern hat, und er stellt sich immer vor sie. Außer, sie haben ihn einmal zu oft enttäuscht.«

»Was ist mit dem passiert, der die Kois durchgewunken hat?«

»Poststelle«, seufzte Masmeier. »Und zu Recht, wie ich leider sagen muss. Ich weiß nicht, wie der Kollege damals an den Posten kam, da muss im Hintergrund einiges gemauschelt worden sein. Deshalb hat er jetzt zu wenige Mitarbeiter. Und eine davon, Sarah Ganner, eine herausragende, lang gediente Kraft, ist wie gesagt schwanger und steht nicht mehr so zur Verfügung, wie er sie manchmal braucht.«

»Und wie braucht er sie?«, fragte ich neugierig.

»Nun, manches kann man nicht von hier aus bearbeiten. Er muss gelegentlich in den Außendienst, vor Ort Erkundigungen einziehen. Wenn Sie die Stelle also antreten, müssen Sie bereit sein, ab und an draußen zu sein.«

»Das«, strahlte ich, »ist kein Problem.«

»Ich wünsche Ihnen viel Glück, Ida. Ich weiß, dass Sie schon lange darauf hoffen, und ich weiß, dass ich Ihnen dabei viel zu lange im Weg gestanden habe. Ich wollte Sie nicht verlieren und ich wollte Sie nicht zu früh zu Parker geben.« Er runzelte die Stirn. »Man muss ihn nehmen können, und das ist eine Aufgabe, die ich nicht jedem zutraue. Ich denke, Sie könnten ihm guttun. Und ich glaube, dass Sie beide sich sehr gut ergänzen könnten und die Abteilung davon nur profitieren würde. Tatsächlich waren die Aufklärungsquoten in letzter Zeit nicht allzu hoch, was sicherlich nicht an Parker liegt.«

Nachdenklich sah ich den unauffälligen Mann vor mir an. Ich war stets super mit ihm ausgekommen und auf mich wirkte er nicht übermäßig einflussreich oder so. Aber jetzt hatte ich das Gefühl, dass er in mehr Bereichen seine Finger hatte, als ich ahnte.

»Ich dachte, die Betrugsabteilung ist unabhängig«, sagte ich langsam.

»Das ist sie auch, in gewisser Weise. Aber rein organisatorisch gehört sie zu meinem Gebiet.«

»Rein organisatorisch sind Sie also Parkers Chef?«, vergewisserte ich mich.

»Nun, ich darf ihm zumindest sagen, was er zu tun hat, wenn ich der Meinung bin, dass er das selbst nicht so genau weiß.« Er grinste zufrieden. »Obwohl er das im Regelfall tut.«

»Aber nicht, wenn es darum geht, der kleinen Sachbearbeiterin eine Chance zu geben«, kombinierte ich blitzschnell.

»Sie werden ihm beweisen, dass Sie diese Stelle zu Recht bekommen haben. Und ich denke, dass Sie ihm gewachsen sind. Lassen Sie sich nicht einschüchtern und geben Sie ihm eine Chance. Dann werden Sie einen guten Chef haben.«

Ich musste schlucken. »Das wird nicht leicht. Ich hatte bisher den besten, den ich mir wünschen konnte.«

Parker erwartete mich im dritten Stock, wo seine Abteilung untergebracht war. Ich hatte meinen Schreibtisch leer geräumt und meine persönlichen Dinge in eine Plastiktüte gepackt, mich verabschiedet und dann den Raum verlassen. Ich ging nicht auf die geseufzten Kommentare ein, wie gut ich es hätte, dorthin wechseln zu dürfen, und wie toll Parker aussähe und überhaupt. Denn überhaupt stehe ich nämlich nicht so auf diese unnahbaren Typen und Fitnessfanatiker. Privat, meine ich. Da habe ich es lieber etwas entspannter und gerne auch ein bisschen kuscheliger. Wenn ich dann mal Bedarf habe. Was generell natürlich vorkommt, aber nicht an erster Stelle steht. Ich sehe das entspannt und denke mir, wenn es das tatsächlich gibt, dass da irgendwo ein Mensch herumläuft, der zu dir gehört, dann wird man den auch irgendwann präsentiert bekommen, oder? Sonst wäre das ganze Prinzip ja hinfällig. Aber vermutlich werde ich es sowieso wie Omi machen und mich gar nicht erst festlegen. Sie meint, dass das der bessere Weg ist, und sie kennt beide. Sie war natürlich verheiratet, sonst hätte sie nicht meine Oma sein können, früher sah man das ja ein wenig strenger, aber später war sie es nicht mehr und hat sich ihre Freiheiten genommen. Mich hat sie stets ermutigt, das ebenfalls zu tun.

Ich blieb stehen und dachte kurz darüber nach, weshalb ich gerade jetzt über all diese Sachen nachdachte, über Beziehungen und Freiheiten und Bedarf. Dann sah ich, wie Parker ungeduldig mit der Hand wedelte, und setzte mich wieder in Bewegung. Mir war kein Grund eingefallen.

Kapitel 4

Seit ich vier Jahre alt bin, lebe ich bei meiner Oma Frieda. Und auch wenn ich bis heute meine Eltern schmerzlich vermisse und vor allem traurig bin, dass ich nie die Gelegenheit hatte, sie richtig kennenzulernen, hadere ich nicht mit meinem Schicksal. Ich weiß, dass es mehr ist als nur die zweitbeste Lösung. Ich habe die wunderbarste Oma der Welt, ohne Zweifel, und nebenbei auch die coolste. Sie ist und war alles, was ich brauchte. Oma und Mutter, Heim und Trost, Halt und Hoffnung. Sie hatte ihren eigenen Schmerz darüber, auf einen Schlag ihre einzige Tochter und deren Mann zu verlieren, beiseitegeschoben und die Ärmel hochgekrempelt, um sich einmal mehr dem Leben zu stellen. Sie hatte mich fest in ihre Arme genommen und mir versichert, dass wir beide das schon schaffen würden und dass sie immer für mich da sein wird. Und dieses Versprechen hat sie mehr als gehalten.

Seither ist sie mein wichtigster Bezugspunkt. Ich habe schnell gemerkt, dass meine Omi ziemlich anders ist als die meiner Freundinnen, aber dafür habe ich sie noch mehr geliebt. Ihr Körper sieht mittlerweile zwar aus wie der einer Bilderbuchoma, klein, recht rundlich und ein wenig gebeugt, mit kurzem grauen Haar und einer Lesebrille auf der Nase oder hoch auf dem Kopf, wo sie sie parkt, nur um dann später ewig nach ihr zu suchen. Ihre Kleidung weicht allerdings ein wenig von diesem Bild ab, denn Oma liebt bis heute bunte Farben und weite, lange und schwingende Oberteile, gerne auch mit fröhlichen, manchmal etwas psychedelischen Mustern. Sie behängt sich auch stets mit bunten Ketten, die munter klackern, wenn sie sich bewegt, und an ihren Ohren baumeln verrückte Ohrringe. Ihre Hände, mittlerweile alt und ein wenig verkrümmt, schmückt sie mit großen bunten Ringen. Die zu ihrem Look passenden langen Hippieröcke trägt sie heute nur noch selten, was ihrer kaputten Hüfte geschuldet ist. Wegen der hat sie manchmal Probleme beim Gehen und dann kommen ihr die Säume in die Quere. Stattdessen hat sie Leggings entdeckt, die sie mit einer fabelhaften Selbstverständlichkeit trägt und die, wie alles andere, am besten in den wildesten Farben leuchten. Und sie lässt sich nicht aus der Ruhe bringen. Sie hat mir vorgelebt, dass ich mich nie verbiegen darf und immer ich selbst bleiben soll.

»Lass die Leute reden, das tun sie eh. Und ich«, ihre Augen blitzten stets, wenn sie das sagte, »ich biete ihnen wenigstens etwas, worüber sie reden können.«

Als ich zu ihr kam, war sie erst einundfünfzig. Sie war damit deutlich jünger als die anderen Omas und sah eher aus wie eine späte Mutter. Und sie war eine schöne Frau gewesen. Keine leuchtende Erscheinung, keine dieser Frauen, von denen man behauptete, dass ihre Anmut alles übertraf. Es war eine andere Art Schönheit, ein Strahlen, eine Heiterkeit, eine Aura, der man sich nicht entziehen konnte. Man spürte, dass sie mit sich im Reinen war, und man glaubte ihr, dass alles an ihr genauso war, wie sie es sich wünschte. Das führte dazu, dass man ebenfalls dachte, dass sie perfekt war. Und ihre Art sorgte für den Rest. Oma war solch eine lebenslustige, liebenswerte, witzige Person, dass man sie alleine dafür schon ins Herz schloss. Für die Menschen, die ihr nahestanden, tat sie alles, und wenn es sein musste, dann griff sie auch auf unkonventionelle Methoden zurück. Wobei unkonventionelle Methoden ein Stichwort ist, das vermutlich zu jeder Zeit auf sie zutraf. Manchmal denke ich, dass meine Omi gar nicht anders kann als unkonventionell, weil uns Walter-Frauen das einfach im Blut liegt.

Zu der Zeit, als sie mich bei sich aufnahm, war sie selbst übrigens schon lange verwitwet. Ein Umstand, den sie zwar bedauerte, wie sie sagte, der sie aber nicht davon abhalten konnte, sich weiterhin den Freuden des Lebens zu stellen.

»Karl war ein guter Mann, aber auch einer, um den ich nicht mein Leben lang trauern muss. Weil er das nämlich nie gewollt hätte. *Frieda*, sagte er immer, *wenn es dir nur gut geht*. So war er, der Karl, und vermutlich lacht er sich da oben kaputt, wenn er mir zusieht, was ich so alles treibe.«

Auf alle Fälle hatte sich Omi jeder Herausforderung gestellt, die das Leben ihr entgegenschleuderte. Sie hatte als alleinerziehende Mutter ihre Tochter großgezogen und dann, ein knappes Jahrhundert später, dasselbe für ihre Enkelin gemacht. Meine Mama war erst achtundzwanzig gewesen, als sie starb, nicht viel älter als Opa Karl damals. Der war zu seinem Todeszeitpunkt gerade mal Mitte dreißig. Er hatte wohl eine nicht entdeckte angeborene Herzschwäche gehabt, die ihm zum Verhängnis wurde.

»Er ging eben nie zum Arzt, der Karl«, erzählte sie mir. »Dachte, das wäre nichts für ihn, auch wenn er manchmal merkte, wie es zwickte und er an seine Grenzen kam, wenn er sich anstrengen musste. Gelacht hat er dann und gemeint, dass er sich eben ein wenig übernommen habe. Und in seinem Alter, wer rechnete auch mit so was? Aber immerhin hat er sich dann letztendlich dabei übernommen, die Bäume zurückzuschneiden und die schweren Äste durch die Gegend zu schleppen. Das war doch rücksichtsvoll von ihm, oder nicht, Ida? Stell dir vor, sein Herz hätte schlappgemacht, wenn er dabei nicht mit den Ästen, sondern mit mir zugange gewesen wäre.« Sie kicherte. »Das hätte mir die Sache für die Zukunft sicherlich ein wenig vermiest, wenn ich immer diese Angst gehabt hätte, das noch einmal zu erleben. Das muss doch ein traumatisierendes Erlebnis sein, denkst du nicht? Aber so war er, der Karl. Rücksichtsvoll bis zu seinem Ende«, schloss sie mit einem wehmütigen Seufzer.

Das ist meine Oma, wie sie leibt und lebt. Und so hat sie mich erzogen und so will ich auch einmal sein, wenn ich selbst eine Omi bin. Wobei, vielleicht werde ich auch nur eine Ersatz-Omi, denn egal, wie munter sie nach einer angemessenen Trauerzeit wieder war, sie hat weder ein zweites Mal geheiratet noch ein weiteres Kind bekommen.

»Beides ist nichts, was man unbedacht tun sollte«, sagte sie, wenn ich sie nach den Gründen fragte. »Ich war eine junge Frau, als ich Witwe wurde, und ich hatte durchaus Angebote. Aber außer dem Gerhard war keiner mehr dabei, den ich wollte. Und mit dem Gerhard«, sie seufzte, »sollte es halt nicht sein.«

Ich tätschelte ihre Hand. Ich wusste natürlich, weshalb es mit dem Gerhard nicht hatte sein sollen, und das war das einzige Thema, über das ich nie mit ihr sprach. Genauso wenig wie sie mit mir. Das war das Einzige, was wir beide, ohne uns abzusprechen, ausklammerten, und eigentlich war ich sogar froh, dass wir das taten. Ich wusste alles, was ich zu dieser Sache wissen musste, und wollte nicht ständig darüber nachdenken müssen.

»Und auch wenn ich es durchaus gut hinbekommen habe, deine Mutter alleine großzuziehen, sollte es nicht so sein, dass man das macht. Ein Kind sollte die Chance haben, mit einem Vater aufzuwachsen. Manchmal geht das nicht, wie bei uns, und manchmal geht es einfach schief. Das kann passieren. Aber einfach eines zu bekommen, nur weil man das will und von vorneherein weiß, dass der Vater dabei nur eine biologische Rolle innehat, das war nie mein Ding. Und ich brauchte ja keines mehr zu bekommen. Ich habe dich bekommen, und das war das Allerbeste, was mir passieren konnte«, schloss Omi das Gespräch ab.

»Und du bist das Allerbeste, was mir passieren konnte«, gab ich zurück und umarmte sie fest.

»Und? Wie war es?«, fragte die Allerbeste, als ich an diesem Abend nach Hause kam.

»Ich bin«, ich machte eine kleine, effektvolle Pause, »die neue Mitarbeiterin der Betrugsabteilung.«

Omi klatschte begeistert. »Herzlichen Glückwunsch, Ida.«

Sie wackelte hinaus in die Küche und kam kurz darauf mit einem Schokoladenkuchen zurück. »Das habe ich doch in meinen Knochen gespürt, dass wir etwas zu feiern haben.«

Bei Kaffee und Kuchen erzählte ich ihr von meinem neuen Job.

»Ich werde die Fälle bearbeiten, die von der Software herausgefiltert wurden. Das ist so spannend! Es ist ein bisschen, wie diese Rätsel zu knacken. Man hat Hinweise und muss Zusammenhänge finden. Und manchmal werde ich dafür ein paar Tage unterwegs sein müssen.« Ich sah sie an.

»Das hört sich großartig an.« Sie kaute und kniff ein Auge zusammen. »Du machst dir doch nicht etwa deswegen Sorgen? Ich bin zwar alt, aber ich komme gut ein paar Tage alleine zurecht.«

»Das weiß ich doch.«

»Und du kommst ein paar Tage ohne mich zurecht, oder nicht?«

Ich nickte.

»Gut. Das wirst du direkt auch müssen. Klärchen und ich haben ein Wochenende am Lago Maggiore gebucht«, eröffnete sie mir und sprach den Namen des italienischen Sees sehr bedacht aus. »Uns ein wenig was gönnen.« Sie kicherte.

»Wann?«, fragte ich überrascht.

»Morgen schon. Die hatten noch freie Plätze und deshalb war es ein Schnäppchen.«

»Okay«, sagte ich und ahnte, was nun kommen würde. »Fährt Gerdi auch mit?«

Gerdi war die dritte im Bunde und eigentlich waren die drei unzertrennlich.

»Nein, sie kann nicht, ihre Enkeltochter hat am Sonntag Geburtstag.«

»Gut«, sagte ich erleichtert.

»Aber«, begann Omi und ich seufzte. »Sie wird die Hotline am Freitag und Samstag alleine übernehmen. Allerdings kann sie das schlecht machen, wenn sie auf einem Kindergeburtstag sitzt.« Sie hob vielsagend die Augenbrauen.

»Du weißt, dass mir das nicht liegt«, warf ich ein, obwohl ich wusste, dass ich bereits verloren hatte.

»Nun, ich kann dich nur fragen. Und am Wochenende sind es ja nur zwei Stunden. Aber ich verstehe das, wenn du es nicht machen willst, auch wenn ich es nicht verstehe, weil es doch eigentlich Spaß macht.«

»Dir vielleicht.«

»Wir helfen damit …«, begann sie und setzte sich aufrechter hin. Dann lächelte sie und ihre Hand legte sich auf meine. »Aber ich will dich zu nichts zwingen. Dann bleiben wir daheim, ist ja nicht so schlimm.«

Ich seufzte noch einmal und schüttelte den Kopf. »Ich mache es. Aber nur ausnahmsweise. Und nur, weil du es bist.«

Omi grinste zufrieden. So endeten diese Gespräche immer. Natürlich würde ich sie nie hängen lassen. Auch wenn ich wirklich nicht besonders scharf darauf war, diesen Dienst zu übernehmen, wie Omi sehr genau wusste. Und trotzdem endete es jedes Mal damit, dass ich dann die einsamen Anrufer aufmunterte. So gut mir das eben möglich war.

Meine neue Stelle ging ich mit deutlich mehr Begeisterung an als meinen Vertretungsjob. In den kommenden Wochen sollte ich auf meinem jetzigen Posten eingearbeitet werden, worauf ich mich wie verrückt freute. Ich entdeckte allerdings recht schnell, dass ich mir die Arbeit ein wenig spannender vorgestellt hatte, als sie es in der Realität war. Was auf meinem Schreibtisch landete, war jedenfalls nicht die Sorte Rätsel, die ich mir erhofft hatte.

Meine neue Kollegin versicherte mir, dass es hier durchaus auch Interessanteres gebe, und ich argwöhnte, dass diese Dinge dann bei ihr oder Parker landeten. Der saß die meiste Zeit mit konzentriertem Gesicht hinter seinem Schreibtisch und knackte diese Fälle und nicht einmal sah ich ihn dabei jubeln oder sich zumindest zufrieden die Hände reiben. Er war durchaus höflich und bemühte sich um einen korrekten Umgangston, doch wenn ich ihm dann die Akten vorlegte und begeistert zu erzählen begann, welche Zusammenhänge ich entdeckt hatte, winkte er ungeduldig ab.

»Ida, das kann ich hier lesen. Da steht es, schwarz auf weiß.«

»Aber da steht es so sachlich. Ich meine, das ist doch der Hammer, oder? Die haben Schmuck im Wert von mehreren Tausend Euro als gestohlen gemeldet, wohnen aber in einer Einzimmerwohnung. Zu viert, wie ich aus der Versicherungspolice weiß.«

»So steht das hier. Deshalb hat die KI angeschlagen«, bestätigte er knapp.

Ich blies kurzzeitig meine Wangen auf. Die KI, die künstliche Intelligenz. Er wollte die doch jetzt nicht über meinen brillanten Spürsinn stellen? Dann ereiferte ich mich weiter.

»Ja, aber die haben das echt gut gemacht, das hätte ein anderer glauben können, dass sie all den Schmuck geerbt haben. Die Geschichte dazu war fast nicht zu knacken. Doch ich«, ich richtete mich etwas auf, »ich habe das Rätsel gelöst.«

»Das erwarte ich auch, wenn man hier arbeitet. Dass man solche Zusammenhänge erkennt«, meinte er und sah mich streng an. »Kein Grund, sich deshalb so hervorzutun.«

»Das wollte ich nicht.« Ich spürte, wie sich mein Strahlen ein wenig abschwächte. »Also so tun, als wäre ich besser als die anderen. Es ist nur so, dass ich mich wie verrückt freue, hier zu arbeiten, und dass ich Ihnen unbedingt beweisen will, dass ich die Richtige bin. Ich«, ich schluckte, »ich will diese Chance nicht vermasseln und etwas anderes als die einfachen Fälle habe ich ja noch nicht zu Gesicht bekommen, obwohl ich jetzt schon ein paar Wochen hier bin. Diese Schmucksache war ein Highlight und vermutlich hätte sie gar nicht bei mir landen dürfen. Und ich will Ihnen doch so gerne zeigen, dass ich das kann.«

Er starrte mich einen Moment lang an. »Sie haben recht, Ida«, sagte er dann langsam und zum ersten Mal zog sich so etwas wie ein Lächeln über sein Gesicht. »Sie haben gezeigt, dass Sie die Voraussetzungen erfüllen. Vielleicht ist es nun an der Zeit, Sie richtig einzuarbeiten.«

Kapitel 5

»Also«, begann ich und rieb mir die Hände, »woran arbeiten wir?«

»Ich«, sagte Parker und betonte das Wort sorgfältig, »ich arbeite an diesem Fall und Sie werden mir dabei zusehen.«

»Ist gut«, nickte ich. »Das ist einer aus der Auswahl, oder?«

Ich wusste mittlerweile, dass die Fälle bei uns nach bestimmten Algorithmen ausgewählt wurden und dabei sogar eine Art Klassifizierung erfolgte, wie schwer der vermutete Betrugsfall wog. Ich hatte bisher die bekommen, die ganz niedrig eingestuft wurden, und sie ihm vorlegen müssen, wenn ich damit fertig war. Er wollte offensichtlich verhindern, dass noch einmal etwas wie die Kois durchrutschten und seiner Abteilung Schaden zufügten. Denn nicht jeder Fall, der herausgefischt wird, ist tatsächlich ein Betrugsfall, aber es sind deutlich mehr als in letzter Zeit entdeckt wurden. Deshalb hatte er besonders die, bei denen ich nichts fand, sehr sorgfältig geprüft, aber nie etwas zu beanstanden gehabt. So langsam begann er, ein wenig Vertrauen in mich zu entwickeln, und anscheinend war es genug, dass er mich jetzt ernsthaft in die Arbeit der Abteilung einführen wollte. Ich hatte mittlerweile gemerkt, dass Parker kein schlechter Kerl war, aber ein wenig Probleme damit hatte, anderen zu vertrauen. Oder ihrer Arbeit. Am liebsten, so argwöhnte ich, hätte er alles selbst erledigt, aber das war natürlich nicht möglich. Meine Kollegin Sarah bekam durchaus interessantere Fälle auf den Tisch, wie ich mittlerweile wusste, aber sie war auch schon lange in seinem Team und hatte sich sein Wohlwollen erarbeitet. Und der andere Kollege, Sven Brandmeier, ebenfalls. Ich kam mit beiden gut zurecht und beide sagten mir immer wieder, dass Parker eben so war und sein Verhalten nichts Persönliches sei. Obwohl, wie Sven grinsend hinzufügte, in meinem Fall vermutlich meine andauernd gute Laune ein zusätzlicher Stressfaktor für ihn sei.

»Weshalb das denn?«, fragte ich ehrlich verwundert. »Es ist doch deutlich angenehmer, einen gut gelaunten Mitarbeiter zu haben als einen, der den ganzen Tag nur vor sich hin grummelt.«

»Das ist es«, bestätigte Sven und legte mir seinen Arm um die Schulter, um mich kurz an sich zu drücken. »Ich für meinen Teil bin sehr zufrieden, dass du jetzt ein Mitglied unseres Teams bist.«

»Vielleicht könnte ich ja dir ein wenig über die Schulter sehen«, hatte ich hoffnungsvoll überlegt. »Das wäre cool, oder? Wir hätten bestimmt mächtig Spaß zusammen. Und irgendwann muss er mich ja an die richtigen Fälle lassen, sonst bin ich doch eigentlich überflüssig hier.«

»Ich frag ihn«, hatte Sven spontan versichert. »Ich hätte gar nichts dagegen, ein wenig enger mit dir zu arbeiten.«

Leider hatte Parker unseren Wunsch abgelehnt und nun sah ich über seine Schulter, die deutlich breiter war als die von Sven. Ich beklagte mich nicht, auch wenn ich mich, falls man mir die Wahl gelassen hätte, vermutlich für Sven entschieden hätte. Dessen Schultern waren zwar weniger breit und sein Bauch eher rund und weich als stahlhart, wie ich zumindest nach einer optischen Prüfung vermutete, aber er war auch witzig und plauderte mindestens genauso gerne wie ich. Er war meist gut gelaunt und ab und an verbrachten wir die Mittagspause zusammen. Er hatte sein Versprechen gehalten und war schnurstracks zu Parker gegangen mit der Bitte, dass ich ihm zur Seite gestellt wurde. Doch zu meiner Überraschung hatte der entschieden, dass ich mit ihm höchstpersönlich arbeiten sollte. Und deshalb saß ich nun neben Parker und zwinkerte Sven kurz durch die Glasscheibe zu, die das Chefbüro von unserem Drei-Mann-Abteil abtrennte. Dann richtete ich meine Aufmerksamkeit auf die Papiere vor uns.

»Versicherungsbetrug kostet die Branche geschätzt fünf Milliarden pro Jahr«, begann Parker mit ernster Miene zu dozieren.

»Echt jetzt?« Ich dachte an meinen Karpfen-Betrug und schluckte. Dann waren das ja Peanuts gewesen.

Er nickte. »Und eine ganze Menge davon entfallen in den Bereich KFZ.«

»Und weshalb gerade Autos?«

»Das hat verschiedene Gründe. Zum einen ist es so, dass beispielsweise Glasschäden höher bezahlt werden als Blechschäden. Deshalb geht auch bei so vielen Zusammenstößen die Scheibe kaputt.« Er hob vielsagend die Brauen. »Und deshalb werden uns so viele Colorglasscheiben gemeldet, obwohl die Industrie nur einen Bruchteil davon in Neuwagen verbaut.«

»Interessant«, sagte ich und stützte mein Kinn ab.

»Das ist es«, bestätigte Parker. »In keinem Bereich wird so viel betrogen wie bei Autoschäden.«

»Und damit beschäftigen wir uns heute?« Ich rieb mir die Hände und sah ihn abwartend an.

»Genau. Mit einem Aspekt, der uns im Bereich KFZ immer wieder begegnet.« Er griff nach seinen Unterlagen und schob sie ein wenig zurecht, damit ich einen Blick darauf werfen konnte. »Das ist ein Autobumser.«

»Und weshalb ist das etwas für uns?«, fragte ich interessiert. »Ich meine, das tun doch viele, auch wenn ich noch nie gehört habe, dass jemand daraus einen Versicherungsfall machen wollte. Oder hat er dabei einen Unfall verursacht? Oh, ich weiß. Sie hat ihn bedient und er hat währenddessen … «, begann ich eifrig meine Theorien auszubauen, wurde aber von Parkers Husten unterbrochen.

»Alles gut?« Ich klopfte ihm beherzt auf den Rücken.

Er hob abwehrend die Hand. »Das ist nicht so gemeint.«

»Nein?«

»Unter diesem Begriff verstehen wir mutwillig herbeigeführte Auffahrunfälle«, sagte er steif.

»Echt? Okay. Aber das andere wäre zumindest möglich, oder?«

»Bisher«, sagte er und klang leicht verschnupft, »wurde mir kein Fall bekannt, bei dem jemand solch eine Geschichte als Schadensfall meldete. Und ich behaupte, dass auch keiner so dumm wäre zu glauben, dass in diesem Fall die Haftpflicht greift.«

»Nun ja, vielleicht die Berufshaftpflicht. Wenn sie das gewerblich macht und ...«

»Nein.« Parker schnaufte kurz. »Und wir beide werden uns jetzt mit dieser Art des Versicherungsbetruges beschäftigen, wenn ich bitten darf.«

»Natürlich.« Ich rückte meinen Stuhl etwas näher an seinen. »Also, wie gehen wir vor?«

Mit Parker zu arbeiten war Schwerstarbeit. Er war definitiv nicht leicht zu knacken, was mir selten passierte. Wie konnte ein Mensch nur so dauerhaft ernst und fokussiert sein? Vermutlich hatte er Angst, ein Lächeln könnte ihn zu nahbar machen, dachte ich. Er war zudem der einzige Mensch, den ich kannte, der es gut fand, wenn man ihn einfach nur beim Nachnamen nannte. Wie beim Militär, dachte ich. Wo ich ihn mir nebenbei sehr gut vorstellen könnte. Wie er in Tarnklamotten durch die Gegend robbte und Hindernisse plattmachte und dann hinauszog, um die Welt zu retten. Oder aber die *Schild und Schirm* vor ungerechtfertigten Schadensforderungen bewahrte. Er verbiss sich regelrecht in seine Mission, aber unter uns, ich war doch etwas enttäuscht.

»Ich dachte, dass Sie ganz andere Sachen bearbeiten«, gestand ich ihm nach ein paar Tagen. »Ich meine, so richtige Betrugsfälle.«

»Das sind richtige Betrugsfälle«, sagte er spitz und betonte das *sind*.

»Schon.« Ich wedelte mit der Hand. »Aber ich meinte so richtig richtige. Eine tote Oma, die daheim fröhlich auf dem Sofa sitzt und mit ihrem jugendlichen Liebhaber die eigene Lebensversicherung verprassen will. So was dachte ich.«

Es zuckte zumindest in seinem Gesicht. »Da muss ich Sie enttäuschen, Ida. Solche Fälle sind hier in der Tat eher selten.«

Ich verzog den Mund und er sah mich einen Moment aufmerksam an. Dann breitete sich überraschenderweise ein kleines Lächeln auf seinem Gesicht aus und seine Augen wurden beinahe warm. »Aber vielleicht habe ich da etwas, was Ihren Erwartungen mehr entspricht. Hätten Sie Lust auf einen Einsatz im Außendienst?«

»Ja, genau, die *Schirm und Schild*. Ja, wir bearbeiten gerade Ihre Schadensmeldung und würden gerne zu einem Gespräch bei Ihnen vorbeikommen. Sie konnten in Ihrem Fall die Beweisstücke nicht einsenden, was wir verstehen, und wir dachten, es wäre für alle am einfachsten, wenn wir sie vor Ort kurz in Augenschein nehmen. Ja, das würde uns reichen, das dauert vermutlich nicht lange. Wunderbar, Frau Anseln, dann machen wir das doch so. Bis dann.« Ich reckte den Daumen in Richtung von Parkers Büro. Mein erster richtiger Fall. Nun ja, der erste, an dem ich beteiligt war. An dem ich mitarbeiten durfte. Zusehen und dabei sein, aber immerhin.

»Der Termin steht«, berichtete ich ihm begeistert. »Ich bin so aufgeregt. Danke, dass ich mitdarf.«

Er nickte knapp und angelte sich sein Jackett von der Stuhllehne. »Gut. Dann beginnen wir augenblicklich mit den Vorbereitungen. Wir müssen ein paar Dinge besorgen. Ich fahre.«

Auch Einkaufen war mit Parker deutlich komplizierter als gewöhnlich. Es hatte ewig gedauert, weil wir nicht, wie ich dachte, einfach losziehen und etwas besorgen mussten, sondern darauf achten, dass die Maße stimmten.

»Echt jetzt? Das haben Sie recherchiert? Was die Teller für einen Durchmesser haben?«

Er nickte. »Natürlich.«

»Sie sind wirklich ein Schlaukopf.« Ich schenkte ihm ein bewunderndes Lächeln, während wir durch die Selbstbedienungsabteilung eines Möbelmarkts gingen, auf der Suche nach den richtigen Utensilien.

»Danke«, gab er trocken zurück, aber ich sah, dass er beinahe gelächelt hätte. »Das ist mein Job. Ich habe das gelernt, die richtigen Fragen zu stellen und auf die Details zu achten.«

»Und wo haben Sie das gelernt? Nicht bei der *Schirm und Schild*, habe ich recht?«

»Und weshalb nicht dort?«

»Weil Sie«, ich stupste ihm meinen Finger in den Oberarm. »Überhaupt nicht das sind, was wir hier sonst haben. Bei keinem der anderen Kollegen würde ich mir beinahe den Finger brechen, wenn ich das«, ich stupste noch einmal seinen Arm an, »mache. Da wird man doch weniger hart empfangen.«

»Man kann sich auch fit halten, wenn man am Schreibtisch sitzt«, gab er zurück und musterte mich unauffällig. »Man muss nicht nur dasitzen und Kuchen essen. Oder wenn, dann sollte man abends etwas zum Ausgleich tun.«

»Hey, ich mache ganz schön viel zum Ausgleich. Und ich esse nicht jeden Tag Kuchen.«

»So war das nicht gemeint.« Er blieb stehen und sah mich an. »Ich wollte Ihnen auf gar keinen Fall zu nahe treten.«

»Das sind Sie nicht«, beruhigte ich ihn heiter. »Sie haben nichts gesagt, was nicht zu hundert Prozent der Wahrheit entspricht. Ich bin keine Turnfee und ich werde nie eine sein. Und ich esse gerne Kuchen. Also alles gut.«

»Masmeier hat recht. Sie sind anders, Ida«, sagte er langsam.

»Gut anders oder schlecht anders?«

»Das«, er schüttelte leicht den Kopf, »muss ich noch herausfinden.«

Kapitel 6

»Also, wo haben Sie gelernt, die richtigen Fragen zu stellen?«

»Bitte?« Er sah mich immer noch an, als wolle er jetzt und hier dahinterkommen, ob meine Andersartigkeit gut oder schlecht war.

»Das Fragen, Parker.« Ich sah seinen irritierten Blick und musterte ihn genauer. »Ist etwas mit Ihnen?«

»Nein.« Er schüttelte den Kopf und hörte endlich auf, mich so nachdenklich anzustarren. »Ich habe eine Ausbildung bei der Polizei gemacht.«

»Sturmtrupp?«, fragte ich hoffnungsfroh und sah ihn einen Moment vor mir, in engen schwarzen Klamotten, die sich um seinen Körper spannten, während er ein Haus stürmte und eine hilflose Geisel befreite. Und sie dann auf seinen starken Armen zum Krankenwagen trug. Eine ziemlich nette Vorstellung.

»Seien Sie nicht albern. Da macht man keine Ausbildung, dorthin arbeitet man sich hoch.«

Ich nickte nachdenklich und tauschte fix die schwarze Montur gegen eine Polizeiuniform aus. Und schüttelte resigniert den Kopf. Bin ich die Einzige, der es jedes Mal, wenn sie einen deutschen Polizisten sieht, auffällt, dass unsere Jungs in Uniformen stecken, die so gar nicht ansprechend sind? Diese alten grünen Dinger, die waren ja unbestritten der totale Abtörner, aber auch die neuen blauen sind doch nichts, um die Gedanken ein wenig in Wallung zu versetzen. Die werden doch höchstens von der englischen Truppe unterboten, wenn die ihre seltsamen Eierhüte aufhatten. Flugs änderte ich meinen Plan und steckte ihn gedanklich in eine amerikanische Uniform. Na bitte. Ging doch. Das war genau das, was zu ihm passte und diesen Körper so richtig in Szene setzte.

»Ida? Geht es Ihnen nicht gut? Sie wirken ein wenig … kurzatmig.«

»Alles gut.« Bedauernd verließ ich sein Fantasiebild und wandte mich wieder dem echten Parker in Anzug und weißem Hemd zu. »Also, Polizei?«

Er nickte. »Gehobener Dienst. Ich war Polizeihauptkommissar.«

Ich pfiff durch die Zähne. »Bei der Kripo? So richtig mit Verbrechen und so?«

Er nickte. »Und so, ja.«

»Und weshalb sind Sie dann jetzt bei uns?«

»Die Versicherung hat jemanden gesucht, zu dem mein Profil passt. Ausgebildet darin, die richtigen Fragen zu stellen. Mit einem geschulten Auge für die kleinen Details, die anderen entgehen.«

»Aber das beantwortet meine Frage nicht. Ich meinte, weshalb waren Sie überhaupt verfügbar?«

»Ich weiß, auf was Sie hinauswollen, Ida. Aber das ist allein meine Sache. Sie haben meine Antwort gehört. Eine andere werden Sie nicht bekommen.«

»Walter und Parker von der *Schirm und Schild*«, sagte ich am übernächsten Tag beschwingt und kam mir vor wie eine echte Ermittlerin. »Wir hatten telefoniert. Ich bin Ida Walter.«

Ich streckte der verdutzt aussehenden Frau Anseln meine Rechte entgegen. Sie schüttelte sie abwesend und starrte weiter Parker an, der einen großen Karton in den Händen hielt, als wöge er nichts. Was er definitiv nicht tat, wie ich wusste.

»Dürfen wir hereinkommen? Oh, mein Partner«, ich sah aus dem Augenwinkel, wie Parker leicht zusammenzuckte, »hat ein paar Dinge mitgebracht, die wir brauchen werden.«

Sie trat zur Seite und ließ uns eintreten. Nach ihr durchquerten wir den geräumigen Flur und folgten ihr in ein ausladendes Wohnzimmer, das in eine offene Küche überging. Die Verbindung schaffte der Essbereich, an dem ein langer schwerer Holztisch stand. Ich besah ihn mir mit zusammengekniffenen Augen. Hm.

Wir ließen uns mit ihr an eben jenem Tisch nieder und Parker stellte vorsichtig seine Last ab.

»Hier ist es also passiert?«, fragte ich, ehe er sich einschalten konnte.

»Genau.« Frau Anseln schien sich langsam von dem Bild zu erholen, das mein Kollege geboten hatte. Vielleicht war sie wie ich überrascht davon gewesen, wie stark er aussah mit dieser Kiste oder wie ansprechend sich seine Muskeln dabei abzeichneten, was nicht einmal das Sakko verbergen konnte.

»Also hier haben Sie dieses Essen gegeben?«

Parker warf mir einen strengen Blick zu. *Ich rede, Sie schweigen*, sollte das wohl heißen. Das wusste ich deshalb, weil er eben dies eine Weile zuvor im Auto gesagt hatte. Aber erst einmal redete Frau Anseln.

»Ja, genau. Hier war diese Abendeinladung. Und auf dem Tisch mein ganzes gutes Porzellan. Und die Gläser, die teuren Kristallgläser. Man muss ja auch ein wenig repräsentieren.« Sie lächelte verlegen. »Und die edle Leinentischdecke.«

»Die Tischdecke, an der Ihr Mann dummerweise hängen blieb und dann alles zu Boden fegte, was auf dem Tisch war«, warf ich ein und ignorierte Parkers Blick.

»Genau diese. Ein Sondermaß übrigens, extra angefertigt und sehr kostspielig. Die Reinigung bezweifelt, dass sie die wieder sauber bekommt.«

Parker nickte verständig. »Rotwein?«

»Genau. Und die Bratensoße. Gans ist so fettig, wissen Sie.«

»Gans? Im Sommer?«, warf ich ein und erntete erneut einen bösen Blick.

»Nun ja, es wurde gewünscht.« Sie lachte etwas zittrig. »Diese Geschäftsessen sind sehr wichtig für meinen Mann, da sagt man nicht, dass es für eine Gans zu warm ist.«

Ich schenkte ihr ein Lächeln. Eines dieser *Von-Frau-zu-Frau-Lächeln*, wie ich hoffte, obwohl ich sehr wohl gesagt hätte, dass es momentan zu warm dafür ist. »Natürlich nicht.«

»Und deshalb haben Sie also die Gans zubereitet?«, übernahm Parker wieder das Gespräch.

Sie nickte eifrig. »Ich bin eine recht passable Köchin, würde ich sagen. Nun ja, ich gebe diese Essen schon seit einer Weile und …«

»Eine Gans?« Parker sah sich um. »Mehr davon bekommt man nicht in einen Backofen, oder?«

»Nein«, gab sie zurück und war ein wenig verwirrt, wie unschwer zu sehen war. »Also, ja, die Gans. Und die Soße …«

»Und Sie und Ihre Gäste saßen hier am Tisch und haben die Gans gegessen?«, hakte Parker nach. Er sah sie freundlich an, doch sie wurde zunehmend unruhiger.

»Ähm … Ja.«

Parker nickte wieder und beugte sich hinab. Aus der Kiste holte er eine Mappe, die er vor sich legte und lässig aufschlug. Er überblätterte ein paar Seiten, während Frau Anseln ihn beobachtete und ich sie nicht aus den Augen ließ. Sie leckte sich nervös über die Lippen. Gut, dachte ich.

»Sie und Ihre …« Parker blätterte um und starrte dann auf das Blatt. »Ah. Sie und Ihre dreißig Gäste.«

»Bitte?«

»So steht es hier. Dreißig Gedecke eines extrem hochwertigen und teuren Porzellans, zuzüglich Wassergläser, Rot- und Weißweingläser, zweier Saucieren und«, er ließ den Finger über das Papier gleiten, »drei teure Kristallblumenvasen.«

Frau Anseln nickte langsam.

»Wird man davon satt? Ich meine, dreißig Gäste und eine Gans …«, begann ich, wurde aber wieder von einem Blick meines Chefs gestoppt. Frau Anseln sah auf ihre Hände und ignorierte meine Frage.

»Das muss ziemlich eng zugegangen sein«, überlegte Parker laut.

»Nun, der Tisch lässt sich verlängern«, sagte sie langsam.

»Das ist gut. Und wie?«

»Es gibt Einlegeplatten.«

»Wunderbar.« Parker sprang auf. »Dann werden wir die doch mal holen.«

Selbst mit den Einlegeplatten, die Parker lässig aus dem Keller nach oben getragen und in den Tisch eingesetzt hatte, war klar, dass hier niemals dreißig Personen sitzen würden. Ich denke, es dämmerte auch Frau Anseln bereits, dass sie in dieser Hinsicht ein wenig übertrieben hatte. Ich schätzte, dass der Tisch normalerweise acht, vielleicht auch zehn Personen Platz geboten hätte, und mit diesen Platten eventuell noch einmal vier, höchstens sechs Leute mehr dort essen konnten. Damit käme man auf sechzehn Personen oder allerhöchstens achtzehn.

»Hm«, machte Parker und besah sich den Tisch.

Frau Anseln dachte vermutlich gerade darüber nach, wie lange ihr Deo noch durchhalten würde. Dann ging er zu seinem Karton und öffnete ihn wieder.

»Sie erlauben?«, fragte er und nickte mir zu.

Ohne auf eine Antwort zu warten, begannen wir, die mitgebrachten Teller auszupacken und auf dem Tisch auszubreiten. Wie erwartet, passten niemals alle Gedecke darauf, aber wir taten, als merkten wir es nicht. Auch nicht, wie bleich unsere Gastgeberin wurde. Munter packten wir alles aus, jedes einzelne Stück und genau die Dinge, die in ihrer Schadensmeldung vermerkt waren. Und alle in eben dem Durchmesser, den ihr teures Porzellan hatte, darauf hatte Parker bestanden. Am Ende war der Tisch überladen mit Platztellern, Speisetellern, Gläsern, Vasen und den ganzen Schüsseln und wir hatten Schwierigkeiten, die letzten Teile irgendwo unterzubringen.

»Ich bin ja froh, dass ich nicht die Einzige bin, die abgegessene Teller stehen lässt und die Kaffeetassen einfach dazwischenschiebt«, sagte ich heiter und sah Parkers Blick, als ich nun umstandslos die Kaffeetassen auf die Teller stellte, weil sonst kein Platz mehr war. Das hatte ihn ganz besonders aufgeregt, dass angeblich noch das komplette Geschirr vom Hauptgang, inklusiver aller Schüsseln, auf dem Tisch stand und dazu dann die edlen limitierten Kaffee- und Espressotassen aufgetragen wurden.

»Ernsthaft? Das war der Grund, weshalb Sie misstrauisch wurden? Nicht die eine Gans für dreißig Leute?«, hatte ich gefragt.

Parker hatte mit der Achsel gezuckt. »Natürlich. Sagen Sie nicht, dass Ihnen das entgangen wäre. Keine gute Gastgeberin lässt ihre Gäste vor den benutzten Tellern sitzen, wenn sie den Espresso reicht.«

Ich zuckte ebenfalls mit den Achseln. »Dann bin ich wohl keine gute Gastgeberin. Aber dafür eine ziemlich entspannte, das ist doch auch etwas.«

Jetzt versuchte Parker gerade, die letzten Tassen auf einem letzten freien Stückchen Tisch unterzubringen. Es war unmöglich.

»Hm«, sagte ich und sah Parker an. »Wo stellen wir jetzt nur die Gans hin?«

»Und dann hatte mein Mann die Idee, dass wir einfach sagen, es waren ein paar Gäste mehr. Die Firma läuft nicht besonders gut und es wäre ja eigentlich nur eine kleine Lüge, sagte er. Immerhin«, sie deutete auf den Karton, der in der Ecke stand und in den wir nur einen kurzen Blick geworfen hatten, »war es wirklich das teure Porzellan.«

»Das war unschwer zu erkennen auf den Bildern. Das Logo war deutlich zu sehen.«

»Eben. Und Sie haben die Rechnung gesehen, was das gekostet hat.«

Wir nickten.

»Wie viele Gedecke waren es in Wahrheit?«, fragte Parker ruhig.

»Acht«, gab sie so leise zu, dass es kaum zu hören war.

»Acht«, wiederholte er und rieb sich über das Kinn. »Das hört sich doch eher nach der Wahrheit an.«

»Und jetzt? Bekommen wir nun für diese acht das Geld?«, fragte sie und sah ihn dabei nicht an.

»Ich fürchte nicht. Sie werden Post von uns bekommen. Aber keine Schadensregulierung, so viel ist sicher.«

Kapitel 7

Die ganze Aktion hatte deutlich länger gedauert, als wir im Vorfeld gedacht hatten. Das lag auch mit daran, dass Parker darauf bestand, das komplette Geschirr wieder sorgsam in Papier zu verpacken, und dass er dabei keinerlei Schlamperei duldete. Das ärgerte mich ein bisschen, denn unser Abgang verlor so doch ein wenig an Klasse.

»Weshalb haben wir es nicht einfach stehen lassen? Das Zeug war doch gar nicht so teuer. Und wenn man bedenkt, was für eine irre Summe wir der *Schirm und Schild* heute eingespart haben ...«

»So läuft das nicht«, meinte er und sah mich scharf an. »Wir sparen nicht an einem Ende und verpulvern es am anderen.«

»Schade. Aber was machen Sie jetzt mit dem ganzen Krempel? Der Kantine stiften?«

»Nein«, gab er zurück und schlug die Kofferraumklappe zu. Dann klemmte er sich hinter das Lenkrad und ich rutschte auf den Beifahrersitz. Parker schien meine Frage nicht beantworten zu wollen und fuhr schweigend los. Eine Weile betrachtete ich nachdenklich meine Fingernägel. Heute waren sie gelb und leuchteten mit meinem orangefarbenen Pulli um die Wette.

»Parker, weshalb haben Sie die Polizei verlassen?«, fragte ich kurze Zeit später, weil mir dann doch zu langweilig wurde.

»Das hatten wir schon, Ida.«

»Aber ich weiß es immer noch nicht.«

»Und das wird auch so bleiben«, knurrte er und sah stur auf die Straße.

»Haben Sie etwas angestellt?«, riet ich ins Blaue, obwohl ich wusste, dass das die unwahrscheinlichste Option war.

»Natürlich nicht«, war auch prompt die entrüstete Antwort.

»Hm. Haben Sie ...«

»Nein. Und auch Ihre nächste Vermutung trifft nicht zu.«

»Hey. Ich habe doch noch gar nichts gesagt.«

»Und Sie können es sich sparen.« Er warf mir einen kurzen Seitenblick zu. »Es war eine persönliche Entscheidung, und das muss Ihnen reichen.«

Eine Stunde später setzte Parker unerwartet den Blinker und bog von der Autobahn ab, drei Ausfahrten zu früh.

»Was haben Sie vor?«, fragte ich neugierig.

»Wir haben noch etwas zu erledigen«, kam wieder so eine absolut überflüssige Antwort.

»Und was?«

Vor uns tauchte das Werbeschild des Möbelmarkts auf, in dem wir vor ein paar Tagen das Geschirr gekauft hatten. Parker setzte bereits den Blinker und bog auf den Parkplatz ab. Da es schon spät war und der Laden in einer halben Stunde schließen würde, war nicht mehr allzu viel los.

»Gehen wir wieder shoppen?«, fragte ich hoffnungsvoll.

»Nein.« Er stieg aus und ging zum Kofferraum, um die Kiste herauszunehmen. »Sie können gerne im Wagen warten, es dauert nicht lange.«

»Auf gar keinen Fall.« Ich war schon draußen und marschierte munter neben ihm her. »Was haben Sie vor?«

»Ich kümmere mich darum, dass wir ohne jegliche Zahlung aus diesem Fall kommen.«

Da bin ich aber gespannt, dachte ich und ließ ihm höflich den Vortritt. Parker sah sich kurz um und marschierte dann entschlossen zum Rückgabeschalter. Auch hier war nicht viel los und wir durften direkt zu einer freundlich lächelnden Mitarbeiterin vortreten. Parker stellte den Karton behutsam auf dem Tresen ab und zog die Rechnung aus seiner Jacketttasche.

»Hallo. Ich würde diese Sachen gerne zurückgeben.«

»Stimmt was nicht damit oder gefallen sie Ihnen nicht mehr?«, fragte die junge Frau und schenkte ihm ein strahlendes Lächeln.

»Richtig. Meine Freundin mag es nicht.«

Sie warf mir einen Blick zu, der weit weniger strahlend war, und ich hängte mich spontan bei Parker ein und schüttelte mit bedauerndem Blick den Kopf.

»Nein, das passt nicht in unsere Wohnung.«

Sie nickte knapp.

»Wissen Sie, wir haben es doch eher modern eingerichtet, und diese Sachen«, ich schnalzte mit der Zunge, »sind ein wenig zu, wie soll ich sagen? Langweilig?«

Parker schnaufte warnend neben mir.

»Ich weiß, er hat es nur gut gemeint. Aber wir haben uns jetzt doch entschieden, ein etwas hochwertigeres Porzellan zu kaufen. Nicht wahr, Schatz?«, ich strahlte zu Parker hinauf, dessen Augen ganz leicht zuckten.

»Wollen Sie also das Geld zurück oder etwas anderes kaufen?«, fragte die Angestellte und klang eindeutig ein wenig genervt. Vermutlich weil ihr gerade klar geworden war, wie viele Teile das waren und dass sie jetzt alle auspacken und abscannen musste.

»Wollen wir etwas anderes kaufen, Liebling?«, fragte ich und sah Parker mit klimpernden Augen an. »Vielleicht ein neues Bett? Das alte ist doch so langsam ein wenig abgenutzt, nein?«

»Das Bett«, sagte Parker mit einem drohenden Unterton, den ich mittlerweile recht gut kannte. Er benutzte ihn immer dann, wenn er der Meinung war, dass ich zu viel redete. »Das Bett ist völlig in Ordnung.«

»Und wie wäre es mit einem neuen Sofa?«

»Nein.«

»Oder ein Sessel? Du sitzt doch abends so gerne im Sessel, wenn du von der Arbeit heimkommst, und legst die Füße hoch, während ich das Essen auftrage.«

»Ich lege nicht meine Füße hoch, während du das Essen aufträgst«, sagte er empört. »Das käme mir nie in den Sinn.«

»Weil wir keinen Sessel haben, mein Schatz. Aber wenn wir einen hätten ...«

»Nein. Wir«, er betonte das Wort ein ganz klein wenig, »brauchen keinen Sessel.«

»Schade. Aber wenigstens ein paar Kerzen? Echt, es bringt Unglück, hierherzukommen und keine Kerzen zu kaufen. Oder? Sie können das bestimmt bestätigen. Jeder kauft hier Kerzen.«

»Kerzen gehören zu den besonders beliebten Waren«, sagte die junge Dame recht knapp. Sie sah mich an und ich konnte direkt sehen, was sie dachte.

»Keine Kerzen, Ida«, beschied Parker barsch.

»Schade. Ich hatte mich so darauf gefreut, dass wir es uns heute Abend bei Kerzenschein ein bisschen gemütlich machen.« Ich rückte noch ein wenig näher an Parker heran. »Ich liebe es, im Kerzenschein mit dir ...«

»Wir haben genug Kerzen, Ida«, fuhr Parker dazwischen. »Und ich glaube, wir lenken diese nette Dame ab. Vielleicht sollten wir sie in Ruhe ihren Job erledigen lassen.« Er warf mir einen strengen Blick zu.

»Das tut mir leid, das wollte ich nicht. Es ist nur so, dass ich es immer noch so süß finde, dass du extra für mich dieses Geschirr gekauft hast und dann gefällt es mir nicht und du bringst es wieder zurück und bist gar nicht böse.« Ich sah die Verkäuferin an. »Er ist einfach der Beste.« Ich seufzte und strahlte sie an.

Sie nickte knapp und legte einen Zahn zu beim Auspacken und Abscannen.

»Und wissen Sie«, begann ich wieder. Ich kam immer mehr rein in meine Rolle und fühlte mich wie eine echte Undercover-Agentin. Ich spürte die Geschichte richtig.

»Ida. Die Dame muss arbeiten.«

»Aber«, begann ich, doch Parker sah mich so streng an, dass ich verstummte.

»Jetzt bist du mir doch böse«, sagte ich und meine Stimme klang plötzlich geknickt. Ich fühlte mich sogar geknickt, weil er mich so frostig ansah und ich das doch nicht wollte. Schließlich war er mein Kerl, der für mich ein komplettes Dreißig-Gäste-Service gekauft hatte.

»Nein«, beschwichtigte er und sah auf die Uhr.

»Doch.« Ich schniefte kurz. »Und zu Recht. Es war nicht nett von mir, zu sagen, dass ich es nicht mag, weil du es ja gut gemeint hast. Hören Sie auf, bitte«, rief ich der Frau zu, die ein wenig zusammenzuckte. »Wir behalten es doch. So hässlich ist es nicht und …«

Sie sah fragend zu Parker, der abwehrend die Hand hob. »Machen Sie weiter. Es passt nicht, wir geben es zurück.«

»Aber du bist von mir enttäuscht«, schniefte ich erneut und sah zu ihm auf. »Und das will ich nicht. Das ist mir kein Geschirr der Welt wert.« Ich sah ihm fest in die Augen. Himmel, war ich gut. Ich war so gut, dass ich meine Rolle gar nicht mehr spielen musste. Ich war seine Ida und ich hatte ihn enttäuscht und nun flehten ihn meine Augen an, mir zu verzeihen.

Parker seufzte leise. »Du hast mich nicht enttäuscht, Ida. Es ist gut.«

»Wirklich?« Meine Stimme kickste sogar leicht und zitterte ein wenig und in meinen Augen schwammen Tränen.

»Wirklich«, sagte Parker nach einem kurzen Augenblick und seine Stimme klang jetzt nicht mehr genervt oder kurz angebunden. Er hatte mich aufmerksam gemustert und der angespannte Zug um seinen Mund verschwand. Ein ganz neuer Ausdruck erwartete mich, eine Mischung aus Verständnis, Angst vor zu vielen Tränen und am überraschendsten Zuneigung. »Es ist absolut in Ordnung.«

Ich schluckte und konnte meinen Blick nicht von ihm abwenden. Ein zaghaftes Lächeln schlich sich in mein Gesicht und überrascht sah ich, dass er es erwiderte. Es war ein anderes Lächeln als sonst, bei dem seine Augen warm wurden und sein Gesicht weicher und das mein Herz einen Moment schneller schlagen ließ. Und das dafür sorgte, dass ich seltsamerweise noch trauriger war, weil ich seine Bemühungen so abgetan hatte und sich eine einsame Träne löste und an meiner Wange hinabperlte.

»Nicht doch, Ida«, sagte er sanft. »Nicht weinen, bitte.«

Er streckte seine Hand aus und wischte sie ab. Ohne nachzudenken, hob ich mein Gesicht seinem Finger entgegen und als mein Hals nicht lang genug war, stellte ich mich auf die Zehenspitzen, um ihm näher zu sein. Ich hatte kurzzeitig Probleme zu atmen und leckte über meine plötzlich staubtrockenen Lippen. Parker schluckte, dann senkte er ganz langsam seinen Kopf und ich versank endgültig in seinen grauen Augen, die mich so überraschend sanft musterten. Ich vergaß die Verkäuferin und das Geschirr und dass es eine Geschichte war, so schön war dieser Moment.

»Es ist alles gut«, wiederholte er leise und war jetzt ganz nah an meinem Gesicht.

»So, fertig.« Die Stimme hinter dem Tresen riss uns aus der Innigkeit unseres Blicks und verwirrt drehte ich den Kopf.

Sie hielt uns eine lange Liste hin mit all den Sachen, die sie eben abgescannt hatte. Ihr Blick hing auf mir und ich konnte wieder sehen, was sie dachte. *Was will ein Kerl wie der nur mit so einer dummen Zicke.* Dann sah sie Parker an und nun schien sie zu sagen: *Ich bin nicht so schwierig wie die und ich hätte das Geschirr behalten.* Vielleicht sagten ihre Augen auch: *Hier, bitte, und jetzt raus, ich habe nämlich gleich Feierabend,* wer weiß? Aber ich war so in meiner Rolle, dass ich sie anblitzen musste, um ihr klarzumachen, dass das mein Kerl war.

Der nahm nun endlich den Beleg und ließ sich das Geld auszahlen, dann packte er meinen Arm.

»Vielen Dank. Einen schönen Feierabend.«

»Danke«, entgegnete sie und schenkte ihm ein Lächeln. Mich ignorierte sie.

Parker merkte, dass ich mich nicht in Bewegung setzen wollte, legte couragiert einen Arm um meine Schultern und marschierte entschlossen los. Mir blieb nichts anderes übrig, als mitzugehen. Aber ich hob noch einmal meine rechte Hand zu einem lässigen Winken im Hinausgehen. Ehe ich meine linke auf seinem Hintern platzierte, wo sie sie gut sehen musste. Ha. Damit wäre das geklärt.

Kapitel 8

»Ida?«, sagte Parker mit ruhiger Stimme, während wir auf den Eingang zugingen.

»Ja?«, fragte ich zurück und sah zu ihm auf.

»Nehmen Sie Ihre Hand da weg.«

»Aber sie sieht uns bestimmt hinterher …«

»Jetzt.«

Ich seufzte und zog sie weg und Parker nahm seinen Arm von meiner Schulter und schob mich vor sich in die große Drehtür. Ich warf einen kurzen Blick zurück und sah, dass uns die Dame wirklich hinterherstarrte, verzichtete aber darauf, noch einmal an seinen Hintern zu fassen. Auch wenn es ein schöner Hintern war, der sich sehr nett anfühlte.

Draußen gingen wir ein paar Schritte, bis er sicher war, dass man uns durch die Glasscheiben nicht mehr sehen würde, dann blieb er stehen und drehte mich zu sich herum.

»Was sollte das?«

»Ich habe unsere Geschichte gestützt.«

»Das war nicht notwendig.«

»Doch. Damit wir für die Versicherung das Geld wiederbekommen und so. Ich habe unsere Geschichte glaubhaft gemacht und Sie …«

»Ida, hier kann man alles zurückgeben, ohne Probleme. Es war nicht nötig, so eine Nummer abzuziehen.«

»Aber es hat Spaß gemacht, oder?« Ich blinzelte ihm zu. »Und«, ich sah ihn triumphierend an. »Ich habe sogar Sie überzeugt. Sie hätten mich beinahe geküsst, so gut war ich.«

Parker versteifte sich sichtlich. »Das hätte ich nicht. Ich wollte Sie nur nicht der Blöße aussetzen, dass ich nicht mitspiele.«

»Klar«, sagte ich grinsend.

»Es war unnötig und ich kenne die Grenzen.« Er klang nun fast ruppig. »Also werden Sie sich bitte beim nächsten Mal auch daran halten. Das da drin war unprofessionell.«

»Beim nächsten Mal? Sie planen ernsthaft ein nächstes Mal? Ich bin entsetzt. Ich hätte gewettet, dass Sie gar nicht lügen können. Dass irgendetwas in Ihrer steifen Art Sie daran hindert. Und dann gehen Sie nicht nur hin und schwindeln eine nette junge Frau an, sondern planen bereits ein weiteres Mal?«

Zu meiner Überraschung grinste er plötzlich und zog eine Augenbraue hoch. »Wie es scheint, kennen Sie mich weit weniger gut, als Sie glauben.«

»Also knien Sie heute Abend nicht vor Ihrem Bett und beichten diese Lüge?« Ich sah ihn an und konnte mir ein Grinsen nicht verkneifen.

»Das habe ich nicht vor.«

»Parker«, stieß ich heraus und stemmte meine Hände in die Hüften. »Ich bin begeistert. In Ihnen steckt anscheinend ebenfalls mehr, als man auf den ersten Blick denkt.«

Parker hatte seinen kurzen Ausflug in eine Welt, in der er nicht korrekt war, schnell beendet und bestand nun darauf, mich nicht an der Zentrale rauszulassen, sondern vor meiner Haustür abzusetzen, weil es bereits stark dämmerte. Ich sagte ihm nicht, dass ich seit siebenundzwanzig Jahren alleine durch die Dämmerung ging und seit einigen Jahren auch durch die Nacht, sondern beschloss, mir diesen Luxus zu gönnen. Ich musste sonst mit der Straßenbahn aus der Stadt hinaus in unser kleines Dorf fahren, und das dauerte, denn die Bahn hielt unterwegs an vielen Stationen. Mit einem Chauffeur war das natürlich entspannter, also lehnte ich mich zurück und schrieb Omi eine Nachricht, dass wir in einer halben Stunde da sein würden. Was erstens eine recht gute Schätzung gewesen war und zweitens meine Omi umgehend in Bereitschaft versetzt hatte, uns ein leckeres Essen vorzubereiten.

»Nun stellen Sie sich nicht so an, Parker. Steigen Sie aus! Sie haben heute so wenig gegessen wie ich und meine Oma hat ihren legendären Gemüseeintopf auf dem Herd stehen. Sie rechnet fest mit Ihnen.«

»Sie kennt mich doch gar nicht«, gab er überrascht zurück.

Ich lachte. »Das stört Omi nicht. Sie haben keine Ahnung, wer bei uns alles am Esstisch sitzt. Omi gehört definitiv zu der Generation, die denkt, dass man niemanden aus den Fängen lassen darf, solange er nicht gemästet ist. Also los jetzt. Steigen Sie aus und machen Sie ihr die Freude. Außerdem habe ich gehört, wie Ihr Magen geknurrt hat.« Ich sah ihn streng an.

»Ich kann mir unterwegs etwas mitnehmen ...«

»Ach was. Und wenn Sie jetzt etwas zum Mitnehmen mit Omis Eintopf auf eine Stufe stellen, wird es gefährlich. Für Sie, weil Sie das tun, und für mich, weil ich ihr das sagen müsste.«

Er sah mich einen Moment an, dann öffnete er seufzend den Gurt. »Wenn das so ist.« Er machte eine kurze Pause, dann huschte der Anflug eines Lächelns über sein Gesicht. »Das kann ich natürlich nicht verantworten. Schließlich brauche ich Sie noch.«

»Danke für die Einladung«, sagte Parker steif und sah sich unauffällig um.

»Papperlapapp«, gab Omi zurück und schüttelte enthusiastisch seine Hand. »Es ist nur ein Eintopf und Ida hat gesagt, dass Sie heute nur einen Kaffee hatten. Nehmen Sie Platz, es geht gleich los.«

Ich ging hinter Omi in die Küche, um ihr mit dem Auftragen zu helfen und Parker Gelegenheit zu geben, sich umzusehen. Das Haus, in dem Omi und ich wohnen, lädt dazu ein, das weiß ich. Von außen sieht es recht unspektakulär aus, wie ein älteres Wohnhaus, nicht zu groß, mit geraden Kanten und so, wie man es von einem Haus eben erwartet. Die einzige Besonderheit, die man von außen sieht, ist die Heiligennische schräg über der Haustür. Das ist eine höhlenartige Vertiefung in etwa zwei Meter Höhe, in der eine wunderschöne Statue der heiligen Maria steht. Sie wird von einer Glasscheibe geschützt und ja, wir glauben daran, dass sie dafür uns beschützt. Deshalb klettern wir auch zweimal im Jahr zu ihr hoch, um ihren Platz mit Blumen zu schmücken, immer Anfang Mai, dem traditionellen Marienmonat, und im August, an Maria Himmelfahrt. Früher hat Omi es sich nicht nehmen lassen, das zu tun, mittlerweile ist es mein Job, die Leiter zu erklimmen. Und ich tue es gerne, denn ihre Anwesenheit gibt mir das Gefühl, behütet zu sein. Und wenn bei uns wirklich wichtige Dinge anstehen, eine Prüfung oder ein medizinisches Problem, dann klettern wir auch außerhalb der etablierten Termine zu ihr hoch und legen ihr eine kleine Blütengirlande zu Füßen. Als Kind fand ich das etwas spooky und auch einigermaßen verrückt, doch mittlerweile sehe ich das anders. Ich habe erfahren, dass es etwas bringt, und deshalb lasse ich jeden Kommentar und jede hochgezogene Augenbraue zu diesem Thema lässig an mir abperlen.

An das Haus schließt sich nahtlos ein lang gezogener Schuppen an, aus der Zeit, als seine Besitzer Landwirtschaft betrieben und man hier Maschinen unterstellen musste. Dieser Schuppen hat noch den ehemaligen Heuboden, den man über eine alte, krumme und massive Holztreppe erklimmen kann. Die Treppe ist breit und ohne Geländer, dazu recht steil, und man gelangt durch eine Öffnung direkt auf eine Art Empore. Dort sind drei Räume, die wir im Laufe der Zeit ausgebaut haben. Omi ist wie ich recht geschickt in handwerklichen Dingen und was wir nicht können, haben Freunde und Bekannte gemacht. Auch darin ist Omi eine Meisterin, Menschen zu finden, die ihre Ideen in die Tat umsetzen. Dort oben hat sie ihr Nähzimmer. Ich liebe diesen Raum, in dem überall farbenfrohe Stoffe aus den Wandregalen hervorblitzen, Knöpfe in alten Einmachgläsern wie buntes Konfetti leuchten, die Garnrollen an der Wand in einem Regal aufgereiht darauf warten, zum Einsatz zu kommen. Nebenan ist mein Bastelzimmer, in dem ich meinen Ton, meine Farben und Materialien und alles aufbewahre, was ich so brauche. Ich mag es, Dinge zu erschaffen, mich kreativ auszutoben, aus altem Krempel etwas Neues herzustellen. Ein Mosaik-Tablett aus kaputten Fliesen zum Beispiel, eine Etagere aus übrig gebliebenen Tellern oder was mir sonst immer einfällt. Die Ideen gehen mir jedenfalls nicht aus und ich verbringe sehr viel Zeit hier in diesem Zimmer.

Im dritten Raum, der gegenüber in der Dachschräge liegt, befindet sich mein Entspannungszimmer. Dort habe ich in meiner Teeniezeit einige sehr schöne Stunden verlebt, außer Hörweite von Omi. Der Raum ist nicht besonders groß und war eigentlich nur eine offene Abstellfläche, die in das schräge Dach hineinragte. Er hat eine Schiebetür bekommen, weil der Gang für eine normale zu schmal gewesen wäre und man sie durch die Schräge nicht nach innen hin öffnen könnte, wie das bei den beiden anderen Zimmern möglich war. Auf dem Boden liegen weiß lackierte Paletten, deren Farbe bereits ein wenig absplittert und auf denen dicke weiße Polster und Kissen drapiert sind, in allen Farben des Regenbogens. Die Idee mit den Paletten hatte damals ein Nachbar, der einen Anbau machen ließ und massig von diesen Dingern herumliegen hatte, die er so nicht entsorgen musste. Hätte es damals schon Instagram gegeben, ich wäre vielleicht eine Trendsetterin gewesen, lange bevor alle begannen, sich alles Mögliche aus Holzpaletten zu bauen. An den Wänden hingen Lichterketten und in der Mitte, auf den groben alten Holzdielen, hatte ich einen bunten Teppich ausgebreitet.

Natürlich waren wir jetzt nicht im Anbau, sondern im Haus, aber auch da gab es genug zu sehen. Wir sind stolze Besitzer eines alten Fachwerkhauses und die Balken sind in die Räume integriert. Im Wohnzimmer stehen zwei frei, die wir als Raumteiler nutzen. Zwischen den Balken haben wir eine halb hohe Wand hochgezogen, auf der massig Kerzen und Blumentöpfe und allerlei selbst gemachte Deko-Objekte ihren Platz gefunden haben. Im vorderen Teil des Zimmers steht der alte, verschrammte Esstisch mit den zusammengewürfelten Stühlen, hinter der Abtrennung befindet sich das Sofa. Neben dem Sofa steht ein alter Übersee-Koffer auf dem Boden, in dem sich jede Menge Bücher befinden, bereit, um gelesen zu werden. Wir schließen diesen Koffer nie, was auch ganz unmöglich wäre, weil die Bücherstapel viel zu hoch sind. Überall in diesem Zimmer sind Erinnerungsstücke oder meine Kunstwerke verteilt, an den Wänden hängen Bilder. Es ist ein toller Raum, voller Leben und mit ausreichend Sachen, die sich Parker anschauen konnte.

Auch im Badezimmer gibt es offene Balken, hinter denen die Badewanne eingelassen ist und die als praktische Ablage dienen, für den Badezusatz ebenso wie für ein gutes Glas Wein, wenn man in der Wanne liegt. Die Toilette ist nicht in einem separaten Raum, sondern im Badezimmer untergebracht, weil man das früher eben so machte, und sie wird ebenfalls von Balken flankiert, an denen das ganze Jahr Lichterketten mit flauschigen rosa Federn hängen. Man kann es nämlich auch auf dem privaten Örtchen ein wenig gemütlich haben, finden wir. Aus diesem Grund ist auch nur der Bereich um die Badewanne herum gefliest. Die restlichen Wände bedeckt eine grandiose Tapete mit einem mintgrünen Ornamentmuster, die genau die Farbe der Fliesen aufnimmt. Oben sind unsere Schlafzimmer und ein weiteres kleines Bad. Mein Schlafzimmer ist nicht besonders groß und verwinkelt, mit einer Gaube, unter der mein Bett steht. Ich liebe es, durch das große Fenster in den Nachthimmel zu sehen und die kühle Nachtluft auf meinem Gesicht zu spüren, wenn ich dort liege.

Natürlich würde Parker auch diesen Raum nicht zu sehen bekommen, aber als ich jetzt mit dem Eintopf wieder ins Zimmer trat, stand er mit neugieriger Miene vor dem wunderschönen alten Büfettschrank, in dem Omi ihre Geschirrsammlung aufbewahrte. Er fuhr herum.

»So, jetzt geht es los«, sagte ich munter und stellte den Topf ab.

Der Tisch war bereits gedeckt, mit den zusammengewürfelten Tellern und den bunten Stielgläsern, die wir so gerne benutzten, auch wenn wir nur Wasser tranken.

»Nehmen Sie Platz und hauen Sie rein.«

Parker hatte überrascht und anerkennend genickt, als er den ersten Löffel aß, und ich verdrehte die Augen. Hatte er das nicht gewusst, dass es nichts mit einem Essen aufnehmen konnte, das eine Oma gekocht hatte?

»Das ist hervorragend«, sagte er lobend.

»Ach was.« Omi hatte gespielt verlegen den Blick gesenkt und gekichert wie ein kleines Mädchen. Ich seufzte.

»Das ist nur etwas ganz Einfaches. Sie sollten einmal meinen Braten probieren, dann dürften Sie das sagen. Du musst ihn unbedingt mal mitbringen, wenn wir den haben, Ida. Ich habe noch selbst eingekochtes Rotkraut im Haus. Sie würden vor Begeisterung anfangen zu singen.«

Parker nickte höflich und versagte es sich, ihr mitzuteilen, dass er niemals so etwas Emotionales tun würde, ich sah es genau.

Die Türklingel unterbrach uns und Omi stand auf, ohne auf sein Gesicht zu achten. Unsere Glocke ist kein einfaches Signal, sondern lässt jedes Mal die ersten Takte der *Ode an die Freude* ertönen. Mein Freund Justus hatte das irgendwie gedreht, mit einer modernen Anlage, auf die man Wunschsounds aufspielen kann, weil Omi und ich dieses Stück so lieben.

»Das müssen Klärchen und Gerdi sein«, verkündete sie und wackelte hinaus, um ihnen aufzumachen. »Die werden sich freuen, Sie kennenzulernen.«

Kapitel 9

Ich zuckte einmal mehr mit den Achseln, als ich Parkers Blick auffing. So war das hier eben, sollte das heißen. In diesem Haus ist jeder willkommen und hier wird jeder sofort ein Teil des Ganzen, ob es ihm passte oder nicht.

»Und das ist Idas neuer Chef«, stellte Oma stolz vor. »Die beiden hatten heute einen Einsatz und haben einen Fall geklärt und nun brauchen sie eine Stärkung.«

»Ein schöner Mann«, stellte Klärchen fest und strahlte ihn an. »Was für ein Glückspilz du bist, Ida.«

Ich grinste.

»Und diese Muskeln«, rief Gerdi und zwinkerte Parker zu. »Ich hatte schon immer eine Schwäche für starke Männer.« Sie kicherte so sehr, dass ihre zwei Kinne wackelten. Gerdi ist ziemlich drall und klein und eine echte Wucht. Ihre kurzen grauen Löckchen wippten stets, wenn sie kicherte, und ihr rotes, strahlendes Gesicht leuchtete dabei wie das eines kleinen frechen Mädchens.

»Gerdi, reiß dich zusammen«, befahl Klärchen bestimmt. »Du bist zu alt für ihn.«

»Man ist nie zu alt, um etwas Schönes zu bestaunen«, gab Gerdi unbekümmert zurück und scherte sich nicht darum, dass Parker unruhig auf seinem Stuhl hin und her zu rutschen begann. Dann legte sie ihm die Hand auf seine und zwinkerte ihm zu.

»Keine Angst, junger Mann. Ich mache nur Spaß. Ich bin damit durch und sehr zufrieden. Erst heute habe ich die Hilda auf dem Friedhof getroffen, als ich das Grab von meinem Theo neu bepflanzt habe.« Sie hielt kurz inne und sah einen Moment nachdenklich aus. »Zum letzten Mal. Die Pacht läuft aus und dann wird es eingeebnet.« Wieder starrte sie einen Moment vor sich hin, dann lachte sie plötzlich. »Nun, so ist das, man muss auch abschließen. Ich habe darüber nachgedacht, es noch einmal verlängern zu lassen, aber ich bin mir noch nicht ganz schlüssig, was ich mache. Das Grab von deinem Karl ist schon lange nicht mehr und dir hat das ja auch nicht geschadet.« Sie deutete auf Omi. »Auf alle Fälle habe ich die Hilda gesehen, sie hat die Lioba besucht, die ja ihre beste Freundin war und die sie ziemlich vermisst, seit die gestorben ist.«

Alle drei Frauen nickten nachdenklich. Parker bemühte sich um eine angemessen ernsthafte Miene, auch wenn ich sah, dass er noch überlegte, ob Gerdi wohl ein wenig plemplem wäre.

»Und sie sah nicht gut aus, die Hilda. Ziemlich abgekämpft und kleiner als früher. Und ich weiß, weshalb. Ihr Franz ist einfach zu zäh und obwohl er schon lange nicht mehr so gesund ist wie früher, will er einfach nicht gehen. Und er macht der Hilda immer noch das Leben schwer, wie er es von jeher getan hat. Sie hätte damals den Günther nehmen sollen, auch wenn der nicht so einen großen Hof samt Haus hatte. Aber beim Günther hätte sie ein schöneres Leben gehabt.«

Ich warf Parker, der mittlerweile seine zweite Portion aß und dem Gespräch jetzt nachdenklich lauschte, einen Blick zu.

»Wir haben so manchen Fehler gemacht, damals. Wir alle. Aber keine von uns muss so lange dafür büßen wie die Hilda. Ich habe mit meinem Theo Glück gehabt, wenn man es mit ihr vergleicht. Und wisst ihr, was die Hilda sagte? *Du hast es gut, Gerdi. Du gießt schon. Ich koche noch.*«

Ich prustete heraus und sah, wie Parker sich an seinem Eintopf verschluckte.

»Das hat sie nicht gesagt, Gerdi«, widersprach ich und überlegte, ob ich ihm auf den Rücken klopfen sollte. Er bekam es in den Griff und ich blieb sitzen.

»Aber sie hat es gedacht«, gab Gerdi resolut zurück. »Da bin ich mir sicher.«

»Wo wir gerade beim Friedhof sind«, warf Omi ein. »Habt ihr über meine Idee nachgedacht?«

Gerdi und Klärchen wechselten einen Blick.

»Es ist eine tolle Idee. Was habt ihr nur dagegen?«, wollte Omi wissen.

»Nun, ich weiß nicht. Ich sollte vielleicht doch das Grab behalten und irgendwann bei meinem Theo sein«, gab Gerdi zu bedenken.

Ich sah Parkers Blick und beschloss, ihn aufzuklären. Ich wartete, bis er den Mund leer hatte, und sagte dann: »Omi plant eine WG.«

»Das ist doch eine gute Idee«, antwortete er höflich.

»Nicht wahr?« Omi strahlte. »Meine Worte.«

»Eine Grab-WG. Sie will nicht hier mit ihren Freundinnen zusammenziehen, sondern ein gemeinsames Grab haben«, präzisierte ich.

Parker hatte dummerweise schon wieder einen Löffel Eintopf im Mund, aber dieses Mal schaffte er es, den erst zu schlucken, ohne sich erneut in Gefahr zu bringen.

»Ach ja?«

»Ja. Wir hatten so viel Spaß im Leben und wir sind die besten Freundinnen. Wir haben uns durch dick und dünn begleitet und dann hätten wir Zeit, um uns miteinander auszuruhen.«

»Das gehört sich nicht. Was würden die Leute sagen?« Klärchen gab sich pikiert. Sie hatte als einzige der drei Frauen nie geheiratet und manchmal erinnerte sie sich daran, dass sie deshalb die Rolle der Tugendwächterin zu spielen hatte. Obwohl Omi mir versichert hatte, dass es Zeiten gab, in denen Klärchen auf ihre Tugenden gepfiffen habe und sich recht gründlich mit den Argumenten auseinandersetzte, die manche Burschen in den Ring warfen, um sie doch noch in den Ehestand zu versetzen. Aber am Ende konnte sie keiner überzeugen und Klärchen hatte ihren Weg alleine fortgesetzt.

Jetzt allerdings setzte sie mit ihren Einwänden fort. »Die würden denken, dass wir mehr waren als Freundinnen.«

»Und wenn? Lass die Leute reden, sag ich immer. Und eines versichere ich dir: Wenn du tot bist, kümmert es dich nicht mehr.«

»Nur dass ich dann wahrscheinlich das Pech hätte, als Letzte zu sterben, und es mir doch anhören müsste«, gab Klärchen zurück und verschränkte ihre Arme vor der Brust. »Ihr beide habt doch immer mehr Glück gehabt als ich.«

Ich hatte das Gefühl, dass Parker eine Pause brauchte, und wechselte das Thema. Die drei konnten auf einen Fremden durchaus ein wenig seltsam wirken, für mich waren sie aber die großartigsten Frauen der Welt. Sie hatten jede ihr Schicksal gehabt, Herausforderungen meistern und immer weitermachen müssen, auch wenn sie dachten, es nicht zu können. Und das hatten sie getan, mit der unerschütterlichen Liebe und Hilfe ihrer Freundinnen, mit Mut und Witz und vor allem damit, dass sie manche Sachen eben anders angingen, dass sie sich auf ihre Art dem Leben stellten. Doch Parker brauchte vermutlich noch eine Weile, um das zu verstehen, also begann ich, von unserem Tag zu erzählen.

»Das war so cool und es hat so viel Spaß gemacht«, schloss ich meinen Bericht und strahlte meine gebannt lauschenden Zuhörerinnen an. »Genauso habe ich mir das vorgestellt. Was denken Sie, Parker«, wandte ich mich nun an meinen Chef, »werden wir bald wieder so etwas aufklären?«

Er sah mich einen Moment an. »Diese Fälle haben wir nicht allzu oft.«

»Oder vielleicht etwas anderes? Noch Größeres? Etwas, wo wir noch mehr ermitteln müssen? Wo es um richtig viel Geld geht?«, fragte ich hoffnungsvoll.

»Ida, Sie wissen doch, dass die ganz großen Fälle in der Münchner Zentrale landen und nicht bei uns bearbeitet werden.« Er klang bei diesen Worten ein bisschen frustriert. »Da sind die Spezialisten.«

»Aber Sie sind auch ein Spezialist. Wie Sie das heute gemacht haben …«

Er lächelte kurz. »Danke, aber das sieht die Zentrale anders, fürchte ich. Wir werden uns in Zukunft wieder mit den Auto …« Er warf einen Blick zu den alten Damen und räusperte sich, »mit den Autodelikten befassen. Und in ein paar Tagen kommt ein neues Edelhandy heraus. Sie werden erstaunt feststellen, wie viele Menschen dann plötzlich einen Schaden an ihrem alten melden. Wir werden also genug zu tun haben.«

»Handys«, stieß ich hervor und war enttäuscht. »Echt jetzt?«

Er zuckte die Acheln. »Ich fürchte, ja. Und nun«, er erhob sich und legte seine sorgsam gefaltete Serviette neben den Teller, »wird es Zeit für mich. Ich danke Ihnen für das ausgezeichnete Essen und Ihre Gastfreundschaft, Frau …«

»Frieda«, warf Omi strahlend ein. »Ich bin die Frieda und ich hoffe, dass Sie bald wieder bei uns vorbeischauen werden, jetzt, wo wir Freunde sind.«

Er verabschiedete sich höflich von allen und ich stand auf, um ihn zur Tür zu bringen. Die Damen warteten gerade eben ab, bis wir aus dem Zimmer waren, als ich bereits Gerdi seufzen hörte.

»Was für ein Mann! Habt ihr diese Muskeln gesehen? Wenn ich in Idas Alter wäre, würde der heute gar nirgends mehr hinfahren.«

Die anderen kicherten. Ich sah Parker an, der die Augenbrauen hob.

»Und er sieht so viel besser aus als der andere Kollege, dieser Sven. Allerdings hat der deutlich mehr gesprochen.« Das war wieder Gerdi.

»Er hat mit dir geflirtet, du eingebildetes Ding«, erklang Klärchens missbilligende Stimme. »Und du hast nicht gemerkt, dass es nur Höflichkeit war.«

»Na und? Es tut auch dann gut, wenn es nur höflich ist. Wir sind zwar alt, aber doch immer noch Menschen. Auch in unserem

Alter tut es gut, wenn man das Gefühl bekommt, etwas Besonderes zu sein. Liebenswert zu sein. Auch in unserem Alter schlägt noch ein Herz in der Brust und ihr wisst das so gut wie ich. Weil wir es jeden Tag erleben, dass es nicht so ist, dass man unsichtbar wird. Dass die jungen Menschen denken, man braucht keine Zuwendung mehr, keine liebenden Worte. Weil sogar manche Alten so denken.«

Ein kollektives Seufzen folgte diesen Worten und ich öffnete endlich die Tür und stieg mit Parker die Stufen zur Eingangstür hinab.

Er sprach erst, als wir aus dem Haus waren. »Ihre Familie ist ebenso unkonventionell wie Sie, Ida.«

»Ja, und sehr liebenswert«, gab ich zurück und reckte meinen Kopf. Ich würde nicht zulassen, dass er Omi oder ihre Freundinnen in ein schlechtes Licht rückte.

»Das stimmt«, entgegnete er knapp und schaffte es damit, mich zu überraschen. Dann kniff er ein Auge zusammen und der Moment war vorbei.

»Sven Brandmeier war hier?«

»Ja«, gab ich achselzuckend zurück. »Er hat mich ein paar Mal heimgefahren und Sie wissen jetzt ja, wie das hier läuft. Wenn Omi das mitbekommt, wird man zum Abendessen eingeladen. Er und sie verstehen sich prächtig und er mag Gerdi und Klärchen. Ich bin mir nicht sicher, ob er in Wahrheit nicht ihretwegen kommt. Er lacht sich jedes Mal schlapp darüber, was die drei so alles sagen und tun.«

Parker nickte langsam. »Also war er schon öfter hier.«

»Ja.« Ich sah ihn an. »Das ist nicht verboten, oder?«

»Nein«, gab er zurück und schien noch etwas hinzufügen zu wollen, als mein Handy sich meldete. Irritiert sah er es an.

»Ernsthaft?«, fragte er und meinte offensichtlich meinen Klingelton, das Miss-Marple-Thema aus den alten Schwarz-Weiß-Filmen.

Ich grinste zufrieden. Dann sah ich auf das Display und warf Parker einen entschuldigenden Blick zu, als ich das Gespräch annahm.

»Justus, du Liebe meines Lebens. Was kann ich für dich tun? Klar, komm rüber. Nein, das Auto gehört meinem Chef, er hat mich heute heimgefahren, weil es länger dauerte, und Omi hat ihn dafür gefüttert. Er ist gerade auf dem Sprung, kein Problem. Also schwing dich rüber. Ich warte auf dich.«

Kapitel 10

Justus ist neben meiner Omi der wichtigste Mensch in meinem Leben und der Einzige, der die andere Ida kennt. Die, die auch in mir steckt und manchmal mit einer erschreckenden Macht über mich hereinbricht.

Für die meisten Menschen bin ich einfach nur Ida, immer gut gelaunt, mit einem vorlauten Mundwerk und dem fatalen Hang gesegnet, das zu sagen, was ich denke. Ich bin die leicht Verrückte, das weiß ich, und ich bin das gerne. Die Stämmige, die sich nicht darum schert, dass man heutzutage ständig über seinen Körper jammern muss. Ich bin die, die sich scheinbar um nichts Sorgen macht und alles so hinnimmt, wie es kommt. Für manche bin ich auch schlicht naiv und für wieder andere zu forsch. Mit all dem komme ich gut klar, denn wie gesagt, für mich bin ich einfach genau so, wie ich sein will. Aber tief unter all dem bin ich auch anders und da gibt es eine zweite Ida, die mir manchmal Angst macht. Weil es dieser Ida nicht ausreicht, mit einem unverbrüchlichen Optimismus durch die Welt zu gehen. Weil es ihr nicht ausreicht, an alles Mögliche zu glauben, das dich beschützt und deinem Leben einen Sinn gibt. Denn das tue ich. Ich glaube an Karma, daran, dass die Sterne nie lügen und dass man nie aufgeben darf. Ich glaube an Gott und wie bereits erwähnt an den ganz besonderen Schutz der heiligen Maria und dass man nie mehr aufgehalst bekommt, als man ertragen kann. Ich glaube daran, dass es aus dem Wald herausschallt, wie man hineinruft, und dass jede gute Tat, die man vollbringt, dir selbst irgendwann eine gute Tat zurück schenkt. Ich glaube, dass die Menschen grundsätzlich nett sind und es manche nur nicht so gut zeigen können. Und ich glaube, dass einige wirklich doof sind, diese jedoch in meinem Lebensplan keine wichtige Rolle spielen und somit abgehakt werden dürfen. Ich glaube, dass man Erfahrungen machen muss, gute wie schlechte, weil man daraus lernt. Und ich glaube ganz fest daran, dass man nie seinen Humor verlieren darf und am Ende schon alles gut wird. Aber diese geheime Ida glaubt noch an ganz andere Dinge. Sie glaubt daran, dass es sehr viel mehr gibt, das unser Leben beeinflussen kann. Mächte, die man nicht kontrollieren und ebenso wenig erklären kann. Sie glaubt, dass jeder von uns ein vorbestimmtes Schicksal hat, dem man nicht entkommen kann, egal wie sehr man sich müht. Sie glaubt daran, dass man dieses Schicksal akzeptieren muss und auf gar keinen Fall herausfordern darf. Und vor allem: Sie weiß es sogar, welches mein Schicksal ist. Sie weiß, auf welche Sache ich mich nie einlassen darf, und sie hat mir die Gründe dafür so glaubhaft dargelegt, dass ich dem nichts entgegensetzen kann.

Normalerweise gelingt es mir ganz gut, diese andere Ida zu kontrollieren und ihr nicht allzu viel Macht einzuräumen. Und da ich mit dieser Sache, die sie entdeckt hat, ganz gut leben kann, greift sie nur sehr selten in meine Existenz ein. Damit das so bleibt, tue ich, was nötig ist, und weigere mich vehement, darüber zu reden, was mir diese Ida alles einflüstert. Nein, stattdessen habe ich einen Weg gefunden, um sie schachmatt zu setzen, und das ist auch gut so. Justus ist der Einzige, dem ich das alles anvertraut habe, und er hat nie darüber gelacht, auch wenn er zweifelnd den Kopf geschüttelt hat. Er versteht es zwar nicht, akzeptiert es aber, und das ist alles, was ich von ihm wollte.

Seit ich mit vier Jahren zu Omi kam, ist er mein bester Freund. Seiner Familie gehört das Haus nebenan und er ist genauso alt wie ich. Er hatte mich angesehen, als ich hier einzog, und einfach meine Hand genommen und mich mit sich in den Garten gezogen. Ich hatte früher schon mit ihm gespielt, wenn ich hier zu Besuch gewesen war, aber an jenem Tag fühlte es sich anders an.

»Wenn du jetzt hier wohnst«, sagte er ruhig, »dann können wir richtige Freunde sein.«

»Ich muss jetzt hier wohnen, weil meine Mama und mein Papa tot sind«, gab ich zurück.

Justus nickte langsam. »Ich soll nicht darüber reden, sagt meine Mama. Aber ich finde das blöd. Wenn meine Eltern sterben, würde ich darüber reden wollen.«

»Ich will es auch«, antwortete ich leise und dann tat ich es. An diesem Tag sprach ich nur darüber, wie sehr sie mir fehlten und welche Angst mir das machte, und spürte doch bereits, dass ich dafür etwas anderes bekommen hatte. Die Hoffnung darauf, dass es irgendwann nicht mehr so wehtun würde. Und einen neuen Menschen, der irgendwann diese entsetzliche Leere ausfüllen könnte, die mich gerade beherrschte.

Am nächsten Tag hatte er darauf bestanden, dass wir gemeinsam in den Kindergarten gebracht wurden, in den er schon ein Jahr ging, und hat den ganzen Tag mit mir in der Puppenecke gespielt, obwohl er viel lieber in der Bauecke war. Nachmittags stand er wieder vor der Tür und vier Wochen später wurde ich zum ersten Mal eingeladen, bei ihm zu übernachten. Justus hat mich vom ersten Tag an gestützt und ich entdeckte bald, was für ein wunderbarer und empathischer Mensch er war. Und auch als wir älter wurden, brach die Freundschaft nicht ab. Ich hatte ihm zu vieles anvertraut und ich kannte alle seine Träume. Justus ist für mich mehr als ein Freund, und das wird immer so bleiben. Als wir alt genug wurden, um das andere Geschlecht doof zu finden, widersetzten wir uns dem vehement. Und wir haben es geschafft, die besten Freunde zu bleiben, bis heute. Nichts kann diese Beziehung zerstören, schon gar nicht Hormone oder eine kleine zwischengeschlechtliche Dummheit. Meine Liebe zu ihm und seine zu mir ist auf einem ganz anderen Fundament errichtet. Er hat eine Freundin, eine supernette Frau, mit der er momentan eine Fernbeziehung führt, weil sie zum Studieren nach Hamburg ging. Ja, ich habe sie genau beobachtet und ich weiß, dass sie die Richtige für ihn ist. Und für mich, denn sie ist schlau genug, um zu sehen, was uns verbindet, und mich nicht als Gefahr zu betrachten, was einige ihrer Vorgängerinnen leider taten.

Als er jetzt über den niedrigen Zaun sprang, der unser Grundstück von dem seiner Eltern trennte, war Parker eben im Begriff, einzusteigen.

»Das ist mein Freund Justus«, hatte ich ihn strahlend vorgestellt und meine Arme fest um ihn geschlungen. »Just, das ist Parker.«

»Hallo.« Justus hatte sein umwerfendes Lächeln aufgesetzt und gezwinkert. »Ich habe schon viel von Ihnen gehört.«

Parker nickte knapp, schlug in die ausgestreckte Hand ein und räusperte sich.

»Na dann, einen schönen Abend Ihnen beiden. Bis morgen, Ida.« Damit sprang er in seinen Wagen und fuhr los und Justus und ich zogen uns, wie so oft, in mein Palettenzimmer zurück, um zu reden.

In den nächsten Wochen schien es, als ob Parker mit seinen deprimierenden Voraussagungen recht behalten sollte. Das neue Handy kam heraus und die Schadensfälle am Vorgängermodell stiegen signifikant an. Es gab auch weiterhin ausreichend Dummköpfe, die fingierte Auffahrunfälle verursachten und nicht wussten, dass es eine zentrale Datei gibt, in der die Fahrgestellnummern gespeichert werden, mit deren Hilfe wir ziemlich einfach nachprüfen konnten, ob der Verursacher in früherer Zeit bei anderen Versicherungen auch schon solche Schäden eingereicht hatte. Parker saß an seinem Schreibtisch und immer seltener wurde ich dazugebeten, weil es einen Fall gab, der aus der Reihe tanzte und bei dem ich ihm zur Hand gehen durfte – oder den er zumindest als gute Lehrstunde ansah. Sarahs Bauch wuchs stetig und Sven war noch ein paar Mal bei uns zu Gast gewesen. Im Gegensatz zu Parker, der mir nie mehr angeboten hatte, mich nach Hause zu fahren, und der auch meine Einladung zu Braten und Rotkraut, die ich auf Omis Wunsch hin übermittelt hatte, ausschlug. Manchmal hatte ich das Gefühl, dass er mich beobachtete, und ich war froh, dass er mir seine Überlegungen dann nicht mitteilte. Ich argwöhnte nämlich, dass er mich für ein wenig verrückt hielt, was ich ihm nicht einmal übel nahm, und dass er manchmal ein bisschen überfordert war von mir, was ich ebenfalls kannte. Aber beruflich begann ich, mir seinen Respekt zu erarbeiten, wenn das auch, wie gesagt, nicht ganz schwer war, da ich nach wie vor die unspektakulärsten Fälle zu bearbeiten hatte, bei denen man nicht Miss Marple sein musste, um sie zu entlarven.

Und dann las mir Omi eines Mittwochmorgens mein Horoskop vor.

»Heute wird etwas passieren, womit Sie nicht rechnen. Dieser Tag wird ein Wendepunkt und Ihr Leben komplett auf den Kopf stellen.« Ihre Stimme klang triumphierend.

»Steht das unter beruflich oder privat?«, fragte ich interessiert.

»Hm. Die haben das heute nicht getrennt. Seltsam, was? Bei allen anderen Sternzeichen schon, nur bei dir nicht. Das habe ich noch nie erlebt, und das muss etwas heißen, Ida. Das ist kein Zufall. Mach dich bereit.«

Ich machte mich bereit, indem ich mein Lieblingskleid anzog, das mit den bunten Blumen und dem schön weit schwingenden Saum, und meine wilden Locken zurechtzupfte, ehe ich aus dem Haus ging und zur Bahn eilte. Ich bin keine von diesen Frauen, die sich jeden Tag aufbrezeln, um ins Büro zu gehen. Ich sitze da nur an meinem Schreibtisch und dort habe ich es in meinen normalen Klamotten deutlich bequemer als zum Beispiel Parker in seinem korrekten Anzug. Ich brauche auch nicht viele kosmetische Hilfsmittel. Ein wenig Wimperntusche genügt mir, um meine Augen zu betonen. Denn diese Augen sind, meiner Meinung nach, auch ohne viel Zutun ganz nett, groß und grün und fast immer strahlen sie freudig. Ich würde mir auch nie Make-up auf die Haut schmieren, denn dann würde ich meine Sommersprossen zukleistern. Ich liebe meine Sommersprossen und ja, ich finde, dass ich gesegnet bin, weil ich welche habe. Mein Mund ist auch ohne Lippenstift groß und rot genug für meinen Geschmack und außerdem ist es nicht günstig, Lippenstift zu tragen, wenn man so gerne Schokolade isst wie ich. Also begnüge ich mich mit seinem natürlichen Look und riskiere nicht, dass ich jedes Mal nachlegen muss oder mich verschmiere, wenn ich mir ein Stückchen Seelentrost gönnte. Meine Haare sind braun und reichen mir bis zum Schlüsselbein und durch die leichte Naturwelle sehen sie meist etwas wilder aus, was aber auch daran liegen kann, dass ich sie nicht allzu gründlich kämme und mir gerne hindurchfahre, wenn ich rede. Seit einiger Zeit trage ich einen Pony und Justus findet, dass er mir steht, was ich, unter uns, ebenfalls denke. Ich bin ziemlich zufrieden mit mir, auch wenn ich weiß, dass es viele Frauen gibt, die hübscher sind als ich. Aber das ist nicht wichtig. Wichtig ist nur, dass mir das Gesicht gefällt, das mir im Spiegel entgegenblickt. Wenn andere sagen, ich sähe kindlich aus oder unscheinbar, weil ich mich nicht herausputze, dann ist das ihre Meinung, zu der sie jedes Recht haben, die mich aber nicht kümmert. Selbst wenn ich lieber eine andere Nase gehabt hätte, es war ja nicht zu ändern, also versuchte ich es erst gar nicht. Natürlich hätte ich an meinem Gewicht drehen können, aber auch das war es mir nicht wert. Ich esse einfach zu gerne und ich will nicht jeden Abend Sport machen, dazu stehe ich. Und auch hier galt: Wenn mich andere deswegen nicht mochten, dann sollten sie das tun. Denn diejenigen, die mir wichtig waren, fanden mich so in Ordnung, wie ich war.

Ich ging heute also mit meinem schönen Blumenkleid und mit jeder Menge Erwartungen ins Büro. Wenn ich es mir heraussuchen dürfte, würde sich das Horoskop nämlich darauf beziehen und nicht auf die Liebe. Mir war deutlich mehr daran gelegen, dass es im Job spannend wurde denn in meinem Privatleben. Das plätscherte nämlich gerade sehr entspannt vor sich hin, was genau meinen Wünschen entsprach. Ich hatte vor einigen Monaten einen Kerl kennengelernt, den ich in mein Palettenzimmer einlud und mit dem ich eine gute Zeit verbracht hatte, ehe wir merkten, dass sich unsere Ansichten, wie es weitergehen sollte, zu sehr unterschieden. Er hatte ein wenig verschnupft reagiert, es dann aber akzeptiert, dass ich trotz meiner siebenundzwanzig Jahre nicht das Gefühl hatte, nun langsam an etwas Festes denken zu müssen, und mir gestanden, dass ich sowieso nicht seine erste Wahl gewesen wäre. Danach hatten wir fast noch eine bessere Zeit, die allerdings nach wenigen Wochen recht jäh endete, als er eine fand, die wie er erwachsen werden wollte und sich ernsthaft zu binden gedachte. Ich weinte ihm nicht nach, dankte ihm ehrlich für die zwar kurze, aber schöne Zeit und wünschte ihm von Herzen alles Glück der Welt. Aber mein Bedarf an zwischenmenschlichen Beziehungen war vorerst gedeckt und ich genoss meine Freiheit aus vollen Zugen.

Deshalb hoffte ich nun darauf, dass sich in meinem Job etwas tat, was für ein wenig Abwechslung sorgen würde, und gegen Abend, als ich beinahe nicht mehr daran glaubte und schon fürchtete, dass sich doch mein Liebesleben dramatisieren könnte, klingelte endlich das Telefon auf meinem Tisch. Parker war bereits seit Stunden weg, wie mir auffiel, und noch immer nicht zurück. Er war mit ernster und gleichzeitig seltsam erregter Miene aus dem Büro gestürmt und ich fragte mich seither, was ihn so außer Fassung bringen konnte. Nun war es also mein Telefon, das läutete, und ich nahm ab.

»Masmeier. Hallo, Ida. Wir bräuchten Sie mal im Konferenzraum eins.«

Im Konferenzraum eins saß nicht nur mein ehemaliger Chef, sondern auch Parker, der mir mit undefinierbarem Blick entgegensah. Ich lächelte und setzte mich dazu.

»Ida, wie ich höre, haben Sie sich gut eingelebt?«

Ich nickte strahlend. »Auch wenn ich es mir ein wenig aufregender vorgestellt hatte. Sie hätten mich warnen sollen, dass es dort gar nicht so viel anders zugeht als in meiner alten Abteilung«, sagte ich und lächelte Maschi an, um zu zeigen, dass ich es nicht ganz ernst meinte. Oder um so zu tun, als würde ich es nicht ernst meinen.

Masmeier grinste. »Ich habe mir das gedacht, dass Sie andere Vorstellungen hatten. Und deshalb werden Sie gleich ziemlich begeistert sein von dem, was ich Ihnen vorschlagen will. Die Zentrale in München ist überlastet und wir haben einen Fall zugeteilt bekommen, der vermutlich genau das ist, was sich Ihr Herz erhofft. Und ich würde Sie zu gerne damit betrauen, unter der Führung von Parker, versteht sich. Ich denke, Sie beiden wären genau die Richtigen, um München zu zeigen, dass auch wir hier fähige Leute haben.«

Kapitel 11

»Oh mein Gott«, flüsterte ich, als mein Chef mit seinem Bericht endete. »Das ist genau das, was ich wollte.«

Er nickte wissend. Die Story, die er mir eben erzählt hatte und über die er mit Parker bereits ausführlich gesprochen hatte, klang wie aus dem Drehbuch zu einem Krimi und ließ mich unruhig auf meinem Stuhl hin und her zappeln. Eine Lebensversicherung war angefordert worden, eine sehr hohe Summe. Die Police hatte zum Todeszeitpunkt gerade erst ein paar Wochen des Zeitraums überschritten, die sie brauchte, um überhaupt zur Zahlung berechtigt zu sein, was an sich bereits verdächtig war, denn kaum einer starb so zielgenau dann, wenn man dafür auch Geld bekam. Und schon gar nicht ein junger, gesunder Mensch. Der Totenschein war im Ausland ausgestellt worden und ziemlich obskur, denn bisher hatte man keine Leiche gefunden. Stattdessen war beantragt worden, dass man eine als vermisst geltende Person nun für tot erklärte, was die Software sofort zum Aufheulen brachte. Auch in München, wo der Fall gelandet war, war man sich ziemlich sicher, dass man das unbedingt genauer ansehen sollte, dass die junge Witwe entweder gar keine war oder etwas viel Schlimmeres als das. Normalerweise hatte die Hauptstelle ihre Leute, die nun ausrücken würden, aber im Moment starben zu viele unter verdächtigen Umständen und zudem war auch in München ein unerwarteter Babyboom ausgebrochen, und so hatte man zähneknirschend uns gebeten, diesen Fall zu übernehmen. Parkers höchstpersönliche Aufklärungsrate war nämlich ziemlich beeindruckend, auch wenn er sich normalerweise mit kleinen Verbrechen herumschlagen musste.

»Natürlich wäre ich bereit und die Richtige für den Fall. Ich würde mit aller Hingabe ermitteln und so lange nicht aufgeben, bis ich etwas gefunden habe.« Ich legte all meine Begeisterung und Aufregung in diese Sätze.

»Manchmal ist es trotz aller seltsamen Anzeichen am Ende doch genau so, wie man uns meldet. Es ist ein Verdacht, aber das heißt nicht, dass sich der bestätigt«, warf Parker ein.

»Dann finde ich eben heraus, dass alles in Ordnung ist. Ich kann das! Ich kann dahin fahren und mich mit der Witwe«, ich senkte die Stimme, »oder der Mörderin anfreunden.« Ein wohliger Schauder lief mir über den Rücken. »Und ich kann ihr Vertrauen gewinnen und sie dazu bringen, sich zu verraten. Ich kann ziemlich gut mit Menschen umgehen, sie vertrauen sich mir gerne an und die meisten mögen mich.«

»Das stimmt«, bestätigte Masmeier und sah zu Parker, der deutlich weniger begeistert war als ich.

»Sie ist neu in der Abteilung. Ich denke, dass ein erfahrenerer Kollege vielleicht angebrachter wäre. Sarah zum Beispiel ...«

»Sie ist schwanger, Parker. Sie kennen die Gesetze. Wir können keine schwangere Kollegin zu diesem Einsatz schicken und ich will das auch gar nicht.« Maschi gab sich bestimmt.

»Es könnte die Geschichte stützen«, begann Parker, aber Masmeier schüttelte den Kopf.

»Nein, das werden wir nicht verlangen. Und da auch Sven Brandmeier ausscheidet, weil er leider nicht überzeugend als Ihre Frau auftreten kann, ist sie die einzige Alternative, die Sie haben, Parker.« Er deutete lächelnd auf mich. »Es sei denn natürlich, Sie würden es vorziehen, doch mit Sven Brandmeier zu ermitteln. Heutzutage reisen ja auch gleichgeschlechtliche Paare in die Flitterwochen, ich möchte das auch gar nicht ausschließen. Falls Ihnen diese Rolle mit dem Kollegen leichter fallen würde.« Er zwinkerte mir zu und ich konnte nicht anders, ich musste ihn gerade ein ganz klein wenig feiern. Also wusste auch Maschi, wie man Parker triezen konnte.

Der starrte einen Moment zurück, eher er stumm den Kopf schüttelte. Masmeier klatschte zufrieden in die Hände.

»Dann ist das also geklärt. Sie bearbeiten den Fall mit Ida. Und ganz unter uns, ich denke, sie ist nicht die schlechteste Idee.«

Es machte Parker ganz offensichtlich zu schaffen, dass der lang ersehnte Auftrag, der ihn natürlich sehr reizte, diesen kleinen Haken hatte. München hatte ihn offiziell für zwei ausgeschrieben, und zwar für ein Paar, weil das unter den gegebenen Umständen die sicherste Tarnung war. Dieses Paar sollte sich an die besagte Witwe heranmachen und ihr dezent auf den Zahn fühlen. Und das war es wohl, was ihn dazu brachte, jetzt ein bisschen zickig zu werden.

»Ich denke, dass ich auch alleine in der Lage wäre«, begann er, wurde aber mit einem sanften Lächeln unterbrochen.

»Sie haben die Anweisung gesehen, Parker, und unter uns, ich denke, die wurde gut durchdacht.«

»Aber …«, begann er wieder, doch jetzt unterbrach ich ihn.

»Ich habe doch bereits beim Porzellan-Fall gezeigt, dass ich das kann. Ich kann mich super in so eine Situation hineinversetzen, echt.«

»Allerdings«, gab er mit unbeeindruckter Miene zurück. »Vielleicht sogar ein wenig zu gut.«

»Ach was. Ich mache das super, glauben Sie mir. Ich habe nicht umsonst jahrelang in unserem Weihnachtstheater des Männergesangvereins mitgespielt. Ich bin bestens vorbereitet.«

Er hob die Brauen, sagte aber nichts.

»Ich kann alles spielen, sogar Ihre Frau.« Ich grinste ihn an und sein Mund zuckte leicht.

»Es dürfte schwierigere Rollen geben, behaupte ich«, entfuhr es ihm.

Ich sah Masmeier grinsen.

»Zum Beispiel, mein Mann zu sein?« Ich zwinkerte meinem alten Chef zu. »Keine Angst, ich bin nicht sonderlich anspruchsvoll. Sie bekommen das sicherlich hin.«

»Natürlich bekomme ich das hin«, entrüstete er sich wie erwartet.

»Na, dann wäre das ja geklärt.« Ich strahlte in die Runde. »Wann geht es los? Kommen Sie, Parker, jetzt freuen Sie sich doch. Ich verspreche, ich werde die beste Ehefrau sein, die Sie sich wünschen können. Ich werde nichts verlangen, erwarte keine Geschenke und wenn wir außer Dienst sind, können Sie tun und lassen, was immer Sie wollen und mit wem Sie wollen. Sie werden mich gar nicht mehr hergeben wollen, wenn wir den Fall gelöst haben.«

Sein Stöhnen klang echt und aufrichtig, aber ich gab ihm nur einen freundschaftlichen kleinen Stoß in die Seite, ehe ich mich wieder Masmeier zuwandte.

»Und jetzt klären Sie mich über die genauen Umstände auf, damit ich mich ganz in meine Rolle einfinden kann.«

»Das wird Parker übernehmen. Am Samstag geht es los, Ihr Flug ist gebucht. Bis dahin werden Sie sich einarbeiten und sich eine gemeinsame Vita ausdenken und diese so lange einüben, bis Sie sie fehlerfrei herunterbeten können, selbst wenn ich Sie nachts um vier wecke und danach frage. Sie übergeben ihre aktuellen Fälle an die Kollegen und verschwinden dann, um daran zu arbeiten. Und, Parker«, Masmeier sah ihn mit entschlossenem Gesicht an. »Ich will vollen Einsatz. Ich habe lange genug behauptet, dass meine Leute in der Lage sind, auch solche Fälle zu bearbeiten. Wir wissen beide, dass dieser Einsatz etwas mehr verlangt als Dienst nach Vorschrift, und Sie haben mir versichert, dass Sie das hinbekommen werden. Vermasseln Sie es nicht.«

»Wir haben nicht viel Zeit. Ich denke«, Parker sah auf die Uhr an seinem Handgelenk, »dass wir die wenigen verbliebenen Stunden heute nutzen, um ein Grundgerüst zu erstellen, und sich dann jeder bis morgen eine glaubhafte Geschichte ausdenkt. Und dann erarbeiten wir uns einen Lebenslauf und eine Vergangenheit.«

»Hört sich gut an.« Ich schritt beschwingt neben ihm aus dem Gebäude. Ich konnte es immer noch nicht fassen, dass das wirklich passierte. Dass ich ernsthaft an einem richtig großen Betrugsversuch arbeiten durfte. Und dass ich dazu nach Griechenland fliegen würde, in einen Club, der sich auf Honeymoon-Reisende spezialisiert hatte. Ich meine, hallo? Ging es noch cooler? Ich wusste nicht, was Parker für Probleme damit hatte, aber das würden wir schon in den Griff bekommen. Ich vermutete einfach, dass es nichts Persönliches war und er schlicht ein wenig unter Druck stand nach Masmeiers letzten Worten. Deshalb presste er den Kiefer so zusammen und starrte so stur geradeaus.

»Parker.« Ich blieb stehen und zupfte ihn am Ärmel, um ihn ebenfalls zu stoppen. »Hören Sie, ich weiß, wie wichtig das ist. Und ich verspreche, ich werde alles tun, damit wir diesen Fall lösen. Ich werde Ihre Anweisungen befolgen und Ihnen helfen, wo es geht. Und ansonsten«, ich schenkte ihm ein kleines Lächeln, »bin ich wirklich eine nette Person, Sie werden sehen. Geben Sie mir eine Chance, das ist doch nicht zu viel verlangt.«

Er musterte mich einen Moment, dann nickte er knapp. Und marschierte weiter. Ich seufzte leise und setzte mich ebenfalls in Bewegung. Nun ja, man konnte nicht alles haben. Und nicht einmal Parker, das schwor ich mir, würde mir die Vorfreude auf diesen Auftrag nehmen können.

»Ziehen Sie gerade ein oder aus?« Ich sah mich interessiert in der Wohnung meines Chefs um.

»Weder noch, wieso?« Er war anscheinend irritiert und vielleicht auch ein wenig misstrauisch, so wie er mich musterte.

»Nun ja«, ich sah mich in seiner schicken Wohnung um. Sie war ganz sicher großartig und alles, aber auch so kahl. Nirgends hing ein Bild, keine persönlichen Erinnerungen standen herum oder irgendeine Kleinigkeit, die auf den Charakter des Bewohners hinwies. Eine helle Couch, ein riesiger Fernseher, ein schwerer Esstisch mit sechs passenden Stühlen. Und so gründlich aufgeräumt, dass es einem Angst werden konnte. »So richtig bewohnt sieht es nicht aus, finde ich.«

Überraschend zuckte es um seine Mundwinkel. »Nun, mit dem Haus Ihrer Oma kann es nicht ganz mithalten, das gebe ich zu. Wenn bei mir etwas herumliegt, sieht das nur schlampig aus. Bei Ihnen hingegen wirkt es erstaunlicherweise wohnlich. Vermutlich eine Kunst, die nur Frauen beherrschen.«

»Also, wir brauchen Lebensläufe. Wir verändern so wenig wie möglich und bauen uns darum eine glaubhafte Geschichte auf.«

Wir saßen am Esstisch und Parker war plötzlich sehr beflissen, geschäftig zu werden.

Ich nickte.

»Erst einmal brauchen wir natürlich einen Job.« Er sah mich an.

»Apropos Job. Weshalb haben Sie ...«

»Das ist nicht wichtig«, fuhr er mir ins Wort.

»Na, ich denke, als Ihre Frau«, ich betonte das Wort und grinste ihn an. Er verzog gequält den Mund. »Da sollte ich doch wissen, weshalb Sie nicht mehr bei der Polizei sind.«

»Nein, das sollten Sie nicht. Weil ich sie nämlich gar nicht verlassen habe. Ich werde ein einfacher Streifenpolizist sein. Das ist ein Beruf, den ich kenne und bei dem ich Fragen beantworten kann.« Er sah mich herausfordernd an.

»Echt jetzt? Ich dachte, wir suchen uns etwas anderes. Sie könnten doch ...« Ich sah ihn an. »Fitnesstrainer sein. Das würde passen, so wie Sie aussehen. Und bestimmt sind Sie oft genug in irgendeinem Studio, um glaubhaft zu klingen. Ja, das würde mir gefallen. Das ist mein Mann, er ist Fitnesstrainer ...« Ich sah verträumt an ihm vorbei.

»Es ist irrelevant, was Ihnen gefallen würde. Und ohne Ihnen zu nahe zu treten, ich vermute, dass diese Sorte Mann sich eher in jemanden verlieben würde, der ebenfalls öfter dort anzutreffen ist.«

Falls er mich damit treffen wollte, gelang ihm das nicht.

»Wir brechen mit den Klischees. Sie sind der eine, der jeder Frau Hoffnung macht, dass es anders sein kann. Das ist doch romantisch, oder? Und überhaupt, ich finde es ein wenig bedenklich, wenn ich so darüber nachdenke, was Sie Ihren Geschlechtsgenossen unterstellen. Es kommt doch nicht darauf an, wie man aussieht, oder? Verlieben wir uns nicht in das, was einen Menschen ausmacht? Sein Wesen, seine Seele?«

Er brummte ein wenig beschämt. »So war das nicht gemeint. Aber ist es nicht auch so, dass man gemeinsame Interessen haben sollte? Wenn jemand ständig Sport macht, der andere aber lieber auf dem Sofa liegt, dann, denke ich, könnte das auf Dauer zu einem Problem werden.«

»Hey. Ich liege nicht nur auf dem Sofa.«

Er seufzte. »Nein, das tun Sie sicher nicht. Aber ich denke, dass es so besser passt. Ich bin bei der Polizei, im mittleren Dienst. Ich beschäftige mich mit Anzeigen von Kleindiebstählen und Beschwerden und stelle Strafzettel aus für Falschparker. Meine Dienststelle ist eine kleine Außenstelle auf dem Dorf, wo nie etwas Aufregenderes passiert als eine aus dem Ruder laufende Geburtstagsparty, die wir auflösen müssen.«

»Aber wird das nicht verdächtig wirken? Ein Polizist? Wird sie da nicht aufhorchen und vorsichtig sein?«

»Nicht, wenn wir hinreichend klarmachen, dass ich nicht umsonst ganz unten auf der Karriereleiter bin.«

»Weil Sie zu faul sind, um mehr zu erreichen?«

Parker schüttelte den Kopf. »Weil ich nicht geeignet bin, um aufzusteigen. Ich werde der nette, etwas naive Dorfpolizist sein, der nicht im Traum daran denkt, jemals etwas Spektakuläreres als einen Fahrraddiebstahl zu bearbeiten oder alten Damen über die Straße zu helfen.«

Ich sah ihn skeptisch an. »Da haben Sie sich aber etwas vorgenommen. Parker, dein Freund und Helfer. Immer mit einem Lächeln auf den Lippen und bereit zu helfen.«

Er grinste und wieder einmal dachte ich, dass er das viel öfter tun sollte. »Auch ich habe Talente, die Ihnen bisher verborgen geblieben sind, Ida.«

Kapitel 12

Am nächsten Tag wollte Parker zum Arbeiten zu mir kommen und ich erwartete ihn voller Ungeduld. Ich hatte seinen Auftrag, mich mit meinem neuen beruflichen Hintergrund vertraut zu machen, befolgt und mir eifrig Notizen gemacht. Ich hatte mit meiner Freundin Nicole gesprochen, die mir aus erster Hand Informationen liefern konnte und mir bezüglich der Ausbildung und der wichtigsten Eckdaten alles beigebracht hatte, was ich wissen musste. Ich würde für die nächsten Tage nämlich eine Erzieherin sein. Das fand ich cool, wenn es auch nicht mein erster Wunsch gewesen war.

»Kann ich nicht etwas Spannenderes sein? Künstlerin zum Beispiel?«

»Nein«, hatte er direkt beschieden.

»Aber wieso? Ich wäre so gerne eine. Malerin, oder nein, ich gestalte Kunst aus Ton.«

»Ida«, er hatte wieder einmal geseufzt. »Je normaler, desto besser. Wenn Sie sich so einen Beruf aussuchen, wird das zu vielen Fragen führen. Und je mehr Fragen man gestellt bekommt, desto größer ist die Gefahr, nicht antworten zu können oder die falsche Antwort zu geben. Wo verkaufen Sie Ihre Kunst? Wie macht man das mit den Ausstellungen? Wie kann man davon leben? Gibt es Ihre Objekte im Internet zu sehen? Wo kann ich das kaufen? Solche Fragen. Nein, Sie brauchen einen so normalen Job, dass man nickt und ihn dann gleich vergisst, weil man ihn kennt und es dazu keine Fragen gibt. Ich hätte an Friseurin gedacht, aber …« Er betrachtete mein wildes Haar und ich nickte wissend.

»Dafür ist meine Frisur zu unkonventionell«, ergänzte ich seinen Satz.

»Nein. Aber was, wenn man Sie bittet, dass Sie jemanden frisieren? Damit wären wir aufgeflogen.«

»Och, das ist kein Problem. Ich schneide Omi auch immer die Haare. Und ich kümmere mich manchmal selbst um meinen Pony, wenn er zu lang wird. Ich kann das.«

»Nein.« Er betrachtete interessiert meine Frisur. »Nein«, wiederholte er dann noch einmal bestimmt. »Sie, Ida, werden eine Erzieherin. Niemand wird es infrage stellen. Sie sind perfekt dafür, Ihre ewig gut gelaunte Art, Ihr Blick auf die Welt, niemand wird auch nur eine Sekunde daran zweifeln, dass Sie diesen Job machen, und zwar mit Leib und Seele.«

Parker war überpünktlich, entschlossen, gleich mit der Arbeit loszulegen, und trug tatsächlich auch heute einen Anzug, was mich kurz die Augenbrauen hochziehen ließ. Er ignorierte es.

»Im Urlaub werden Sie hoffentlich etwas anderes tragen?«, fragte ich ihn und führte ihn in die Küche.

»Wir fahren nicht in Urlaub, Ida, sondern erledigen einen Job.«

»Ja-ha«, sagte ich und wedelte mit den Händen. »Aber wir tun so, als würden wir Urlaub machen, und deshalb …«

»Keine Sorge. Ich werde die passenden Kleider im Gepäck haben.«

»Gut. Wollen Sie einen Kaffee?«

Er nickte.

»Und wollen wir uns auf die Terrasse setzen? Es ist so ein schöner Morgen.«

»Gerne«, gab er zurück und entspannte sich ein wenig. Ich drückte ihm seine Tasse in die Hand und goss mir in meine ausreichend Milch, ehe ich zwei Löffel Zucker dazugab. Er sah es mit Befremden, aber das war mir egal. *Schwarz, bitte*, hatte er auf meine Nachfrage, wie er seinen trank, gesagt. Echt, dieser Mann erfüllte alle Klischees.

»Na dann«, ich wies zur Terrasse, die sich direkt an die Küche anschloss.

Er ließ seinen Blick zum Fenster schweifen und stutzte. Erst jetzt schienen ihm der große Sonnenschirm und die alten Holzmöbel aufzufallen, die dort auf uns warteten. Fragend sah er sich um.

»Und wo ist der Zugang?«

»Hier.« Mit Schwung wies ich auf das kleine Treppenregal vor dem linken Fenster.

»Das ist ein Witz, oder?«

»Ganz und gar nicht. Leider hatte dieses Haus weder einen Balkon noch eine Terrasse. Wir haben einen tollen Garten, aber der ist ganz hinten im Hof und es ist mühsam, wegen einer Tasse Kaffee in der Sonne alles dorthin zu schleppen. Und das hier bot sich an. Das ist das Flachdach des Schuppens oder eher der alten Waschküche. Justus hat uns geholfen, wir haben zusammen die Holzdielen verlegt und jetzt haben wir einen perfekten Platz an der Sonne.« Ich grinste. »Das Regal ist stabil, keine Angst, das hält sogar mich aus. Bitte, nach Ihnen.«

Ich öffnete das Fenster und sah ihn an. »Wenn Sie mir Ihre Tasse geben, reiche ich sie Ihnen dann gerne hinaus«, bot ich höflich an. »Ich selbst habe das oft genug geübt, aber am Anfang kann es etwas herausfordernd sein, zumindest, wenn man so untrainiert ist wie ich. Für Sie ist so eine kleine Kletterpartie bestimmt nicht zu schwierig. Passen Sie nur auf Ihren Kopf auf.«

Er schien einen Moment zu zögern, dann nickte er knapp. Er gab mir seine Tasse nicht, als er auf das Regal kletterte und zuerst seinen Oberkörper hinausschob. Dann folgte das linke Bein und ich legte interessiert den Kopf schief. Diese Aktion bot mir einen guten Blick auf seinen Hintern, der es ziemlich wert war, genauer hinzusehen. Dann war er draußen und drehte sich um.

»Starren Sie mich an?«

»Nein«, gab ich zuckersüß zurück. »Wie käme ich dazu.«

Ich stieg hinter ihm hinaus und obwohl es unnötig war, streckte er mir seine Hand entgegen und ich griff danach, als ich auf der anderen Seite aus dem Fenster kletterte. Im Gegensatz zu ihm war bei mir kein Tropfen verschüttet worden, wie ich mit Genugtuung feststellte. Wir nahmen Platz und er zog ein kleines Notizbuch aus der Brusttasche seines Hemdes.

»Gut, dann mal los.«

»Okay.« Ich setzte mich aufrechter hin. »Also, wir haben gerade geheiratet und verbringen unsere Flitterwochen in dieser Liebesanlage …«, begann ich motiviert, ehe er mich einmal mehr recht rüde unterbrach.

»Nein. Wir sind bereits seit fünf Jahren verheiratet und verbringen da unseren Urlaub, weil wir unseren Hochzeitstag feiern. Damit haben wir auch gleich eine Gemeinsamkeit, weil auch Yvonne Prom angegeben hat, zur Feier ihres Hochzeitstages dort gewesen zu sein, als ihr Mann verschwand. Und sie hat weiterhin angegeben, nun wieder in diesem Hotel zu logieren, weil sie dort so viele glückliche Stunden verlebt haben, weshalb sie lieber in Griechenland als zu Hause trauert. Um sich ihrem Mann nahe zu fühlen, was sie anscheinend in den eigenen vier Wänden nicht kann.« Sein Misstrauen war ihm deutlich anzusehen.

Ich rieb mir mit dem Finger seitlich an der Nase. »Wie schlau Sie sind, Parker. Und damit haben wir nicht nur eine Gemeinsamkeit, sondern auch einen Grund, nicht wie frisch Verliebte wirken zu müssen.«

»Unter anderem.« Er sah mich nicht an.

»Wobei fünf Jahre nicht lange sind. Da ist man noch verliebt, oder nicht?«

»Vermutlich.«

»Vermutlich?« Ich sah ihn an. »Sie denken, nicht? Parker, was haben Sie denn für Vorstellungen von der Ehe?«

»Die sind nicht relevant.«

»Nun, für mich als Ihre Frau schon.«

»Sie sind nicht meine Frau, Ida. Und das ist ein Job. Niemand kann verlangen, dass wir uns dort den ganzen Tag händchenhaltend in die Augen sehen.«

»Dann könnten wir ja auch gar nicht beobachten, was unser Zielobjekt so treibt. Schlau ausgedacht. Aber trotzdem«, ich zupfte an meiner Unterlippe herum, »eine Ehe, die nach fünf Jahren schon lieblos ist, das würde mir nicht gefallen.«

Er seufzte. »Bestimmt wird Ihre eigene einmal besser.«

»Vermutlich nicht, weil ich nie heiraten werde. Das ist nichts für mich.«

Er hob den Blick. »Ich hätte gewettet, dass Sie es nicht erwarten können, bis es so weit ist.«

»Nein, keine Chance«, gab ich leichthin zurück. »Obwohl, wer weiß? Vielleicht gefällt es mir so gut, mit Ihnen verheiratet zu sein, dass ich es mir anders überlege? Hey, das war ein Witz. Nicht persönlich nehmen, aber wenn ich heiraten würde, dann ganz sicher nicht einen Mann wie Sie, der ständig ins Fitnessstudio rennt und bestimmt jedes Mal einen kleinen Zusammenbruch erleidet, wenn er die Chipskrümel im Bett entdeckt.« Ich lächelte ihm aufmunternd zu. »Also, wir sind seit fünf Jahren verheiratet. Wann war der große Tag? Wer war eingeladen? Was habe ich getragen? Was hatten Sie an? Haben wir in einer Kirche geheiratet? Unbedingt, ich bestehe auf einer richtigen Hochzeit mit Kirche und weißem Kleid und allem. Und mussten Sie heulen, als Sie mich zum ersten Mal in meinem traumhaften Kleid samt Schleier erblickt haben, während ich wie eine Engelerscheinung langsam auf Sie zugeschritten bin?«

Es ist eine erstaunlich langwierige Sache, sich all diese Dinge auszudenken. Parker verdrehte an diesem Morgen noch recht oft die Augen, weil ich auf Details bestand, die er als irrelevant abtat, welche mir aber wichtig waren. Irgendwann kletterte ich wieder in die Küche und wärmte uns die Reste des gestrigen Abendessens auf, weil ich mich weigerte, mit hungrigem Magen weiterzumachen. Parker nahm mir die Teller ab und gestand, dass er ebenfalls etwas vertragen konnte, gestattete uns aber keine Pause. Auch beim Essen arbeitete er an unserer Geschichte. Ich wollte unbedingt eine romantische Kennenlernzeit, während er der Meinung war, dass wir doch einfach im selben Ort aufgewachsen sein könnten und uns langsam und unspektakulär ineinander verliebten.

»Nein. Und überhaupt, das ist eine unglaubwürdige und doofe Geschichte, die niemand hören will. Wir brauchen etwas, das fasziniert und diese Yvonne dazu bringt, dass sie mit glänzenden Augen lauscht. Sie könnten mich doch gerettet haben? Bei einem Unfall, den Sie aufnehmen mussten. Sie haben mich aus dem Wagen gezogen und ich habe flatternd meine Augen geöffnet und dann war es um Sie geschehen. Sie saßen tagelang im Krankenhaus und haben gebetet, dass ich überlebe, und schließlich haben Sie mir am Krankenbett Ihre Liebe gestanden.« Ich sah ihn an. »Oder aber Sie haben mich gesehen und sich sofort in mich verliebt, als Sie ... Ich weiß. Als Sie bei mir im Kindergarten waren, um die Verkehrserziehung der Kinder zu machen. Sie haben den ganzen Tag nur Augen für mich gehabt und nach Feierabend auf mich gewartet. Dann sind wir im nahe gelegenen Wald spazieren gegangen und von da an standen Sie jeden Abend vor der Einrichtung, bis ich die Ihre wurde, mit Haut und Haar.« Ich seufzte glücklich.

»Ida, Sie haben zu viel Fantasie«, sagte er trocken. »Aber die Geschichte mit der Verkehrserziehung könnte klappen. Ich stand allerdings nicht wie ein liebeskranker Trottel jeden Abend neben der Tür. Ich habe Sie wie ein erwachsener Mann um ein Date gebeten und Sie haben eingewilligt. Wir waren essen, im Kino und auf einem Open-Air-Konzert.«

»Und dann waren wir zusammen? Drei Dates, und wir sind in der Kiste gelandet?«

»Nun ja«, er schien in der Tat ein wenig verlegen. »Wir haben auch sehr oft telefoniert und uns dabei besser kennengelernt. Aber wenn Sie wollen, dann werden wir natürlich zuvor noch ...«

»Ich habe nichts dagegen, nach drei Dates mit einem Kerl ein wenig Spaß zu haben«, ich grinste ihn an. »Aber ich fürchte, wir haben noch einiges vor uns. Denn egal wie perfekt unsere

Geschichte klingen mag, im Moment würde selbst ein Kind erkennen, dass wir beide leider so gar nicht zusammenpassen.«

»Nein, ich werde mich nicht ändern. Sie müssen einfach ein wenig lockerer sein.« Wir hatten unseren ersten Ehestreit und ich war nicht gewillt, nachzugeben. Sonst würde ich das für den Rest unseres Lebens tun müssen. Okay, für die Dauer der Ermittlung, aber trotzdem.

»Ida, wir werden beide an uns arbeiten müssen. So eine Ermittlung ist schwieriger, als Sie denken, und dabei eine solche Geschichte aufrechtzuerhalten, macht es nicht leichter.«

»Weil es nicht leicht ist, mein Mann zu sein?«

»Weil es eine Lüge ist und weil wir kein Paar sind, ja.«

»Und trotzdem«, ich verschränkte meine Arme vor der Brust. »Ich will keinen Ehemann, der mich nach fünf Jahren schon nicht mehr liebt.«

»Sie sind kindisch, Ida. Sie benehmen sich wie ein Kind.«

»Und? Das passt doch, oder? Ich bin Erzieherin, da muss man wie Kinder fühlen können. Und ganz nebenbei, die sind auch deutlich schlauer als Sie. Die würden sofort erkennen, dass es so nicht funktioniert.«

»Trotzdem werden Sie sich ein wenig zusammenreißen müssen. Sie sind doch so eine gute Schauspielerin, das behaupten Sie immer wieder. Dann werden Sie also die Rolle einer ganz normalen, langweiligen Frau spielen, die ihren Mann nicht immerzu in Verlegenheit bringen muss.«

»Langweilig? Ich? Mein lieber Parker, ich fürchte, Sie haben es geschafft. Sie haben mir meine Grenzen aufgezeigt.« Zufrieden sah ich zu, wie er resigniert die Tischplatte betrachtete und sich ganz offensichtlich überlegte, ob er hineinbeißen sollte.

Kapitel 13

»Ich habe eine Idee.« Ich stand auf und sah Parker an. »Na los, kommen Sie.«

»Was haben Sie jetzt schon wieder vor?«

»Ich denke, wir müssen uns etwas entspannen. Solange Sie in diesem Anzug steif an diesem Tisch sitzen, wird das nichts. Jetzt kommen Sie schon, ich werde Ihnen nichts tun.« Ich war schon am Fenster und kletterte in die Küche. Parker folgte mir zögernd und ich bedauerte einen Moment, dass ich ihm nicht wieder den Vortritt gelassen hatte.

Das Telefon klingelte und ich beschloss, den Anruf noch schnell anzunehmen, ehe wir uns zurückziehen würden.

»Ida Walter am Apparat, wer spricht bitte? Was? Nein, es tut mir leid, sie lebt immer noch. Ja, ich verstehe, dass das für Sie langsam ein Problem ist, aber es ist so. Natürlich, Sie werden der Erste sein, den ich informiere, wenn meine Oma endlich stirbt. Ja, Ihnen auch.« Ich legte auf und sah Parkers fassungslose Miene.

»Hat da jemand angerufen, um zu fragen, ob Ihre Großmutter endlich gestorben wäre?«, fragte er und klang entsetzt.

»Jupp«, bestätigte ich und marschierte los in Richtung Treppenhaus.

»Aber …« Er rang offensichtlich nach Worten und ich blieb stehen und drehte mich zu ihm um. Er stand noch in der Küchentür und versuchte, das Ganze zu verstehen.

»Omi hat sich einen Grabstein gekauft, schon vor Jahren. Sie mochte ihn und sie fand, dass es ihre Sache ist, sich darum zu kümmern. Sie hat alles schon fertig machen lassen, das Geburtsjahr, den Namen und den Spruch, den sie darauf haben will, nur das Todesdatum fehlt. Nun steht er beim Steinmetz, der ihn zu gerne endlich los wäre, aber Omi ist zäh. Zum Glück, wie ich nur sagen kann. Und seither ruft er einmal im Jahr an und fragt nach.

Omi wird es bedauern, dass sie den Anruf verpasst hat.« Ich grinste. »Sie liebt es, wenn er sich meldet, und sie triumphierend *Ich lebe noch* in den Apparat brüllen kann.«

Parker betrachtete mich einen Moment recht intensiv. »Sie haben recht, Ida. Wie konnte ich nur auf den Gedanken kommen, Sie könnten wissen, wie das geht, eine langweilige Frau zu spielen.«

»Eben. Gut, dass Sie das erkannt haben. Und nun kommen Sie. Jetzt werden wir es mal auf meine Art versuchen.«

»Achtung, passen Sie auf Ihren Kopf auf.« Ich ging vor Parker die Treppe hinab, die zur Haustür führte. Unser erster Stock liegt nämlich eine halbe Etage über dem Erdgeschoss, welches es bei uns gar nicht wirklich gibt. Aber anstatt aus der Haustür zu treten, wie er es wohl erwartet hatte, wandte ich mich dem niedrigen Durchgang zu, der in die alte kleine Waschküche führte. Früher gab es hier keinen direkten Zugang, aber Omi war es leid gewesen, mit der Wäsche immer aus der Haustür raus, über den Hof und dann durch die Tür des Anbaus wieder reinzumüssen, um zur Waschmaschine zu kommen. Deshalb hatte sie einen direkten Zugang durchbrechen lassen. Leider verliefen in der Wand Rohre, wodurch der entstandene Durchgang selbst für uns zu niedrig war. Parker musste sich ziemlich ducken, um durchzupassen.

»Und jetzt hier lang.« Ich trat aus der Tür, die in den Anbau führte und die eine normale Höhe hatte.

Parker sah sich interessiert um.

»Wir müssen hier hoch. Wieder Achtung mit dem Kopf.« Ich kletterte vor ihm die Leiter nach oben. Als ich ankam, stand er unten und besah sich immer noch die alte Schuppenwand, die nur aus groben Holzlatten mit breiten Spalten bestand, und die ganzen Sachen, die dort aufgereiht waren. Spaten, Rechen, der Rasenmäher, unsere Fahrräder, was sich eben alles so ansammelte. Hm. Ich an seiner Stelle hätte die Gelegenheit genutzt, mir einmal mehr seinen Hintern anzusehen. Anscheinend fand er meinen nicht so interessant. Nun denn, auch egal.

»Kommen Sie.« Ich sah zu, wie er die Stufen erklomm und sich oben aufrichtete. »Und jetzt«, ich stieß ihn mit dem Finger auf die Brust. »Ziehen Sie das aus.«

»Bitte?« Seine Augen zuckten, als er mir ruckartig den Kopf zuwandte.

Ich erwiderte seinen Blick mit einem Achselzucken. War das nicht klar? Hier oben war es nicht isoliert und im Sommer recht warm und stickig. Schon beim Hochklettern spürte man doch deutlich, wie die Temperatur anstieg, und in den kleinen Zimmern war es noch schlimmer. In seinem Anzug musste es ihm binnen kürzester Zeit unerträglich werden. Und außerdem schien ihn diese Klamotte ein wenig zu blockieren, was seine Lässigkeit anging. Von der ich doch hoffte, dass sie irgendwo in ihm steckte. Ich streifte die leichte Strickjacke, die ich über meinem Sommerkleid getragen hatte, ab und sah ihn abwartend an.

»Was tun Sie da, Ida?« Er schien tatsächlich ein wenig Angst zu haben, dass ich mich und ihn jetzt zu freizügig machen wollte.

»Nur das Sakko. Ziehen Sie es aus und krempeln Sie die Ärmel hoch. Die Krawatte muss auch raus. Und natürlich die Schuhe.«

»Ida, was haben Sie vor?«, fragte er gedehnt.

»Nichts. Himmel, Parker, ich werde mich nicht auf Sie stürzen. Aber Sie müssen ein wenig entspannter werden. Und das klappt bestimmt besser, wenn Sie nicht ständig diesen Kulturstrick umhaben.«

Er sah mich noch einen Augenblick an, dann begann er langsam, den Krawattenknoten zu lockern.

»Und was werden wir dann tun, so ganz leger und entspannt?«, fragte er. Seine Stimme klang überraschend sanft und nicht so zackig wie sonst, was mir ausnehmend gut gefiel. Besonders in Kombination mit der kleinen Show, die er gerade bot. Er streifte sich die Krawatte nicht einfach über den Kopf, sondern löste den Knoten ganz, bis zwei lange Enden seitlich an seinem

Hals herabbaumelten. Das fand ich recht ansprechend und auch die Geste, mit der er sie dann endlich wegzog, mochte ich spontan sehr. Er sah mich weiter an, während er den obersten Hemdknopf öffnete, dann den zweiten und dritten.

Für einen Moment kamen mir einige Sachen in den Sinn, die wir tun könnten, aber ich verwarf sie gleich wieder. Nicht mit Parker, dachte ich und wäre beinahe vor mir selbst erschrocken. Nicht mal dann, wenn er mit solch geübten Bewegungen sein Jackett abstreifte und fast den Eindruck erweckte, dass er das beruflich machte oder es zumindest genoss, es zu tun und sich dabei ansehen zu lassen. Sein Hemd spannte sich auf eine recht nette Weise um seinen Oberkörper und ließ mich das Muskelspiel seiner Oberarme sehen. Beeindruckend, dabei machte er kaum etwas, beugte einfach seinen Arm, um seine Jacke an einem Haken neben der Treppe aufzuhängen.

»Also?«, fragte er und fixierte mich wieder, während er langsam seine Hemdärmel aufrollte. »Was soll das alles?«

»Ich zeige Ihnen jetzt, wer ich bin. Und keine Angst, ich werde zu jeder Zeit meine restliche Kleidung anbehalten. Ich weiß doch, was ich Ihnen schuldig bin, und ich verschwende meine Reize nur ungern an Menschen, die sie nicht schätzen würden.«

»Das hier ist Omis Reich. Sie ist Änderungsschneiderin und hat uns damit früher durchgebracht.« Ich zeigte in das Zimmer voller bunter Stoffe und Knöpfe. »Und sie hat mir gezeigt, wie man näht. Früher hat sie mir Kleider geschneidert. Heute mache ich das manchmal selbst. Omi ist leider nicht mehr oft hier oben. Ihre Finger wollen nicht mehr so richtig und sie wird wahnsinnig, weil sie den Faden nicht mehr durch das Nadelöhr bekommt. Außerdem hat sie es mit der Hüfte, da wird es an manchen Tagen schwierig mit der Treppe.«

Parker nickte langsam.

Ich zog ihn weiter und öffnete die nächste Tür. »Das hier ist meine Werkstatt. Nun ja, Werkstatt ist vielleicht ein wenig übertrieben. Mein Bastelzimmer. Hier bin ich abends oft und hier kann ich abschalten und meine Gedanken zur Ruhe kommen lassen. In meinem Kopf herrscht manchmal nämlich ziemlich Trubel«, gestand ich ihm.

»Das glaube ich sofort«, gab er zurück und trat langsam in den Raum. Er sah sich kurz um, musterte die eine Wand, die über die gesamte Länge mit Brettern überzogen war und auf der alles stand, was ich brauchte. Gussformen, Rohmaterial, Schätze aus der Natur, die verarbeitet werden wollten, sorgsam in Kisten verpackt und sortiert. Dann glitt sein Blick über die breite Arbeitsfläche und den bequemen Stuhl hinüber zur gegenüberliegenden Wand. Hier waren ebenfalls Regalbretter und darauf standen die fertigen Kunstwerke. Nun ja, die fertigen Exponate.

»Und das alles haben Sie gemacht?«

»Ja. Wie Michel, der im Schuppen immer Männchen schnitzte.« Ich lachte und fühlte mich ein wenig verlegen, als Parker langsam an das Regal trat und eine flache Schale herausnahm.

»Die ist wunderschön«, sagte er und klang so überrascht, dass meine Verlegenheit verschwand. Warum auch nicht?

»Danke. Die habe ich aus einem speziellen Ton geformt, für den man keinen Brennofen braucht. Die wird noch mit Metallfarbe besprüht, so wie diese hier.«

Er nickte und griff nach einem anderen Objekt, einer Blume, die ich aus demselben Material geformt hatte.

»Die kenne ich doch. Solche Blüten sind unten an der Schuppenwand befestigt, oder?«

»Genau. Bemalt in allen Farben des Regenbogens, dann haben wir das ganze Jahr einen Blumengarten.«

»Und das hier? Malen Sie das Muster von Hand?« Er nahm eine kleine Schüssel aus dem Regal.

»Das ist gestempelt. Manchmal bemale ich die Sachen auch, aber eher selten. Und dann verwende ich anderen Ton und glasiere es, damit man sie abwaschen kann. Hier, das zum Beispiel habe ich bemalt.« Ich zeigte auf einen kleinen Teller mit einem fröhlichen Streifenmuster.

Parker ging ein paar Schritte und nahm ein weiteres Teil aus dem Regal. »Sind diese Pilze auch aus Ton? Sie sind zu schwer, oder?«

»Richtig. Die Köpfe sind aus Beton, die Stiele aus geschälten Ästen.«

»Beton?«

»Ein toller Werkstoff. Man kann damit großartige Sachen machen. Diese Vasen zum Beispiel, die kommen gut an. Beton kombiniert mit Gold, Silber oder kupferfarbenen Akzenten ist gerade ziemlich beliebt. Und seit Neuestem experimentiere ich mit Kreativbeton. Hier, dieses Schild zum Beispiel.« Ich deutete auf eine etwa dreißig mal zwanzig Zentimeter lange Platte. *Unkraut ist auch ein Kraut* stand darauf. Die Buchstaben waren klar und sauber im Beton zu erkennen. Ich hatte ein wenig an meiner Technik herumfeilen müssen, bis ich das hinbekommen hatte.

Parker betrachtete sie, fuhr mit den Fingerspitzen über die wie eingraviert wirkenden Buchstaben. Dann ging er weiter und nahm einen anderen Pilz von seinem Platz.

»Die sind leichter. Und handbemalt, wie ich vermute.«

Er hatte einen Fliegenpilz in der Hand, mit einem langen krummen Stiel und einem windschiefen Hut.

»Ganz genau, die sind aus Ton. Sie sehen toll aus im Garten oder als Tischdeko in einem einfachen Topf mit Kräutern.«

»Und was machen Sie mit all diesen Dingen? Sind sie nicht zu schade, um hier oben zu liegen?«

»Vieles verschenke ich oder ich dekoriere damit unseren Garten. Oder das Haus. Sie haben ja gesehen, dass bei uns überall etwas herumsteht. Und ich verkaufe diese Sachen.«

Er sah überrascht auf. »Sie sind also wirklich eine Künstlerin?«

Ich lachte. »Das ist mein Hobby. Und nein, ich könnte niemals davon leben. Ich mache das nur nebenbei. Ich gehe damit auf Weihnachtsmärkte. Das kommt an und dann habe ich wieder ein Jahr Zeit, um mir Neues auszudenken und genug herzustellen, um einen Stand bestücken zu können.«

»Und diese Figur? Haben Sie die auch gemacht?« Er hielt eine kleine Statuette in der Hand. Zwei Menschen, die sich umarmten. Sanfte Linien, keine Konturen. Es war ein Versuch gewesen, aber ich hatte mich dagegen entschieden, es in Serie herzustellen. Die Figur war weit davon entfernt, perfekt zu sein, aber sie hatte etwas, was mir gefiel. Dieses Verschmelzen der Körper, das Einswerden mit dem anderen. Meine Vorstellung, wie es sein sollte. Zwei getrennte Menschen, die am wichtigsten Punkt, der Seele, zu einem wurden. Vermutlich sah niemand außer mir das in ihnen und ich würde es auch nicht sagen.

»Ja.«

»Sie sind sehr berührend. Diese abgebildeten Menschen, meine ich. Als ob«, Parkers Stimme klang leise und weich, »als ob sie eine Einheit bilden und dennoch zwei Individuen bleiben. Sie ähneln sich, und doch sind sie ganz verschieden.«

Ich schluckte. Er wollte die Figur vorsichtig zurückstellen, doch ich griff spontan nach seiner Hand.

»Behalten Sie sie. Diese beiden warten schon so lange darauf, hier ausziehen zu dürfen, und ich denke, sie wären ein guter Anfang, um ein wenig Leben in Ihre sterile Bude zu bringen.«

Kapitel 14

Ich war froh, dass Parker nicht versucht hatte, abzulehnen, sondern mit einem kleinen Lächen nickte.

»Danke.«

»Ich packe sie eben ein.« Ich versuchte, der plötzlich auftretenden Verlegenheit ein wenig Aktionismus entgegenzusetzen, und legte die Figur, sorgsam in altes Zeitungspapier gewickelt, in eine kleine Schachtel, in der ich erst ein paar Tage zuvor eine neue Ladung Acrylfarben bekommen hatte. Er nahm sie entgegen und einen Moment war ich versucht, in seinem Blick zu versinken. Dann drehte ich mich um und ging zur Tür.

»Und jetzt zeige ich Ihnen meine Chill-Lounge.«

Ich öffnete die Schiebetür zu meinem Palettenzimmer und wie stets überkam mich direkt ein wohliges Gefühl, als ich in die kleine Kammer sah. Die Dachschräge zog sich an einer Seite hinab bis auf Hüfthöhe, an der Tür konnte man jedoch gut stehen. Die Wand des alten Anbaus war aus Brettern, die breite Lücken hatten, sodass man in den Hof hinabsehen konnte, und weil es dadurch auch sehr frisch wäre, hatten wir dicke Plexiglasscheiben davor montiert. Im Winter war es dennoch kalt, aber die meiste Zeit des Jahres konnte man sich hier ohne den kleinen Heizlüfter aufhalten. Ich liebte es, auf den dicken Polstern zu sitzen oder wahlweise zu liegen. An beiden Seiten des Raums lagen sie auf den weiß lackierten Paletten, sodass man hier sogar eine kleine Party feiern konnte. Was ich allerdings heutzutage nicht mehr allzu oft tat. Heute war ich meist alleine hier, mit Justus natürlich oder auch mal mit dem einen oder anderen Bekannten, aber immer genoss ich es aus ganzem Herzen. Wenn ich alleine war mit einem schönen Liebesroman und wenn ich Gesellschaft hatte … Nun, dann irgendwie auch mit einem Liebesroman, nur dass ich dann die Heldin war. Man konnte faul auf den Polstern liegen und in den Hof hinabspähen oder sich einfach nur seinen Träumen hingeben. Draußen dämmerte es bereits und ich knipste die Lichterketten an, die den Raum in ein sanftes Licht tauchten.

»Na los, kommen Sie herein. Machen Sie es sich bequem.« Ich zeigte auf den kleinen Minikühlschrank, in den kaum mehr als zwei Dosen Cola und ein lebensnotwendiger Schokoladenvorrat passte. »Wir haben alles, was man braucht.«

Parker war vorsichtig und ließ sich recht umständlich nieder. Er saß im Schneidersitz da, während ich mich ihm gegenüber gemütlich ausstreckte, wie ich es am liebsten hatte. Auf dem Bauch, das Gesicht bei der Plexiglasscheibe, den Kopf auf die Hände gestützt und die Beine angewinkelt und leicht wippend.

»Also, jetzt wissen Sie, wie ich meine Zeit verbringe. Was ist mit Ihnen? Was treiben Sie, wenn Sie Feierabend haben?«

Parker schien einen Moment darüber nachdenken zu müssen. »Wie Sie bereits vermutet haben. Ich gehe zum Sport.«

Ich nickte ungeduldig. »Aber das kann ja nicht alles sein.«

»Ich sehe fern. Ich lese ab und an einen guten Krimi. Ich bin langweilig, fürchte ich.«

»Haben Sie keine Freundin?«

Er versteifte sich ein wenig. »Im Moment nicht.«

»Und wieso nicht? Die müssten bei Ihnen doch Schlange stehen«, fragte ich interessiert.

»Weil ich die Richtige noch nicht kennengelernt habe«, sagte er knapp.

»Freunde?«, wechselte ich höflich das Thema, weil ihm deutlich anzusehen war, dass ihm das andere zu privat erschien.

»Ja, die treffe ich im Sport. Manchmal gehen wir danach etwas trinken«, setzte er hoffnungsvoll hinzu, als wäre das jetzt beeindruckend.

»Und sonst? Etwas, das nur Sie machen? Gibt es kein Hobby? Nichts, was Sie begeistert?«

»Ich«, er verschränkte seine Finger, entknotete sie wieder. »Nun, eine Zeit lang habe ich mich an Origami versucht. Lachen Sie jetzt bloß nicht.«

»Weshalb sollte ich lachen? Das ist cool. Ich habe das auch mal probiert, aber dazu fehlt mir das Talent. Und eindeutig die Geduld.«

»Ich fand es hilfreich. Als ich noch bei der Kripo war. Ich konnte dabei sehr gut nachdenken.«

»Und weshalb haben Sie damit aufgehört?«

»Weil ich es nicht mehr brauchte.«

»Parker, weshalb ...?«

»Nein, Ida.« Sein Blick wurde fest. »Es geht Sie nichts an. Wieso können Sie nicht aufgeben?«

»Weil aufgeben nie eine Option ist.«

Er grinste plötzlich. »Nein, das ist es nicht. Da haben wir doch eine Gemeinsamkeit, auf der wir unsere Ehe begründen können.«

Sein abrupter Stimmungswechsel veranlasste mich, ihn anzusehen. Er saß leicht gebeugt da und sah mich an. Der Raum war so klein, dass ich nur die Hand hätte ausstrecken müssen, um ihn zu berühren. Wäre er ein anderer, hätte ich das jetzt vermutlich gemacht und einfach mal gesehen, was dann passierte. So jedoch ließ ich es lieber.

»Ida.« Seine Stimme hatte einen neuen Unterton, rauer und so, dass man aufhorchte. »Ich habe noch nie eine Frau wie Sie kennengelernt. Sie bringen mich immer wieder dazu, dass ich nicht weiß, was ich denken soll.«

»Das geht einigen so«, bekannte ich leichthin, weil mir gerade ein wenig warm wurde.

»Das«, sagte er und zog die Augenbrauen hoch, »glaube ich sofort. Was erwarten Sie von mir? Wie sollte ich reagieren?«

Wieder kamen mir ein paar Dinge in den Sinn, die sogar ich für unangemessen hielt. »Ein bisschen Spontanität wäre für den Anfang ganz gut. Und ein Lächeln. Sie sehen so nett aus, wenn Sie das tun«, antwortete ich deshalb leichthin.

Parker strich sich mit dem Daumen über das Kinn, während er offensichtlich über das nachdachte, was ich gesagt hatte.

»Und wenn ich spontan wäre, was ...«, wollte er weiter wissen, aber ich wurde davon abgelenkt, dass unten im Hof das Licht anging, ein sicheres Zeichen, dass wir Besuch bekommen würden. Ich rückte näher an die Scheibe und spähte hinab, neugierig, um wen es sich handelte. Und ein ganz klein wenig dankbar für die Ablenkung.

Unten im Hof war tatsächlich eine Gestalt aufgetaucht und wedelte mit den Armen. Klar, wir hatten die Lichterketten an und Justus musste von seinem Garten aus den Lichtschein durch die Sparren gesehen haben und wissen, dass ich hier oben war. Und wie immer versuchte er, wohlerzogen, wie er war, erst einmal herauszufinden, ob ich alleine war, ob er einfach heraufstürmen konnte oder sich diskret zurückziehen sollte. Wir hatten das schon oft genug durchgespielt. Er hatte es ein wenig peinlich gefunden, als er mich einmal hier mit einem Kerl überraschte, und wir hatten uns darauf geeinigt, dass wir es so ausprobieren könnten. *Du könntest natürlich auch einfach dein Handy mitnehmen*, hatte Justus gesagt, aber das wollte ich nicht. Hier oben war meine Auszeit, in der ich nicht für die Welt erreichbar sein musste. Falls ich alleine war, würde mir das Hoflicht auffallen, weil eine der Lampen ziemlich genau unter meiner Bretterwand befestigt war und sehr hell leuchtete. Falls ich nicht anderweitig beschäftigt war, würde ich daraufhin wie jetzt durch die breiten Lücken im Holz zu ihm hinabspähen. Und er konnte, wenn das Licht nach zwei Minuten wieder automatisch ausging, mein Gesicht hinter den Sparren erkennen, weil dann die Beleuchtung hier oben völlig ausreichte. Ich klopfte aber trotzdem an die Scheibe und warf ihm eine Kusshand hinab. Parker rückte automatisch ebenfalls näher zur Scheibe und spähte durch die Bretter.

Ich deutete auf meinen Besucher und machte Justus ein Zeichen, dass ich ihn später anrufen würde. Der reckte beide

Daumen und drehte sich um, um lässig über den Zaun zu springen.

»Wie findet er es?« Parkers Stimme klang jetzt wieder sachlich.

»Was denn?« Einmal mehr drehte sich mein Kopf zu meinem Gast. Wenn er fand, dass ich unberechenbar war, dann konnte ich das Kompliment nur zu gerne zurückgeben.

»Dass Sie mit mir als meine Frau diesen Auftrag ausführen sollen.«

»Er findet es cool.«

»Tut er das? Dann muss er ein seltsamer Mensch sein. Oder sehr viel Vertrauen zu Ihnen haben.«

»Weshalb?« Dann dämmerte es mir und ich lachte. »Nein. Gott, nein, Justus und ich? Uahh, Parker!«

Er nahm sich einen Augenblick Zeit, in dem er mich interessiert betrachtete. »Mich dünkt, die Dame dementiert zu heftig. Sie würden gerne mit ihm ...«

»Parker, jetzt mal im Ernst. Ich liebe diesen Kerl, von Herzen und für immer, aber doch nicht so. Er ist mein bester Freund und der wichtigste Mensch, den ich habe, abgesehen von meiner Omi. Aber dass Justus und ich ...« Ich schüttelte mich leicht. »Das wäre, wie mit seinem eigenen Bruder in die Kiste zu steigen.«

Wieder war die Pause einen Moment zu lange. »Und er sieht das genauso?«

Verwirrt nickte ich. »Wahrscheinlich würde er sich totlachen, wenn ich plötzlich anfangen würde, ihn mit verliebten Augen anzuschmachten.«

»Oder wenn Sie ihn auffordern würden, sich auszuziehen, wenn Sie ihn hierher mitnehmen«, sagte Parker langsam und wie zu sich selbst.

»Ach, das kennt er bereits. Ich habe Ihnen noch nicht die Sauna gezeigt, die sich Omi zum Siebzigsten unten einbauen ließ. Sie ist nicht besonders groß, aber sie reicht aus für uns. Justus und ich benutzen sie manchmal. Wollen Sie sie sehen?« Ich richtete mich auf.

»Nein«, sagte er langsam. »Ich denke, für heute reicht es. Wir werden uns morgen wieder treffen und dann unsere Geschichten üben. Uns bleibt nur noch ein Tag Zeit«, er straffte sich und schien froh, zur alten Geschäftigkeit zurückkehren zu können. »Und die werden wir auch brauchen.«

Kapitel 15

Als Parker am nächsten Morgen zur verabredeten Zeit auftauchte, trug er zu meiner Überraschung eine Jeans und ein schwarzes, schlichtes Shirt, das seine grauen Augen geheimnisvoll leuchten ließ. Noch geheimnisvoller als sonst. Ich starrte ihn an.

»Und? Zufrieden?«, fragte er und leiser Spott war zu hören.

Ich nickte. »Ganz nett.«

»Nein. Es gefällt Ihnen, Ida. Ich sehe es Ihnen an.«

»Weshalb fragen Sie mich dann?«

Er hob seine Augenbrauen und ich stemmte meine Hände in die Hüften.

»Ja, es gefällt mir. Und Sie wissen das.« Ich kniff ein Auge zu. »Das ist doch auch der Zweck für diese ganze Schinderei im Studio, oder? Dass es den Frauen gefällt.«

»Ich trainiere, um fit zu bleiben und weil es gesund ist. Nicht, um damit Frauen zu beeindrucken.«

»Klar«, sagte ich. »Nicht, weil es Ihnen gefällt, dass man Sie sabbernd ansieht und …«

»Sabbern Sie, wenn Sie mich sehen, Ida?« Er sah mich interessiert an.

»Ich bin keine normale Frau, wie Sie bereits selbst festgestellt haben. Was zur Hölle ist mit Ihnen passiert? Was haben Sie sich auf dem Weg hierher eingeschmissen, Parker?«

Er lachte leise. »Ich habe gestern Abend Origami wiederentdeckt.«

»Wenn ich gewusst hätte, was das mit Ihnen macht, hätte ich Ihnen abgeraten, wieder damit anzufangen.«

»Es funktioniert immer noch. Ich kann dabei nachdenken und erkennen, wie ich weitermachen sollte.«

»Okay«, sagte ich und versuchte, einen Sinn in seinen Worten zu finden.

»Ich habe über Sie nachgedacht, Ida. Über dich.«

»Und? Wie habe ich dabei abgeschnitten? Sagen Sie nichts. Nicht allzu gut, oder?«

»Das würde ich nicht sagen. Außerdem habe ich eher darüber nachgedacht, wie ich mit dir umgehen soll.«

Ich war empört. »Das klingt, als wäre ich ein ungezogenes Kind oder ein schlecht dressiertes Haustier.«

»Nein. Aber wie wir hinreichend festgestellt haben, bist du anders als jeder Mensch, den ich kenne. Und wenn wir beide diese Sache nicht komplett vermasseln wollen …«

»Was wir nicht wollen«, warf ich rasch ein.

»Was wir nicht wollen«, bestätigte er ruhig, »dann werde ich es sein müssen, der sich anpasst. Da du es ja bereits strikt abgelehnt hast, dich mir anzupassen.«

»Weil ich niemals so stocksteif und langweilig sein könnte«, warf ich ein.

»Weil du niemals so überlegt und erwachsen sein könntest wie ich«, sagte er und zog die Augenbrauen hoch. »Also werde ich den Fehdehandschuh aufnehmen und mich als würdigen Gegner erweisen.«

»Cool. Und wir machen so richtige kleine Duelle? Verbal, meine ich? Und ich muss mich nicht mehr zurücknehmen und darf sagen, was ich wirklich denke?«

»Als ob du das jemals nicht getan hättest, Ida.«

»Sie würden sich wundern, Parker. Ich habe noch viel mehr auf Lager. Ich kann es gar nicht erwarten …«

»Vorsicht, Ida. Ich bleibe immer noch dein Vorgesetzter. Und wir haben immer noch eine dienstliche Mission. Übertreibe es nicht, nur weil ich dir entgegenkomme.« Seine Augen blitzten gefährlich und trotz der Sonne musste ich einen kleinen wohligen Schauder unterdrücken.

»Ist gut, Parker. Dann schwingen Sie Ihren sabberwürdigen Hintern mal ins Haus und lassen Sie uns beginnen.«

»Gideon. Mein Name ist Gideon.«

Ich kicherte.

»Was ist daran so lustig?«, fragte er und bemühte sich offensichtlich, ruhig zu bleiben.

Wir saßen wieder auf der Terrasse und hatten einen Kaffee vor uns stehen. Ich hatte versucht, ihm erneut den Vortritt zu lassen, doch er bestand darauf, dass ich zuerst aus dem Fenster kletterte. Ich hatte dabei ein wenig mehr mit meinem Hintern gewackelt, als es nötig war, und er hatte die Augen verdreht. Das konnte ich sogar sehen, ohne ihn anzublicken, und ich grinste zufrieden.

»Ich kenne niemanden, der so heißt.«

»Nun, ich kenne auch niemanden, der Ida heißt. Ich hätte vermutlich mit einer Dame gerechnet, die im Alter deiner Oma ist. Aber wir werden unsere Namen nicht ändern. Das birgt zu große Gefahr, sich zu verraten. Es wäre dumm, solch ein Risiko einzugehen.«

Ich nickte zustimmend.

»Also, wir müssen uns natürlich duzen, und das sollten wir üben. Du kannst mich nicht Parker nennen …«

»Och, ich könnte mir vorstellen, dass Ihre Frau das ab und zu tun würde. Haben Sie … hast du eigentlich noch deine alte Uniform? Ich glaube, wenn du die rausholst und dann so schaust wie jetzt und sie dann fragst, was sie genau verbrochen hat, dann würde sie auf alle Fälle *Parker* sagen. *Ich war ein böses Mädchen, Officer Parker …*«

»Es gibt bei uns keine Officer, das heißt Polizeimeister, und du solltest ganz nebenbei ein wenig deine Fantasie zügeln.«

»Wenn du dir unter einer Ida eine Oma vorstellst, dann stelle ich mir unter einem Polizeimeister einen behäbigen älteren Mann vor. Und schon ist meine Fantasie gezügelt.« Ich strahlte ihn an.

Er holte einmal tief Luft. »Also, mein Name ist Gideon.«

»Kann ich dir einen Spitznamen geben? Gidi oder so?«

»Nein.«

»Deon?«, fragte ich hoffnungsvoll.

»Nein.«

»Aber wir brauchen spezielle Namen. Jedes Paar hat so etwas.«

»Wir nicht.«

»Aber …«, begann ich, doch er unterbrach mich.

»Wo haben wir uns kennengelernt?«, fragte er wie ein Lehrer, der Vokabeln abhörte.

»Im Kindergarten vor sieben Jahren. Ich war noch in der Ausbildung und Polizeimeister Parker«, ich konnte es mir nicht verkneifen, das ein wenig zu betonen, »kam vorbei, um meinen Kids beizubringen, wie man sicher eine Straße überquert.« Ich hatte meine Hausaufgaben gemacht und gestern Abend fleißig die Notizen gebüffelt.

So ging es stundenlang weiter. Parker gönnte mir keine Pause.

»Und wo haben wir geheiratet?«

Ich seufzte. »Hier im Ort, in der Kirche. Und das Fest fand in der *Krone* statt. Das haben wir doch alles schon zehnmal durchgekaut.«

»Das muss einfach sitzen. Wir müssen da immer dieselbe Antwort geben.«

»Ja, ja.« Ich wedelte mit der Hand. »Das machen wir jetzt bereits den ganzen Tag, Gideon.« Ich beugte mich zu ihm vor. »Wir müssen uns doch noch in allen anderen Dingen absprechen. Was ist dein Lieblingsessen? Was magst du gar nicht? Worauf bist du allergisch?«

»Das habe ich alles hier zusammengefasst.« Er zog ein zusammengefaltetes Blatt aus der Hosentasche und reichte es mir herüber. »Du kannst es bis morgen auswendig lernen.«

»Und was ist mit meiner Liste?«

»Hier.« Er angelte aus der anderen Tasche ein weiteres Blatt Papier. »Füll es aus und ich lerne es ebenfalls auswendig.«

Ich sah interessiert auf die Liste. Geburtsort und -datum. Allergien, Lieblingsessen, Lieblingsfußballclub, Lieblingsbuch, Lieblingsfilm. Lieblingsparfüm. Schuhgröße und, ich schnaubte leise,

Gewicht. Die Namen der Eltern, Anzahl der Geschwister, bester Freund. Eine ganze Seite, dicht beschrieben. Lauter Sachen, die man wissen sollte, wenn man sich liebte.

»Hm«, begann ich.

Er sah mich erwartungsvoll an. »Ja, Ida?«

»Fehlen da nicht ein paar Dinge? Welche Gesichtscreme benutze ich? Was ist meine BH-Größe?«

»Bitte?« Er schien sich nicht entscheiden zu können, ob er sich amüsierte oder pikiert war.

»Das habe ich einmal in einem Film gesehen. Die beiden haben so getan, als wären sie verheiratet, und dann kam die Ausländerbehörde und fragte ihn genau nach solchen Dingen.«

»Ida, erstens war das ein Film. Zweitens wird uns keine Behörde prüfen. Und drittens«, jetzt grinste er doch, »denke ich, dass es weit wahrscheinlicher ist, dass mich jemand fragt, was dein Lieblingsdrink ist, anstatt mir die Hand entgegenzustrecken und zu sagen: *Schön, Sie und Ihre Frau kennenzulernen. Sagen Sie, welche BH-Größe trägt sie denn?*«

Vermutlich hatte er recht. Ich seufzte. Dann richtete ich mich auf, streckte den Rücken durch und warf mein Haar zurück.

»Das stimmt wohl. Obwohl ich denke, dass es einige gibt, die meine BH-Größe weit interessanter finden als die Frage, ob ich Weiß- oder Rotwein bevorzuge. Nur dass die meisten sich nicht trauen, nach dem zu fragen, was sie wirklich wissen wollen.«

Während ich die Liste ausfüllte, saß Parker breitbeinig am Tisch und starrte mich an.

»Was?«, fragte ich endlich.

»Nichts. Ich sehe dir zu.«

»Und weshalb?«

»Einfach so. Du bist meine Ehefrau, ich sollte dich ab und zu ansehen.«

»Und das musst du üben?«, fragte ich misstrauisch.

»Nein.« Er neigte sich vor und blinzelte mir zu. »Aber ich fange an, Gefallen daran zu entwickeln. Wenn du so konzentriert arbeitest und dabei deine Stirn in Falten legst, siehst du unbestritten bezaubernd aus.«

Ich starrte einen Moment zurück. »Für den Anfang lass ich dir das durchgehen, Gideon. Aber ab morgen dürfte da durchaus ein wenig mehr Leidenschaft mitschwingen. Ich kann gerne noch etwas zu deinem Hintern sagen, falls du nicht weißt, was ich meine.«

Er verzog den Mund und ich grinste zufrieden, als ich mich wieder an die Liste machte. Wäre doch gelacht, wenn mir Parker hier den Schneid abkaufte und das letzte Wort hatte.

Kapitel 16

Parker und ich saßen noch an diesen Listen, als Omi beschwingt und mit roten Bäckchen von ihrem Seniorennachmittag im Kurhaus zurückkam.

»Und? Wie war es?«, fragte ich und war froh, endlich einen Grund zu haben, diese Zettel beiseite zu legen.

Echt jetzt, Parker nahm das so ernst! Was für einen Wein? Trocken, halbtrocken oder lieblich? Einen Weiß- oder einen Grauburgunder? Riesling oder Silvaner?

Egal, hatte ich gesagt. *Hauptsache gut gekühlt und das Glas randvoll*, was ihn wieder missbilligend seine Augen zusammenkneifen ließ. Und die Nudeln mit oder ohne Ei?

»Ernsthaft, Parker. Gideon«, korrigierte ich nach seinem Zungenschnalzen gehorsam, »ich glaube, dass du wirklich eher nach meiner BH-Größe gefragt wirst als danach, ob ich meine Nudeln mit oder ohne Eier hergestellt haben will. Wer fragt so was?«

»Jedes gute Restaurant«, gab er zurück. »Ich will nicht, dass du etwas isst, was dir nicht bekommt.«

»Dann hätte ich das aufgeschrieben. Ich kann alles essen, ich bin echt unempfindlich.«

»Außer Meeresfrüchte.«

»Die könnte ich essen, will sie aber nicht, ja.«

So war es den ganzen Mittag gegangen und langsam begann ich zu begreifen, dass es mit ihm wirklich nicht einfach werden würde. Er konnte nicht aus seiner Haut, egal wie oft ich vorschlug, dass wir im Zweifelsfall einfach ein wenig spontan sein könnten, und egal, wie lässig er in seiner heutigen Kluft aussah. Deshalb sprang ich jetzt ziemlich begeistert auf, als Omi ans Fenster trat.

»Wie schön, Sie zu sehen, junger Mann. Wir essen gleich.«

»Danke, aber«, begann Parker, erwischte da aber die Falsche.

»Es ist alles vorbereitet und ich bestehe darauf. Sie gehen doch nicht mit leerem Magen nach Hause, wenn ich hier einen selbst gemachten Kartoffelsalat und Würstchen habe.«

»Und? Was gibt es Neues im Ort?«

Ich ließ Omi erzählen, wer schwanger war, wer sich vermutlich noch dieses Jahr trennen würde, dass sich die arme Maria Hofner nun doch eine neue Hüfte würde einsetzen lassen müssen und dass in das leer stehende Geschäft am Rathausmarkt endlich wieder ein Bio-Laden einziehen würde.

»Und ansonsten? Wolltest du nicht austesten, ob sich jemand für deine Hotline findet? Das wäre mir wirklich recht, weißt du.«

»Ich habe es versucht, aber seltsamerweise haben die alle nicht reagiert.«

»Sie betreiben eine Hotline?«, mischte sich Parker ein.

»Jawohl«, Omi strahlte. »Speziell für ältere Kunden. Sie wissen schon, Witwer und so. Die jetzt den ganzen Tag alleine sind und sich einsam fühlen. Ein wenig Ansprache und was man eben so braucht.«

»Oh, das finde ich interessant.«

»Nun, wir hätten auch nichts dagegen, wenn mal ein junger Einsamer anruft. Wenn Sie die Nummer brauchen ...«

»Omi! Gideon ist nicht einsam. Und wenn er es ist, dann kann er einfach aus dem Haus spazieren und sich Gesellschaft suchen.«

»Stimmt. Bei diesem Körper gar kein Problem.« Sie sah wohl das Zucken um seinen Mund, denn sie fügte hastig an: »Und Sie sind ja nebenbei auch ein ganz netter Mensch. Nur ein wenig still. Also wäre so eine Hotline vermutlich sowieso nichts für Sie, was?«

»Bisher habe ich noch nie solch ein Angebot wahrgenommen, ich kann es also nicht genau sagen.«

Omi kicherte. »Nun, Ida hat die Nummer, falls Sie mal Bedarf haben. Oder Sie wenden sich direkt an sie. Sie ist unsere Vertretung und mittlerweile bekommt sie das auch ganz gut hin.«

Ich verdrehte die Augen. »Omi. Das interessiert niemanden und sobald du eine weitere Dame hast, bin ich ganz raus. Du weißt, dass ich das nur tue, um dir zu helfen.«

»Wenn ich in deinem Alter wäre, hätte ich auch Besseres zu tun«, sagte sie milde und tätschelte meine Hand. »Obwohl«, sie wandte den Blick jetzt Parker zu, »das Mädchen in letzter Zeit zu wenig davon macht, was ich tun würde, wäre ich sie.«

»Omi!« Ich sah sie kopfschüttelnd an. »Auch das ist uninteressant für ihn.«

»Ach ja? So sieht er aber gar nicht aus«, gab sie gleichmütig zurück und kicherte zufrieden.

Tja, auch wenn Parker es nicht schaffte, mir das letzte Wort zu nehmen, gegen Omi bin ich machtlos. Aber im Gegenteil zu ihm, der wieder einmal fassungslos starrte, wusste ich, dass meine Omi in Wahrheit ein zahnloser Hund war, der einfach nur gerne bellte.

Er war eben dabei, aufzubrechen, als Gerdi und Klärchen über uns hereinbrachen.

»Wir müssen dich doch verabschieden«, riefen sie und drückten mich so fest, als würde ich für den Rest meines Lebens auswandern und nicht einfach nur für zwei Wochen nach Griechenland fliegen.

»Und der nette junge Mann ist auch da. Dass Sie uns ja gut auf unsere Ida aufpassen«, befahl Klärchen resolut. »Wehe, Sie bringen sie uns nicht wieder unversehrt heim.«

»Das werde ich«, versprach er brav. »Sie bekommen sie so zurück, wie ich sie mitgenommen habe.«

»Nun, ein ganz klein wenig anders wäre nicht schlimm«, kicherte Gerdi los. »Ihr wisst schon, was ich meine. Nicht wie die arme Rosa, bei der unser Herrgott, wenn sie mal stirbt, seufzend sagen wird: *Oha, ungeöffnet zurück.*«

Ich zog die Schultern hoch und warf ihm einen Blick zu. *Ich kann nichts dafür. So sind sie eben*, sollte das heißen. Seine Miene wechselte eben von höflichem Nichtverstehen zu Begreifen und entgleiste einen Moment.

»Sie sind doch da in einem Liebesclub«, flüsterte Gerdi und kicherte immer noch. »Enttäuschen Sie uns nicht. Hach je, zu unserer Zeit gab es diese Chancen nicht. Unser Liebesclub war die alte Scheune draußen im Aubach.«

»Gerdi«, zischte Klärchen und sah Parker an. »Hören Sie nicht auf sie. Sie war weit weniger oft dort, als sie uns heute glauben machen will.«

»Unkonventionell«, sagte Parker nach langem Schweigen erneut, als wir an seinem Wagen standen. »Aber mit Herz. Diese Hotline ...«

»Ich muss dich enttäuschen. Sie nehmen Geld dafür. Sie tun zwar so, als wären sie die Nightingale-Schwestern, aber sie sind es ganz sicher nicht.«

»Und dennoch. Ich finde die Idee gut. Ich meine, sie haben recht. Man vergisst oft, wie einsam das Alter sein kann. Und sie bieten ein Ohr und etwas Zeit. Weshalb magst du die Arbeit dort nicht?«

Ernsthaft? Ich sah ihn einen Moment an. Das mit den Ohren stimmte ganz sicher, aber manchmal reichte es nicht aus, nur zuzuhören. Dann wurde schon ein wenig mehr verlangt. Nichts, was ich nicht hinbekommen hätte, aber dennoch genug, was ich nicht freiwillig machen wollte, schon gar nicht mit dieser Klientel. Auch wenn die meisten nette alte Knaben waren. Dann entschied ich, dass er für heute schon reichlich zu verdauen hatte, und sagte gleichmütig: »Nun, ich arbeite den ganzen Tag. Da habe ich mir doch ab und zu einen freien Abend verdient, oder?«

Er nickte langsam. »Genieße den heutigen. Morgen früh geht es los und dann sind wir zwei Wochen im Dauereinsatz.«

»Aber immerhin mit einem Pool und Vierundzwanzig-Stunden-Service. Ich kann es kaum erwarten.«

Den restlichen Abend verbrachte ich damit, meinen Koffer zu packen. Ich war fast fertig, als Justus auftauchte, um sich ebenfalls zu verabschieden. Ich zeigte ihm, was ich mitnehmen wollte, und er erzählte mir, was er über Korfu, denn das war das genaue Ziel unserer Reise, wusste. Er versprach mir türkisblaues Wasser und wunderschöne Strände, sanft begrünte Hügel und atemberaubende Sonnenuntergänge. Strahlend weiße Häuser vor einem leuchtend blauen Himmel.

»Ich fürchte nur, dass ich nicht allzu viel von der Insel sehen werde. Wir müssen ja diese Frau beschatten und versuchen, etwas aus ihr herauszubekommen.«

»Dann beeilt euch damit. Ihr seid doch für zwei Wochen eingebucht? Erledigt den Job rasch und genießt dann das Leben.«

»Haha«, sagte ich. »Erstens ist das sicher nicht ganz einfach und zweitens pfeifen die uns bestimmt direkt zurück, wenn wir es wirklich schaffen, etwas zu entdecken. Nein, ich denke, wir sollten es langsam angehen.«

»Wäre auch zu schade, wenn du nur einen Tag im Paradies aufs Spiel setzt, was? Besonders, wenn die Verführung direkt in deinem Zimmer wohnt.«

»Haha«, sagte ich wieder und sah ihn streng an. »Seit wann stehe ich auf Langweiler?«

»Ich glaube nicht, dass er das ist. Und ich glaube nicht, dass du auf ihn stehst. Er ist dir aber auch nicht ganz egal. Wie auch immer, genieße die Zeit und wage es nicht, heimzukommen und nicht braun gebrannt zu sein. Und vergiss nicht: Man bereut nicht das, was man getan hat. Nur das, was man sich entgehen ließ.«

Dann verschwand er, schnell genug, um meinem Hieb zu entgehen, und mit einem lauten Lachen, das durch das Haus hallte, bis er endlich die Haustür hinter sich geschlossen hatte.

Kapitel 17

Korfu empfing uns mit einem wolkenlosen, strahlend blauen Himmel und unfassbaren dreißig Grad.

»Oh mein Gott, Gideon. Ist das schön! Ist das nicht schön? Und das Meer! Hast du schon einmal so ein türkisfarbenes Wasser gesehen? Ich nicht! Und diese Häuser! Sind die nicht traumhaft? Ich würde zu gerne einfach in eines hineingehen.«

Parker seufzte neben mir hörbar. »Hörst du irgendwann auch mal wieder auf zu reden? Seit wir in den Flieger gestiegen sind, redest du ohne Unterlass.«

»Weil ich so aufgeregt bin! Und mich so freue. Oh mein Gott, siehst du diese Kirche da oben? Wie wunderschön! Hier hätten wir heiraten sollen.« Ich stieß ihn in die Seite und grinste.

Er schüttelte den Kopf und schloss kurz die Augen.

»Und da hinten! Diese Burg! Oder ist es eine Festung? Ein Kloster? Hier wurden schon ganz viele Filme gedreht, weißt du das?«

Er starrte aus dem Fenster. »Ich kenne niemanden, der so konsequent in Ausrufezeichen spricht wie du.«

»Beeindruckt dich das alles denn gar nicht?«, fragte ich ein wenig leiser.

»Doch«, gab er zu.

»Ich war noch nie in Griechenland. Ich wollte immer schon mal herkommen, aber irgendwie habe ich es nie geschafft. Und dass ich jetzt hier bin«, ich holte tief Luft, »das ist unglaublich.«

»Aber du weißt, dass wir hier arbeiten werden.«

»Ja, ja. Wie könnte ich das vergessen, mit dir an meiner Seite.«

Er warf mir einen kurzen Seitenblick zu, verzichtete aber auf einen Kommentar.

»Meinst du, dass wir die Insel besichtigen können?«

»Ich denke eher nicht. Außer unsere Witwe ist ausflugsfreudig und wir können uns irgendwie an sie dranhängen.«

Oder aber wir lernten sie kennen und überredeten sie, mit uns die Insel zu besichtigen. Zwei Fliegen, eine Klappe und so. Nun ja, das würde mein Job sein, aber das nahm ich gerne auf mich.

Als uns das Navi des Taxis informierte, dass wir beinahe am Ziel waren, wurde ich doch ein wenig ruhiger. Eine andere Art der Aufregung machte sich in mir breit. Bis hierher war das alles so irreal gewesen, so weit weg von allem, was einer Ida Walter normalerweise passierte, dass ich gar nicht wirklich darüber nachgedacht hatte. Nun jedoch wurde mir langsam bewusst, auf was ich mich eingelassen hatte, und ich bekam ein wenig Ehrfurcht vor mir selbst. Vielleicht lernte ich bald eine waschechte Verbrecherin kennen. Und ich musste immer auf der Hut sein, durfte nie aus meiner Rolle fallen. Und ich musste Parker zeigen, was in mir steckte. Ich wollte ihn nicht enttäuschen. Ich wollte, dass seine Augen bewundernd blitzten, wenn er mich ansah, und dass er zugeben musste, dass ich die Richtige für diesen Job war. Und vielleicht könnten wir dann ein festes Team bilden und noch ganz viele solcher Aufträge abstauben.

Ich merkte erst, dass das Taxi angehalten hatte, als mich Parker sanft am Arm berührte. Er zeigte auf die blendend weiße Hotelfassade und nickte leicht.

»Bereit?«

Ich nickte ebenfalls und holte tief Luft. »Bereit.«

»Gut. Dann nur noch das.« Er griff in seine Hosentasche, zog ein kleines, samtbezogenes Kästchen heraus und ließ es lässig aufschnappen. Ich schnappte auch, und zwar nach Luft.

»Wir brauchen natürlich Eheringe«, sagte er und griff nach dem kleineren, recht dezenten und dennoch wunderschönen Ring.

»Hast du die ausgesucht?«

»Ja. Ich hoffe, du kannst damit leben.«

Ich nickte stumm.

»Dann schauen wir mal, ob er passt.« Er sah mich auffordernd an und ich streckte ihm zögernd meine Hand entgegen.

»Nicht die Linke. Man trägt ihn rechts«, sagte Parker ruhig und wartete geduldig, bis ich mich so weit sortiert hatte, um meine rechte Hand zu finden. Dann steckte er mir den Ring an und einen Moment fühlte ich Beklemmung in mir aufsteigen, weil er das mit einem völlig unpassenden Ernst tat. Er saß perfekt und ich starrte Parker weiter an, während er sich seinen über den Finger streifte. Einen Moment erwiderte er meinen Blick, dann lächelte er.

»Nun denn, Frau Parker. Dann sind wir jetzt wirklich bereit.«

Er griff in seine Hemdtasche und zog eine schicke Sonnenbrille mit Goldrand heraus, die ihm ausnehmend gut stand. Ich tat es ihm nach und kramte in meiner Handtasche nach meinem deutlich billigeren Modell. Dann holte ich tief Luft, verdrängte den Ring und stieg aus. Ein beflissener Hotelbediensteter karrte eifrig ein kleines Wägelchen heran und begann, unsere Koffer zu verladen. Ich war beeindruckt. Ziemlich schick. Er wartete höflich, bis Parker den Taxifahrer entlohnt hatte und wir uns in Bewegung setzten. Ein paar Schritte, dann waren wir im Bereich der Sensoren, die die großen Glastüren lautlos aufgleiten ließen. Parker setzte ein umwerfendes Lächeln auf, legte eine Hand lässig um meine Taille und zog mich ein wenig enger an sich.

»Dann los. It's showtime, Sweetheart.«

»Gideon Parker. Das ist meine Ehefrau Ida, wir haben reserviert«, hatte Parker lässig gesagt, seine Sonnenbrille abgenommen und sich umgesehen.

Ich spürte, wie mich ein kleiner Schauder überlief. *Meine Ehefrau Ida.* Na, ob ich mich daran gewöhnen oder ab sofort ständig diesen Moment erleben würde, in dem mein Magen für kurze Zeit seinen Platz verließ und nach unten absackte? Es war noch nie mein Ziel gewesen, irgendjemandes Ehefrau zu sein, und ich überlegte, ob mein seltsames Gefühl daher kam, dass es ein wenig nach *Gideon Parker, und das ist mein Hündchen* klang. Er sagte es nicht so, also nicht herablassend oder als wolle er dabei meinen Kopf tätscheln, weil ich so schön Männchen gemacht hatte. Er sagte es ganz entspannt, als hätte er diesen Satz schon tausendmal gesagt und als wäre gar nichts daran besonders. Und gerade das machte ihn so besonders. Aber das war ein Problem, das ich vernachlässigen konnte, denn vermutlich würde er ihn nicht allzu oft wiederholen. Ich meine, wie oft trifft man jemanden, der das sagt? Man setzte es voraus, und das reichte. Und außerdem musste ich mich jetzt erst einmal auf dieses Hotel konzentrieren und vielleicht auch ein ganz klein wenig durchdrehen, weil es noch so viel schöner war als erwartet.

Die Halle war groß, hell und kühl. Durch die komplett verglaste Rückseite sah man hinaus auf einen Wahnsinns-Pool und konnte auch einen Blick auf das dahinterliegende Meer erhaschen. Ich wäre am liebsten sofort dorthin marschiert, aber zuerst bekamen wir die Zimmerkarten und wurden von dem netten jungen Mann, der immer noch geduldig unsere Koffer auf seinem Wägelchen hatte, zu einem der großen Aufzüge begleitet.

Unsere Unterkunft lag im zweiten Stock. Die *Schirm und Schild* hatte sich nicht lumpen lassen, das musste ich zugeben. Natürlich konnten sie uns nicht zwei Zimmer buchen, aber auch nicht in eines stecken, also hatten wir eine Suite mit zwei Räumen bekommen.

Ich trat ein und schnappte erst einmal nach Luft. Das Wohnzimmer, in dem wir jetzt standen, war großzügig, hell und die weiß getünchten Wände strahlten Kühle aus. Die luftigen, bodenlangen Vorhänge vor der großen Fensterfront, die sich über die gesamte Zimmerbreite und -höhe erstreckte und Zugang auf einen ebenso breiten Balkon gewährte, verstärkten diesen Eindruck noch. Ein ebenfalls weißes, L-förmiges Sofa stand mitten im Raum und lud zum Entspannen ein. An der Fensterfront standen zwei weiße Sessel, dazwischen ein Tischchen, auf dem zwei Stielgläser und eine Flasche Sekt in einem Kühler auf uns warteten. Durch eine weiße Lamellentür kam man in das Schlafzimmer, das ein wenig kleiner war. Auch dieser Raum war strahlend weiß, an den Fenstern bauschten sich ebenfalls duftige Gardinen. Die Balkontüren waren, wie im Wohnzimmer, geschlossen, die Klimaanlage surrte leise. Das Bett war schlicht der Hammer. Riesengroß, mit weißen, gedrehten Bettpfosten, an denen ebenfalls weiße Stoffbahnen drapiert waren. Auf der blütenreinen Bettwäsche lagen getrocknete Rosenblätter, daneben waren zwei aus Handtüchern gefertigte Schwäne, die so tun sollten, als schnäbelten sie. Oder was Schwäne auch immer taten. Diese Dekoration war etwas, worüber ich kurz nachdenken musste. Ich meine, sollten wir die Schwäne nun stehen lassen oder durfte man diese Kunstwerke benutzen? Gab es einen extra Schwanen-Künstler oder wo lernte man so etwas? Und die Rosenblätter, das sah zwar ganz nett aus, aber die musste man doch jetzt erst mal aus dem Bett herausbekommen, oder? Ich besah sie mir genauer und beschloss, dass ich auch einfach darauf schlafen könnte. Viel schlimmer als Chipsreste konnten die nicht sein, und damit kannte ich mich aus. Ansonsten war das Bett so riesig, dass man bequem eine ganze Familie darin hätte unterbringen können. Rechts führte eine Tür in das Badezimmer. Im Gegensatz zu unserem Bad daheim war auch das ein Tanzpalast. Eine Badewanne stand direkt am Fenster und erlaubte es einem, während man darin saß, auf das unfassbar blaue Meer zu blicken. Zwei Waschbecken, durch eine lange Marmorplatte verbunden, zogen sich über eine Wand. Die Dusche nahm einen Großteil des Raumes ein. Sie war unglaublich geräumig. Die Fläche, die durch die Wände und eine Glasscheibe zum Raum hin abgeteilt war, hätte vermutlich einer ganzen Fußballmannschaft gereicht. Die vierte Seite war offen und eine riesige Regenwasser-Armatur war an der Decke montiert. Auch das Bad war weiß, allerdings mit leuchtend blauen Akzenten. Ich seufzte glücklich.

Eine weitere Tür führte in das Wohnzimmer zurück. Ich trat hindurch, sah mich noch einmal um und ließ mich dann auf dem Sofa nieder. Sehr bequem.

»Also. Schnick Schnack Schnuck?«, fragte ich Parker.

»Bitte?« Er sah mich an, als wäre ich verrückt geworden.

»Wollen wir Schick Schnack Schnuck spielen? Wer das Bett bekommt und wer das Sofa?«

»Sei nicht albern«, sagte er und marschierte zu seinem Koffer. »Natürlich werde ich das Sofa nehmen.«

»Wieso?«

Irritiert wandte er sich um. »Weil es sich so gehört«, sagte er und es klang ein wenig wie eine Frage, die man eigentlich nicht stellte, weil sie zu dämlich war.

Einen Moment war ich drauf und dran zu protestieren. Ich meine, was war das jetzt wieder für ein steifer, altmodischer Mist? Nur weil ich eine Frau war, dachte er, dass ich nicht auf dem Sofa schlafen dürfte? Zum Glück schaltete sich mein Gehirn ein, ehe ich protestieren konnte. Das Bett war unglaublich. Und bestimmt um einiges bequemer als das hier, selbst mit den getrockneten Blumen. Und diese Vorhänge! Ich würde mich fühlen wie eine Prinzessin, wenn ich darin erwachte und meinen Blick aus dem Fenster schweifen ließ, hinab auf das Meer. Vom Sofa aus musste man vermutlich den Kopf heben, um das zu erleben. Also nickte ich.

»Gut«, sagte ich fröhlich und griff nach meinen Koffer. »Dann packe ich mal aus.«

»Also, das hier ist die Zielperson.« Parker hatte mir das großformatige Bild von Yvonne Prom hingelegt und ich nickte gelangweilt. Ihr schönes Gesicht war mir so vertraut, als würde ich sie bereits kennen, so oft hatte ich es in den letzten Tagen gesehen.

»Sie macht hier angeblich Urlaub, um sich an ihren Mann zu erinnern. Benedikt Prom.«

»Der hier schnorcheln ging, während sie sich sonnte, und nicht mehr zurückkehrte«, sagte ich und spürte ein Frösteln. Was für ein Albtraum.

Parker schnaubte. »Er wurde bis heute nicht gefunden. Der Vorfall ist über ein Jahr her. Das ist die vorgeschriebene Frist, die verstreichen muss, ehe man unter diesen Umständen einen Totenschein beantragen kann. Normalerweise treibt die Leiche irgendwo an, wenn der Unfall wie in diesem Fall in Ufernähe stattgefunden haben muss. Ich meine, der kann ja zum Schnorcheln nicht kilometerweit hinausgeschwommen sein.«

Das Frösteln wurde schlimmer. »Wenn sie nicht gefressen wird oder so.«

»Oder so«, meinte Parker. »Wenn es zum Beispiel gar keine Leiche gibt. Es gibt Zeugen, die sahen, wie er ins Meer ging, aber niemanden, der ihn herauskommen sah. Yvonne Prom war ein paar Monate in Deutschland, hielt es aber angeblich nicht aus und ist jetzt wieder hier, am Schauplatz des Unglücks. Nicht gerade ein billiges Vergnügen, zumal sie ja offensichtlich nicht daran glaubt, dass er zurückkommt. Sonst hätte sie ihn nicht für tot erklären lassen.« Er rieb sich das Kinn.

»Vielleicht wartet sie dennoch auf ihn. Vielleicht denkt sie, er hatte einen Unfall und dabei sein Gedächtnis verloren und …«

»Oder sie sitzt hier einfach die Zeit ab. Wenn sie die Versicherungssumme ausbezahlt bekommt, kann sie für den Rest ihres Lebens hier wohnen bleiben.«

»Aber ohne den Mann, den sie liebt«, sagte ich und seufzte.

»Das werden wir herausfinden. Heute beobachten wir sie nur.«

»Weshalb das denn? Ich dachte, wir lernen sie kennen.«

»Das tun wir, aber langsam. Wenn wir hier ankommen und als Erstes Kontakt zu ihr aufnehmen, sieht das zu verdächtig aus. Was würde sie denken, wenn wir uns ausgerechnet um ihre Bekanntschaft bemühen? Nein, wir halten uns heute bedeckt. Und dann werden wir ganz langsam beginnen, uns anzunähern.«

»Und wie?«

»Das sehen wir dann, wenn wir wissen, wie sie den Tag über agiert.« Parker stand auf. »Und jetzt, Ida, schmeißen wir uns in unsere Badesachen und gehen an den Pool. Ich denke, dass wir sie dort am ehesten antreffen werden.«

Kapitel 18

Auch der Außenbereich war einfach nur gigantisch. Das hier war Griechenland, wie ich es mir vorgestellt hatte. Ein großer eckiger Pool mit blau glitzerndem Wasser und einem kleinen Anbau, in dem ein Whirlpool lockte. Die Fläche um den Poolbereich war mit weißen Holzdielen ausgelegt, die in der Sonne leuchteten. Breite weiße Sonnenliegen mit unverschämt dicken Polstern standen bereit, daneben je ein weißer Sonnenschirm. Die Liegen waren in Zweiergruppen arrangiert und hinter jedem Paar stand ein kleiner runder Metalltisch mit zwei zierlichen Sesseln, auf denen ebenfalls dicke weiße Polster lagen. Eine Abtrennung aus Plexiglas zog sich über die ganze hintere Seite und sollte verhindern, dass man dort den kleinen Abhang hinunterrutschte, der zum Strand führte. Dafür war auf der rechten Seite eine weiß lackierte Pforte, durch die man bequem die wenigen Stufen hinabsteigen konnte zum Meer, das strahlend blau einlud, sich in die Wellen zu stürzen. Durch die Plexiglasscheibe konnte man hinunter auf das Wasser sehen und es war unglaublich luxuriös. Auch unten am Meer standen Liegen und Sonnenschirme bereit. Das Hotel war nicht allzu groß und selbst wenn es ausgebucht war, würde man hier nicht morgens um sechs aufstehen müssen und irgendwo ein Handtuch drapieren, um sich einen Platz zu sichern. Hier gab es, meiner Vermutung nach, mehr Liegen als benötigt.

Weder am Pool noch am Meer war besonders viel los, es sollte also nicht schwer sein, Yvonne Prom zu finden. Falls sie nicht den ganzen Tag auf ihrem Zimmer hockte und heulte. Ich fragte lieber nicht, was wir dann tun würden. Vielleicht mussten wir dann den Plan ändern und uns als Personal ausgeben. Nein, auf diesen Gedanken wollte ich niemanden bringen.

Ich sah sie bereits, als wir lässig auf den Pool zuschlenderten. Parker trug ein flauschiges weißes Handtuch über der Schulter, das bis vor Kurzem ein Schwan gewesen war, ich meine bunte Tasche. Sie saß auf einer der Liegen, die Lehne hochgestellt, sodass sie alles überblicken konnte, eine große Sonnenbrille auf der Nase. Von ihrem Gesicht war wenig zu sehen, aber sie musste es sein. Schon deshalb, dachte ich, weil sich hier nur Paare aufhielten, und ihre zweite Liege war definitiv unbenutzt. Kein nasses Handtuch, kein Buch. Nicht einmal ihre Tasche hatte sie dort abgelegt, als wolle sie, dass ihr Mann, wenn er jetzt aus dem Meer kam, sich sofort niederlassen konnte. Ich schluckte. Solche Geschichten gingen mir ziemlich ans Herz.

Wir nahmen uns Liegen gegenüber, von denen aus wir sie gut im Auge behalten konnten, aber auf der anderen Poolseite und damit garantiert unauffällig. Ich ließ mich nieder und sah erst einmal interessiert zu, wie sich Parker lässig aus den hellen Shorts schälte. Und ich muss sagen, dass mich kurz beinahe Stolz übermannt hätte, was für einen Prachtehemann ich mir da geangelt hatte. Parkers Körper war zum Anbeten. Er sah aus, als wolle er Werbung für Bademode machen, und so wie diese ganzen Models, bei denen ich immer argwöhnte, dass da mit ein wenig Computerzauber nachgeholfen worden war. Nun, bei diesem Exemplar offensichtlich nicht.

»Gefällt dir, was du siehst?«, fragte Parker mit einem leicht spöttischen Unterton, als er mich dabei ertappte, wie ich ihn anschmachtete.

»Aber ja, mein Schatz«, gab ich zurück und musste mich beherrschen, den Satz nicht mit einem kleinen Klaps auf seinen Po zu krönen. »Was habe ich nur für einen wunderschönen Ehemann.«

Er grinste und ließ sich auf der Liege nieder, die Beine links und rechts davon am Boden aufgestellt und mit geradem Rücken. Nicht einmal wenn er saß, hatte er das kleinste Röllchen am Bauch, wie das sonst doch jeder hatte. Dachte ich zumindest.

Nun, ich jedenfalls hatte eins und es war nicht unbedingt das kleinste, aber auch nicht das größte und es war ein Teil von mir, den Parker nun kennenlernen würde. Ich lächelte ihm zu und begann, mit sanft wiegenden Hüften mein dünnes weißes Sommerkleid über meinen Kopf zu ziehen. Dann ließ ich es mit einer ausladenden Bewegung meines Armes achtlos zu Boden gleiten, drückte meine Hüften nach links, die Beine nach rechts und legte eine Hand hinter meinen Kopf. Ich hatte diese Pose ganz oft bei Marilyn Monroe gesehen und da meine Figur ihrer recht nahekam, wenn man besagtes Röllchen vernachlässigte, und sie dabei immer unfassbar heiß aussah, dachte ich, es könnte nicht schaden, sie einmal auszuprobieren. Ich hatte mir auch einen ähnlichen Bikini gekauft wie die, die Marilyn immer trug, mit einem recht züchtigen Oberteil, raffiniert gewickelt und so geschnitten, dass es alles an Ort und Stelle hielt, nicht zu viel zeigte und dennoch meine besten Argumente perfekt in Szene setzte. Das Höschen war noch viel ausladender und spottete jeder Verkleinerungsform. Es ging bis zu meinem Bauchnabel, was gut war, denn so wurden meine Speckröllchen versteckt, und hatte einen tiefen Beinansatz, der diese fiesen Fettreserven direkt an der Stelle, wo die Hüfte in den Schenkel übergeht, zurückdrängte. Ich hatte eine Weile gebraucht, bis ich es anhatte, weil es doch sehr viel Elastan benötigte, um seinen Job als Zurückdränger zu machen, aber dafür ließ mich dieses Teil jetzt recht gut aussehen. Zumindest meiner bescheidenen Meinung nach. Ich erinnerte mich daran, dass die Verkäuferin damals ein wenig zu angestrengt gelächelt hatte und mir ganz dezent vorschlug, mich vielleicht einmal bei den Badeanzügen umzusehen oder noch besser, *bei unseren Badekleidern, die bedecken ganz charmant die Oberschenkel und haben Mieder integriert, die den Bauch formen.* Ich hatte es ausprobiert und mich gefühlt wie in einem Korsett. Nein danke. Dafür atmete ich zu gerne. Und dafür mochte ich mich zu gerne, um mich so zu quälen, nur um einem Bild zu entsprechen, das nicht einmal meines war. Ich wusste, dass ich mich ein wenig von all den anderen Frischehefrauen hier abhob, die sich in ihren knappen Bikinis elegant auf der Liege räkelten, mit unbestreitbar schönen Körpern. Aber mein Körper war ebenfalls schön, fand ich. Anders schön, runder und weicher, aber das auch an den Stellen, an denen es darauf ankam. Ich sah zu Parker, der meine kleine Show beobachtet hatte, nahm die Hände vom Kopf, presste die Arme seitlich an meinen Oberkörper, beugte mich leicht vor, spitzte einen Kussmund und ließ mal eben meinen Oberkörper ein wenig shaken. Ich war mir ziemlich sicher, dass sich sein Mund leicht öffnete, ehe er sich wieder im Griff hatte. Mit einem zufriedenen Lachen setzte ich mich mit Schwung hinter ihn, legte ihm einen Arm auf die Schulter und stützte meinen Kopf so ab, dass ich ihm gut ins Ohr flüstern konnte.

»Was tust du da?«, fragte er kaum hörbar.

»Ich zeige meinem Mann, auf was er sich freuen kann«, erwiderte ich grinsend.

Kurze Pause. »Ich meine hier. Jetzt.«

»Das«, ich neigte den Kopf ein wenig und brachte ihn näher an sein Ohr. Dabei grinste ich weiterhin wie eine Bekloppte. »Das sieht für alle so aus, als würde ich dir jetzt versaute kleine Sätze ins Ohr flüstern, was ich nachher alles mit dir anstellen will.«

Parker schluckte.

»Während wir in Wahrheit über … den Adler sprechen können.«

»Den Adler?« Er wandte mir den Kopf ein wenig zu.

»Agentensprache. Der Adler ist gelandet und so. Kennst du das nicht?«

»Ida«, er seufzte. »Wir benennen sie gar nicht.«

»Gut«, sagte ich und ließ meine Hand ein wenig nach unten rutschen, wo sie knapp über seiner Brust liegen blieb. »Während wir über das reden, was uns wirklich beschäftigt. Das da drüben ist sie, oder?«

Parker nickte leicht.

»Und jetzt? Einfach nur beobachten?«

»Ja. Aber bitte unauffällig, Ida.«

»Kein Problem, das kann ich.« Ich ließ ein entzücktes kleines Lachen hören, als hätte er eben etwas ganz besonders Tolles gesagt, dann stand ich auf und nahm die zweite Liege in Beschlag. Ich holte meine Zeitschrift aus der Tasche, richtete die Rückenlehne auf und begann, so zu tun, als würde ich lesen, während ich über den Magazinrand hinweg unser Zielobjekt nicht aus den Augen ließ.

Ich musste bald entdecken, dass es ziemlich öde war, eine Frau zu beobachten, die nichts anderes tat als dazusitzen. Sie hatte ein Buch in der Hand, aber es ruhte unbeachtet auf ihrem flachen, braun gebrannten Bauch, der scheinbar ebenfalls ganz ohne Röllchen auskam, während sie stur durch die Plexiglasscheibe zum Meer hinabstarrte. Ansonsten tat sie einfach nichts. Bewegte sich nicht, sah keinem anderen Gast nach, der an ihr vorbeischlenderte, las nicht, trank nichts. Ich begann sofort, mir auszumalen, wie sie in der nicht sterben wollenden Hoffnung, ihr Mann könnte jeden Moment aus dem Wasser auftauchen, verharrte. Etwas in mir begann, sie zu bedauern und ich merkte, dass ich mich ganz gewaltig gegen den Verdacht sträuben wollte, dass sie nicht die erstarrte Witwe war, die sie hier abgab. Schließlich seufzte ich, legte das Magazin zur Seite und wandte mich Parker zu.

»Ich werde mal eine Runde schwimmen. Dann kann ich an der anderen Seite des Pools eine Pause einlegen und sie mir genauer ansehen.«

»Eine Pause? Nachdem du einmal durch den Pool geschwommen bist?«, fragte er spitz zurück.

Ich zuckte die Achseln und stand auf. Ich vergaß dabei nicht, mich ein wenig zu räkeln, um meinen Bikini erneut zu präsentieren, und lächelte ihn an.

»Bis gleich, mein Hübscher«, säuselte ich und warf ihm eine Kusshand zu, ehe ich mit wiegenden Hüften zur Leiter ging.

Ich schwamm sogar dreimal gemächlich hin und her, ehe ich auf ihrer Seite des Pools eine Pause machte, die Arme am Beckenrand abstützte und mein Kinn darauf bettete. Ich hatte meine Sonnenbrille aufgelassen und konnte sie so ganz gut und ziemlich unauffällig betrachten. Sie hatte einen Körper, den man nur als weibliches Pendant zu Parkers bezeichnen konnte. Sie war nicht muskelbepackt wie er, eher zierlich, aber selbst ich musste zugeben, dass ihre Gestalt wunderschön und perfekt geformt war und man sie einfach ein bisschen bestaunen musste. Dazu die langen, seidig glänzenden hellblonden Haare, die ihr bis zur Brust reichten und die anscheinend keinen eigenen Willen hatten wie meine. Ihr Gesicht oder das, was man davon sehen konnte, war schmal und fein geschnitten. Und noch immer saß sie einfach nur da, als warte sie, dass ein weiterer Tag zu Ende ging.

Schließlich gab ich auf, schwamm noch zwei Runden und kletterte dann wieder aus dem Wasser. Gemächlich spazierte ich an unseren Platz zurück. Parker hatte sich entspannt zurückgelehnt und wenn ich mich nicht täuschte, hatte er die Augen hinter der dunklen Sonnenbrille geschlossen. Ich trat ein wenig näher, aber er rührte sich nicht. Na gut, dachte ich, nicht meine Schuld. Ich positionierte mich neben seiner Liege, schwang mein rechtes Bein über seinen attraktiv drapierten Körper und beugte mich über ihn, als wolle ich ihn küssen. Natürlich stoppte ich rechtzeitig, ich wusste, was ich ihm schuldig war. Mein Haar fiel wie ein nasser, schwerer Vorhang seitlich neben meinem Gesicht herab und verhinderte, dass ein Beobachter sehen würde, ob meine Lippen die seinen wirklich trafen. Falls uns hier überhaupt jemand beobachten würde. Yvonne interessierte sich immer noch einzig für das Meer, und alle anderen, die sich hier aufhielten, nur für sich selbst, aber Parker bestand ja darauf, dass wir immer voll im Dienst waren. Und dazu gehörte definitiv nicht, mir die Arbeit zu überlassen und sich selbst ein Nickerchen zu gönnen. Das Wasser tropfte aus meinen Strähnen und auf seine mittlerweile von der Sonne aufgeheizte Brust. Er schnappte nach Luft, als ihn die erste Ladung traf, und hatte die Augen so schnell offen, dass ich grinsen musste. Na also, ging doch. Allerdings packte er ebenso flink hart nach meinen Handgelenken. Ich hätte damit rechnen müssen, aber dennoch kam ich aus dem Gleichgewicht und strauchelte. Seine Hände packten fester zu und ich ließ mich der Einfachheit halber nach vorne fallen und landete auf seinem warmen Körper. Nun, es hätte schlimmer kommen können.

»Du bist nass«, stellte Parker nach einer kleinen Pause scharfsinnig das Offensichtliche fest.

»Und du bist wunderschön warm«, gab ich zurück. »Das Wasser ist doch erstaunlich frisch.« Das stimmte zwar nicht, klang aber gut. Ich beschloss, dass ich nach diesem Badeausflug seine Wärme brauchen konnte, und schloss einen Moment zufrieden die Augen. Parker stöhnte.

»Das halte ich für keine gute Idee, Ida«, sagte er und klang ein wenig angestrengt.

»Ich schon«, gestand ich. »Und es war ja nicht meine, dass ich am Ende auf dir gelandet bin. Und sag jetzt nicht, dass ich zu schwer bin. Damit würdest du dir ein tiefes Grab schaufeln.«

Parker war klug genug, darauf nichts zu erwidern und sich mit einem weiteren Stöhnen zufriedenzugeben. Aber ich spürte, wie er sich versteifte und ein wenig flach atmete.

»Ida«, begann er endlich, »das ist mein Ernst. Keine gute Idee.« Die letzten drei Worte kamen sehr nuanciert und auch ein wenig abgehackt und ich seufzte, weil er mich jetzt vermutlich gewaltsam von sich entfernen würde. Da er mir in diesem Fall bestimmt wieder eine Standpauke halten würde, beschloss ich, dass es das Beste war, wenn ich seinem Wunsch folgte. Ich öffnete also meine Augen und wollte mich gerade hochstemmen, als sich überraschend seine Arme um mich schlossen.

»Was jetzt? Soll ich nun gehen oder nicht?«, fragte ich sicherheitshalber nach.

»Bleib. Sie sieht herüber.«

Oh. Gut. Ich fand sie immer sympathischer, die traurige Witwe. Zufrieden legte ich meinen Kopf wieder in seine Halsbeuge, suchte eine bequeme Position und seufzte noch einmal wohlig.

»Nicht übertreiben, Ida. Und ich wäre dir dankbar, wenn du diese Bewegungen bleiben lässt.«

»Aber das tue ich immer, wenn ich mich in mein Bett kuschle«, gab ich zurück.

»Du liegst aber nicht in deinem Bett, sondern auf mir. Und im Gegensatz zu deinem Bett bin ich ein Mann aus Fleisch und Blut.«

»Oh.« Ich hob meinen Kopf an, um seine Augen sehen zu können. Sie waren weit weniger missbilligend, als ich erwartet hatte. »Das gefällt dir, oder?« Ich wollte noch einmal wackeln, aber sein Knurren und nicht zuletzt seine Hände, die sich jetzt beherzt an meine Hüften legten, verhinderten das.

»Treib es nicht zu weit, Ida«, sagte er gefährlich leise. »Nicht, wenn du die Folgen nicht tragen willst.«

Kapitel 19

Nach dem ersten wohligen Schrecken wegen seiner Worte beruhigte sich mein Herz wieder und kehrte in seine gewohnte Schlagfrequenz zurück. Wir waren nicht die Einzigen hier, die sich eine der breiten Liegen teilten. Wir wären vermutlich innerhalb eines Tages aufgeflogen, hätten wir das nicht gemacht, und Parker mit seinem durchaus analytischen Gehirn hatte das ebenfalls erkannt. Nachdem er merkte, dass ich nicht mehr rumzappeln würde, ließ er meine Hüften los und schob mich unauffällig etwas zur Seite, sodass nicht mehr mein ganzes Gewicht auf ihm ruhte und ich jetzt eher an seiner Seite lag. Dann legte er entspannt einen Arm um mich, während er die andere Hand hinter seinem Kopf platzierte. Ich war mir sicher, dass er schon wieder fest in der Beobachtung der Zielperson war, beschloss aber, dass ich dennoch diese Situation ein wenig weiter genießen konnte. Parkers Körper war zwar so hart und durchtrainiert, wie er aussah, aber trotzdem war es ganz nett. Ich schloss die Augen und ließ gedankenverloren meine Hand ein wenig an seiner Seite hoch und runter wandern. Er zuckte nicht.

»Hey«, ich hob den Kopf und sah ihn an. »Bist du nicht kitzelig?«

»Nein«, gab er zurück und starrte weiter auf die andere Seite des Pools.

»Echt nicht. Und hier?« Ich versuchte es etwas höher.

»Nein. Sie steht auf und packt ihre Tasche zusammen.«

Oh. Gut, dann würde ich gleich ebenfalls aufstehen müssen. Schade eigentlich.

»Ist nicht jeder Mensch kitzelig?«, fragte ich und tat so, als hätte ich seine Bemerkung nicht gehört.

»Keine Ahnung.« Er gab mich kurz frei und nahm die Sonnenbrille ab, die er lässig neben die Liege gleiten ließ. »Ist es so?«

Und ohne Vorwarnung zwickten mich seine Hände in die Hüften, was mich dazu brachte, spontan zu quieken. Falls es jemand nicht vermutet hatte, ich für meinen Teil bin nämlich ziemlich kitzelig. Parker packte mich, als ich mich aufrappeln wollte, richtete sich blitzschnell auf und saß nun aufrecht auf der Liege. Mich hatte er fest an seinen Körper gepresst. Seine Arme waren lang genug, dass er um mich herumgreifen konnte und seine Finger somit erneut genau die Stelle finden konnten, wo ich jedes Mal zuverlässig ins Zucken geriet, wenn jemand so dumm war, dorthin zu fassen. Ich keuchte und brach dann in ein lautes Lachen aus.

»Hör auf.«

»Träum weiter«, sagte er und ließ ein weiteres Mal seine Fingerspitzen über die Stelle flattern.

Ich lachte noch lauter, versuchte, mich nach hinten zu biegen, konnte aber seinem Griff nicht entkommen. Seine Augen blitzen gefährlich und um seinen Mund lag ein Lächeln.

»Du entkommst mir nicht, Ida«, sagte er ziemlich rau und ein wenig zu laut. »Also versuche es erst gar nicht.«

Ich gab auf und neigte mich näher zu ihm. »Treib es nicht zu weit, Parker. Nicht, wenn du die Folgen nicht tragen kannst«, wiederholte ich seine eigenen Worte dicht an seinem Ohr.

Parkers Finger verharrten. Er sah mich an und kurzzeitig vergaß ich alles um uns herum. Der Moment schien sich ausdehnen zu wollen zu einer Unendlichkeit, in der wir einfach nur dasaßen und uns ansahen. Dann neigte er langsam den Kopf und seine Lippen streiften ganz leicht über meine, so kurz, dass ich nicht wusste, ob es wirklich passierte. In diesem Augenblick ging Yvonne Prom an unserem Platz vorbei. Sie sah auf uns herab und einen Moment schien sie stehen bleiben zu wollen und uns dabei zusehen, wie wir hier unsere kleine Showeinlage abzogen. Ich schlang meine Arme um Parkers Hals, entschied, dass im Sinne des Auftrags ein weiterer Kuss fällig war, und drückte beherzt meine Lippen auf seine.

»Sie ist weg.« Parkers Stimme klang ziemlich geschäftig, auch wenn er sich erst hatte räuspern müssen, um etwas zu sagen.

»Oh«, ich sah auf und musste mich kurz sammeln. Ich meine, hey, das war nur ein Kuss gewesen. Ein sehr zahmer Kuss, ohne Zunge oder so, und bestimmt hatte er nicht so lange gedauert, wie es sich angefühlt hatte. Und es war ein geschäftlicher Kuss, das ganz ohne Frage. Aber vor allem: Wir waren der Zielperson aufgefallen. Auch Parker hatte es gemerkt, dass sie erst dann auf uns aufmerksam geworden war, als wir uns scheinbar nicht mehr einbekommen hatten vor lauter Lust und Liebe. Ich rückte von ihm ab und stand auf.

»Gut.«

Er nickte. »Ich denke, dass wir sie gleich beim Abendessen wieder sehen. Wenn du mich entschuldigst, ich werde vorher noch eine Runde schwimmen.«

Im Gegensatz zu mir pflügte Parker wie eine Gottesgewalt durch das Wasser. Nichts mit gemächlichem Brustschwimmen, Parker kraulte wie ein Besessener durch das Wasser. Ich war schon vom Zusehen erledigt, mit welcher Kraft er sich durch den Pool arbeitete. Als er endlich aufhörte, war ich richtig erleichtert. Ich setzte mich auf, mit um die Knie geschlungenen Armen, und rückte meine Sonnenbrille zurecht, damit ich ihn besser dabei beobachten konnte, wie er sich aus dem Pool hievte. Im Gegensatz zu mir kletterte er nicht die Leiter hoch, sondern stemmte sich am Rand aus dem Becken. Ganz sicher tat er das, weil er wusste, wie nett sich dabei seine Muskeln präsentierten, und als er sich dann erhob ... Ich unterdrückte einen Seufzer. Natürlich ging eben die Sonne unter und goldgelbes, warmes Licht ergoss sich über seinen nassen Körper, der ansprechend funkelte. Als ob er das nötig gehabt hätte. Seine Haut wirkte brauner in diesem Licht, perfekt und wunderschön. Er strich sich lässig das Haar aus der Stirn und kam zu mir zurück, die nassen Shorts klebten an seinen Schenkeln. Die ich nicht anstarren würde.

»Wollen wir?«, fragte er und streckte mir eine Hand entgegen.

Ich nahm sie, ohne zu wissen, was ich tat. *Oh ja*, dachte ich. *Egal was du willst, ich will es ebenfalls.*

»Sie wird bald zum Essen gehen und wir sollten uns ein wenig schicker anziehen«, sagte er und zog mich auf die Beine. »Also los, der Tag ist noch nicht vorbei.«

Gut. Essen wollte ich definitiv auch. Wir hatten im Flugzeug eine Kleinigkeit gehabt, aber ansonsten heute noch nicht allzu viel bekommen, und das war mein Körper nicht gewohnt. Ich argwöhnte, dass seiner mit weit weniger auskam, aber darauf konnte ich keine Rücksicht nehmen. Und seit ich an Essen gedacht hatte, knurrte mein Magen hörbar. Also beeilte ich mich in der Dusche und föhnte meine Haare über Kopf trocken, weil das der schnellste Weg war. Dadurch kamen zudem meine Locken, die eigentlich gar keine waren, mehr heraus. Und es sorgte dafür, dass mein Haar dicht und füllig und auch ein wenig wild und zerzaust aussah. Was ich gut fand, denn dadurch wirkte mein Gesicht dünner und die leichte Herzform, das schmal zulaufende Kinn und meine großen Augen wurden betont. Ich gönnte ihm ein wenig Haaröl, um die ganz wild abstehenden Härchen zu bändigen, ließ es ansonsten aber, wie es war. Etwas Wimperntusche und zur Feier des Tages und weil ich gerade gut drauf war, verwendete ich sogar den flammend roten Lippenstift, den ich aus einer Laune heraus für diese Reise gekauft hatte. Und der, so wurde mir fest versprochen, sowohl kuss- als auch lebensmittelfest sein sollte. Ich hoffte, dass das stimmte – und dass ich Gelegenheit bekam, beides auszuprobieren. Damit war ich fertig und Parker musste anerkennen, dass ich wirklich eine Rakete im Bad war. Er selbst sprang nur eben unter die Dusche und war in Nullkommanichts ausgehfein. Ich saß geduldig im Schlafzimmer auf dem großen Bett, die Beine untergeschlagen, und sah hinab aufs Meer, bis er endlich an meine Tür klopfte und ich aufsprang, um mit ihm zum Essen zu gehen. Das war eine seiner Regeln, die er mir heute nach der Ankunft mitgeteilt hatte. Wer ins Bad wollte, klopfte zur Sicherheit erst einmal laut und vernehmlich an. Wenn er das Schlafzimmer betreten musste, würde er natürlich an die Tür hämmern. Und ich hatte mich in eben diesem aufzuhalten und jedes Mal, ehe ich ins Wohnzimmer wollte, ebenfalls laut und deutlich zu klopfen, um ihn nicht in einer peinlichen Situation oder womöglich halb nackt anzutreffen. Das hatte er nicht gesagt, aber ich wusste natürlich, wovor er Angst hatte. So viel also dazu, etwas zu weit zu treiben und dann die Folgen tragen zu müssen. Egal was er sagte, wenn wir unter Beobachtung waren, er hatte mehr als klargemacht, dass es eine deutliche Diskrepanz gab zwischen dem, was er draußen vorgab zu sein, und dem, was er dann hier war. Nun ja, vermutlich besser so. Immerhin war er Parker, egal wie ansprechend er aussah.

Kapitel 20

Als wir auf die Terrasse, wo das Abendessen als Büfett aufgebaut auf uns wartete, traten, ließ ich meinen Blick über die Tische gleiten. Es waren nicht alle besetzt und Yvonne Prom war nicht zu sehen. Gut, dann konnte ich erst einmal in Ruhe essen. Parker legte seine Hand auf meine Schulter und schob mich sanft vor sich her zu einem Tisch, der ziemlich in der Mitte lag und uns einen guten Überblick bot. Die meisten wählten einen Platz vorne, von dem aus man direkt auf das Meer sehen konnte, aber auch nicht die ganze Terrasse im Blick hatte. Mir war es egal, ich wollte jetzt nicht das Meer anschmachten, ich brauchte endlich etwas zu essen.

Parker langte zwar ebenfalls gut zu, schien sich aber über meinen Appetit zu amüsieren.

»Was? Wir hatten kein Mittagessen. Diese matschigen Sandwiches im Flieger zählen nicht. Und wir hatten auch keinen Kaffee und vor allem keinen Kuchen. Das muss sich ändern.«

»Natürlich«, sagte er und grinste.

»Was?«, fragte ich noch einmal und ließ kurz die Gabel sinken. »Denkst du, solche Kurven kommen von nichts? Es ist ebenso harte Arbeit wie deine Muskeln.«

»Natürlich.« Ein amüsiertes Zucken umspielte seine Mundwinkel.

»Es gibt genug Menschen, die auf meine Art Körperbau stehen«, fügte ich an, weil ich vermutete, dass er sich ein wenig auf die falsche Art über mich lustig machte. »Männer«, präzisierte ich. »Nicht alle wollen so einen stahlharten Körper im Bett oder eine Frau, bei der man, wenn es langweilig wird, zur Unterhaltung die Rippen zählen kann.«

»Das habe ich nie behauptet.«

»Aber gedacht«, sagte ich streng und wandte mich dann wieder dem ausgezeichneten Essen zu.

Meiner Meinung nach sollte man jede Mahlzeit würdigen, besonders wenn sie so hervorragend zubereitet war wie diese hier. Deshalb dauerte es eine Weile, ehe ich bemerkte, dass ich die Einzige am Tisch war, die das tat. Parker saß vor seinem halb leeren Teller und würdigte nicht das Essen, sondern meine Begeisterung dafür. Hoffte ich doch zumindest.

»Du starrst schon wieder«, stellte ich missbilligend fest.

»Ich bewundere deine Hingabe«, entgegnete er. »Du machst keine halben Sachen, oder?«

»Nein, niemals.«

Er nickte zustimmend. »Das sieht man.«

»Und? Schlimm?«

»Ganz und gar nicht.« Er strich sich über den Mund und lächelte.

»Ist irgendwas?« Seine Bewegung erinnerte mich an etwas und langsam hob ich meine Hände und strich mir ebenfalls über meine Lippen. Dann betrachtete ich meine Finger. Nichts zu sehen. Parkers Lächeln blieb.

»Bin ich verschmiert? Sag nicht, dass ich verschmiert bin. Die haben mir fest versprochen, dass dieser Lippenstift alles aushält. Küssen und Essen und ...«

»Zumindest mit dem Essen hatten sie recht«, beruhigte er mich grinsend.

»Na immerhin.« Ich nahm meine Gabel wieder auf. »Dann kann ich das jetzt vielleicht ganz in Ruhe zu Ende bringen.«

»Natürlich.« Er selbst hatte sein Besteck immer noch nicht wieder aufgenommen.

»Bist du schon satt?«

»Nein.«

»Na dann ... Wie wäre es, wenn du, anstatt mich anzusehen, dich wieder dem Essen widmest? Und mich in Ruhe meine Reserven auffüllen lässt?«

»Brauchst du die denn heute noch?«, fragte er und beugte sich über den Tisch zu mir herüber. Seine Hand fuhr mir über die Wange, beschrieb einen Kreis um meinen Mund und blieb unter meinem Kinn liegen. Er kam noch etwas näher und ließ mich nicht aus dem Blick. Schließlich war er mir so nahe, dass ich seinen Atem auf meinem Gesicht spüren, seine Lippen beinahe schmecken konnte. Einen Moment lang vergaß ich das Essen.

»Es geht los. Sie ist eben angekommen. Dreh dich nicht um.« Er blinzelte, als hätte er etwas Vertrauliches gesagt. Dann überwand er die letzten Zentimeter und küsste mich. Ganz kurz, ganz harmlos. Und dennoch wunderschön.

»Wie es scheint, hatten sie auch mit dem Küssen recht. Ich dachte, dass dich das interessieren könnte«, sagte er und brachte damit meine Gefühlswelt kurzzeitig in Aufruhr, weil er sich dabei so unverschämt cool anhörte.

Dann gab er mein Kinn frei und nahm seine Gabel auf. Als wäre nichts gewesen, widmete er sich endlich wieder seinem Teller.

»Das interessiert mich in der Tat. Wobei das eben ein ziemlich schwacher Versuch war. Wenn ich *Küssen* sage, dann meine ich etwas anderes. Wenn ich richtig loslege, dann sind die Anforderungen ein wenig höher.«

Parker schien sich heute nicht von meinem vorlauten Mundwerk provozieren lassen zu wollen. »Dann werde ich präzisieren: Für unsere Anforderungen ist dein Lippenstift kussecht genug.«

An diesen Abend saßen wir lange auf der Terrasse und taten so, als wären wir mit uns beschäftigt. Anstatt die äußerst interessante Studie zur Haltbarkeit meines Lippenstifts fortzusetzen, begnügte sich Parker damit, meine Hände zu halten und in meine Augen zu blicken und mir ab und zu sanft eine Strähne meines Haares aus dem Gesicht zu streifen. Die wenigen Küsse, die er noch für erforderlich betrachtete, waren Schmetterlingsküsse, so flüchtig und schnell, dass keine Gefahr bestand, irgendetwas zu verschmieren. Nach kurzem Bedauern, weil es sehr nett war, auf dieser romantischen Terrasse ein wenig herumzuküssen, und ich gerade in der Stimmung gewesen wäre, das ein bisschen auszubauen, entschied ich, dass es dennoch gut war so. Schließlich wecken Küsse Lust auf mehr und zu meiner Verwunderung fand ich den Gedanken an ein Mehr mit Parker gerade nicht mehr so abwegig, wie ich das sonst tat. Weil er der einzig Verfügbare war natürlich, aber vermutlich auch die schlechteste Idee, die ich in amouröser Hinsicht je gehabt hatte. Ich konzentrierte mich also wieder auf Yvonne Prom, die ein wenig in ihrem Essen herumstocherte und sich dann ein paar Drinks gönnte. Ganz alleine, und offensichtlich hatte sie auch nicht den Wunsch, das zu ändern, denn sie hielt sich dabei ständig ihr Handy wie einen Schutzschild vor ihre zauberhafte kleine Stupsnase. Jetzt, wo ich sie endlich ohne die große Sonnenbrille sah, musste ich neidlos anerkennen, wie schön sie war. Wenn es einen Menschen gab, auf den die Beschreibung *Ein Gesicht wie ein Engel* zutraf, dann sie. Und ihre Augen sahen so unschuldig aus, so verloren, dass ich eigentlich auf der Stelle die ganze Sache hätte abblasen müssen, denn ich war fest davon überzeugt, dass rein gar nichts an den Vorwürfen war. Aber ich war egoistisch genug, das für mich zu behalten und nicht vorzuschlagen, die Mission abzubrechen.

Parker hingegen war nicht so leicht davon abzubringen, dass Yvonne etwas zu verbergen hatte, und referierte später in unserem Zimmer darüber, dass sie einfach eine gute Schauspielerin sein könnte und uns alle gewaltig an der Nase herumführte. Das war, ehe er mich ansah, sich räusperte und dann plötzlich begann, ein wenig herumzudrucksen.

Masmeier hatte uns versichert, dass wir eine Sonderzulage bekommen würden für *die erschwerten Begleitumstände dieses Auftrages und die damit zusammenhängenden Opfer, die wir in Kauf nehmen mussten*. Nun, wenn er damit meinte, dass ich in Kauf nehmen musste, dass Parker es sich angewöhnte, mir jedes

Mal einen dieser Küsse zu geben, wenn unsere Zielperson auftauchte, dann wäre es vermutlich unmoralisch, diese Sonderzahlungen anzunehmen. Denn ja, ich fand die ganz nett und überhaupt waren das, wenn man es genau nahm, ja auch keine echten Küsse. Parker allerdings schien auch das anders zu sehen. Sachlich wie ein Mathematiklehrer, der den alten Pythagoras erklärte, versicherte er mir gerade, dass er damit nur vertuschen wolle, dass wir uns ständig Informationen zuflüstern mussten. Es war ihm offensichtlich ein Bedürfnis gewesen, das klarzustellen.

»Ida.« Räuspern.

»Ja?«

»Vielleicht sollten wir etwas klären. Diese Küsse …«

Ich nickte aufmunternd.

»Sie dienen dazu, mit dir in Kontakt zu treten.«

Ich grinste. »Das tun sie meist.«

Schnauben. »Nicht so. Wenn wir ständig tuscheln, fallen wir auf.«

Ich nickte.

»Wenn es dir unangenehm ist …«

Ich schüttelte den Kopf. Himmel, er war ziemlich süß in seiner Not. Unten, wenn andere um uns herum waren, wirkte er beinahe lässig und recht selbstsicher. Jetzt, alleine mit mir, schien er sich lieber die Zunge abbeißen zu wollen, als über ein paar kleine Küsse zu reden. Was war nur mit diesem Mann los?

»Sie sind mir nicht unangenehm. Solange du deine Zunge bei dir behältst.«

Er schnaubte, ich grinste. Manchmal war es einfach zu verlockend, ihn ein wenig aufzuziehen.

»Natürlich«, entrüstete er sich. Dann seufzte er leise. »Ich weiß, dass es grenzwertig ist, aber ich denke, wir sollten das ganz professionell sehen. Wenn es dir nicht zu unangenehm ist«, hatte er gesagt und sich erneut geräuspert.

»Och, ich hatte schon sehr viel Unangenehmes zu tun bei der *Schirm und Schild*«, erwiderte ich grinsend.

Parker brauchte einen Moment, um zu schlucken. »Gut«, sagte er knapp. »Ich werde es so sparsam wie möglich einsetzen.«

»Keine Angst, Parker. Ich weiß doch, wie das gemeint ist. Ich werde es also erdulden und irgendwie überleben.« Und ganz nebenbei jegliche Gedanken an einen ausgeweiteten Haltbarkeitstest meines Lippenstifts verbannen.

Er hob die Augenbrauen. »Es war mir einfach ein Bedürfnis, das zu klären«, bekannte er steif. »Dass Klarheit herrscht zwischen uns.«

»Parker. Gideon«, sagte ich sanft. Er konnte ja nichts dafür, dass er in dieser Hinsicht so schrecklich verklemmt war und es anscheinend nicht einfach ein wenig genießen konnte, wie ich das tat. »Es ist in Ordnung. Wir wussten, auf was wir uns einlassen. Niemand von uns hat erwartet, dass wir hier überzeugend ein Ehepaar abgeben könnten und es dabei nicht zu Körperkontakt kommt.«

Ich sah ihn an. Okay, ich hatte es nicht erwartet. Himmel, und er war der Profi-Ermittler in unserem Team.

»Nun, ich dachte, es würde weniger Einsatz erfordern. Aber hier sind ja nur Verliebte.« Es klang beinahe empört. »Ich hatte nicht erwartet, dass es so offensichtlich ist.«

Ich erwähnte nicht, dass uns bekannt gewesen war, dass diese Unterkunft genau damit beworben wurde, mit dieser rosaroten heilen Welt und der *Wir-lieben-uns-alle-Nummer.*

»Keine Sorge. Ich kann damit umgehen. Aber wo wir gerade dabei sind, das zu klären, und nur zu deiner Beruhigung, weil da offensichtlich Verunsicherung herrscht: Ja, um ehrlich zu sein, küsse ich ganz gerne. Und ich sehe mir auch gerne schöne Menschen an. Männer«, setzte ich hinzu und sah, wie er schon wieder in Alarmbereitschaft ging. »Was nicht heißt«, ich hob einen Finger, »dass ich jeden davon in mein Bett zerren will. Du bist also absolut sicher vor mir.«

Seine Augen begannen, ein wenig unstet durch den Raum zu flackern. Vermutlich überlegte er, was ein echter Gentleman auf so eine Ansage erwidern sollte.

»Und ja, ich flirte auch gerne. Sehr gerne. Das hebt die Stimmung. Und da ich das hier nicht tun darf, auch wenn der Kellner heute Abend wirklich süß war«, ich gab ihm die Gelegenheit, an dieser Stelle ein missbilligendes Zungenschnalzen einzubauen, »muss ich es eben mit dir tun. Aber ich verspreche, es ist rein geschäftlich und auf gar keinen Fall zielgerichtet.« Ich sah ihn an.

Er räusperte sich wieder. »Gut. Danke. Damit haben wir unsere Positionen geklärt. Wie Erwachsene. Damit jeder weiß, was der andere anstrebt, wenn er das tut, was getan werden muss.«

Ich unterdrückte einen Seufzer. *Was getan werden muss*, Himmel noch eins. Wie konnte man so nur Spaß am Leben haben? Dann neigte ich mich zu ihm vor und tätschelte beruhigend seinen Arm.

»Keine Sorge, Gideon. Ich weiß sehr wohl, wie du das meinst, wenn du tust, was getan werden muss. Und du kannst jetzt in Bezug auf mich ebenfalls beruhigt sein. Sonst noch was?«

Er sah mich einen Moment an. »Nein. Das war für heute alles. Wenn es dir recht ist, würde ich jetzt schnell das Bad benutzen.«

Ich sah ihm nach, wie er dorthin verschwand, und seufzte nun doch. Flirten war definitiv nicht sein Spezialgebiet. Was mich nicht daran hindern würde, es dennoch zu tun und mir ein ganz klein wenig Spaß mit ihm zu gönnen.

Kapitel 21

Als ich am nächsten Morgen erwachte, hörte ich nebenan das Wasser rauschen. Parker war also schon auf den Beinen und bereits im Bad. Ich räkelte mich ein wenig und genoss den Blick aus dem Fenster. Dann griff ich nach meinem Handy und wählte Omis Nummer.

»Was sagen die Sterne?«, fragte ich munter.

»Ein neuer Freund wird heute in dein Leben treten, aber im Job gibt es Probleme«, gab sie sofort zurück.

»Das ist gut. Das heißt, ich werde sie kennenlernen und feststellen, dass sie wirklich unschuldig ist«, stellte ich zufrieden fest.

Wir plauderten eine Weile, bis ich dachte, dass das Bad nun frei sein musste. Die Dusche war schon vor Längerem abgestellt worden und Parker bekanntlich von der schnellen Truppe. Ich verabschiedete mich, versprach, mich wieder zu melden, und sprang aus dem Bett. Schwungvoll öffnete ich die Tür zum Bad und wäre beinahe schuld gewesen, dass Parker sich selbst die Kehle durchschnitt. Hätte er anstelle eines modernen Rasierers eines dieser coolen alten Messer benutzt.

»Himmel, Ida. Anklopfen«, fuhr er mich an.

»Abschließen, Parker«, gab ich zurück und lehnte mich in den Türrahmen. »Dauert es noch lange? Ich muss mal.« Ich deutete auf das Klo.

Er starrte in den Spiegel, wo er mich gut sehen konnte, und sein Blick strich über mein kurzes Schlafshirt. Seine Stirn legte sich in missbilligende Falten und ich hob meine imaginären Augenbrauen. Himmel, er hatte mich im Bikini gesehen, der hatte deutlich mehr Haut gezeigt. Um ihm klarzumachen, dass ich es eilig hatte, verkreuzte ich meine Beine und begann, ein wenig zu zappeln. Dabei ließ ich meinen Blick ebenso über ihn gleiten, wie er es eben mit mir gemacht hatte. Auch seine Badeshorts hatten mehr gezeigt als das Handtuch, das er jetzt um seine Hüften geschlungen hatte. Aber irgendwie wirkte das Handtuch fast noch besser. Und ich fand es toll, einem Mann im Handtuch beim Rasieren zuzusehen. Das hatte etwas sehr Ehemäßiges, was mir durchaus gefiel.

»Willst du jetzt da stehen bleiben?«, fragte er und setzte endlich seine Rasur fort.

»Ich fürchte schon«, sagte ich und deutete auf meine Beine. »Muss mich konzentrieren.«

Er sagte nichts, legte aber einen Zahn zu. Dann beugte er sich vor und spülte sich den Schaum vom Gesicht. Ich grinste und genoss seine Rückenansicht. Als er sich wieder aufrichtete, ein zweites Handtuch griffbereit, um sich abzutrocknen, trafen sich unsere Blicke noch einmal im Spiegel. Ich verzog mein Gesicht zu einer Grimasse und er schüttelte resigniert den Kopf. Dann hängte er das Handtuch auf, drehte sich um und schien etwas sagen zu wollen. Er schluckte es aber hinab und ging eilends hinüber zur anderen Tür.

»Bitte, dein Reich«, sagte er und trat hinaus. »Und vergiss nicht abzuschließen.«

Ich verdrehte die Augen und eilte zum Klo.

Als ich aus dem Schlafzimmer kam, nachdem ich wie gewünscht laut und deutlich an die Tür gehämmert und brav gewartet hatte, dass er mir seine Erlaubnis gab, saß Parker vor dem PC. Er klappte den Deckel zu und stand auf.

»Frühstück?«

Ich nickte glücklich.

Die Terrasse war ziemlich verwaist. Anscheinend hatten die meisten um diese Zeit Besseres zu tun als zu essen. Aber das Büfett war ähnlich gut wie gestern und im Moment war ich sehr zufrieden, dass ich essen durfte, anstatt etwas anderes zu tun. Wir waren schon fast fertig, als auch unser Zielobjekt den Raum betrat und sich eine Tasse Kaffee holte. Dazu nichts, wie ich bestürzt feststellte. Sie musste wirklich trauern, sonst hätte sie dieser Auswahl nicht widerstehen können. Ich sah wieder weg, um sie nicht anzustarren, und kaute nachdenklich auf meiner Unterlippe herum, als ich mir einen spontanen Plan zurechtlegte.

»Was ist los?«, fragte Parker sofort.

Ich schüttelte den Kopf. Das würde er vermutlich weder verstehen noch gutheißen. Er betrachte mich weiter und ich stand auf.

»Willst du auch ein Glas Saft, Liebling?«, fragte ich ihn laut und deutlich.

Verwirrt schüttelte er den Kopf und sah mir nach, wie ich zum Büfett marschierte. Auf dem Rückweg fädelte ich es so ein, dass ich genau auf der Höhe ihres Tisches aus meinem rechten Flipflop rutschte und beinahe gestürzt wäre. Das Saftglas in meiner linken Hand schwappte über, während sich meine rechte gerade noch auf ihrem Tisch abstützen konnte und ich fast auf ihr gelandet wäre. Instinktiv griff ihre Hand nach meinem Arm und ich lächelte sie erleichtert und dankbar an.

»Tut mir leid. Ich hoffe, ich habe Sie nicht erwischt?«

Sie schüttelte den Kopf.

»Gott sei Dank. Entschuldigen Sie die Störung. Einen schönen Tag noch«, wünschte ich ihr leichthin und grinste ein wenig verlegen, als ich meinen Fuß wieder in den Schuh rutschen ließ und weiterging.

»Was sollte das?«, zischte Parker sofort. Leider ohne Kuss. Er war aufgesprungen und hatte alarmiert herübergesehen, als ich meinen kleinen Trick ausprobierte, sich aber wieder gesetzt, als klar war, dass ich nicht wirklich stürzen würde. Nun war er wieder aufgesprungen und hatte mich scheinbar besorgt empfangen und mir eine vorwitzige Haarsträhne mit einer vordergründig liebevollen Geste aus dem Gesicht gestrichen, während er mich anraunzte.

»Ich habe Kontakt hergestellt«, wisperte ich zurück und ergriff die Gelegenheit, ebenfalls kurz über seine glatt rasierten Wangen zu streichen. »Vertrau mir. Morgen sind wir per Du.«

»Können wir heute ans Meer?«, hatte ich hoffnungsvoll gefragt, als wir uns wieder in unsere Badeklamotten geworfen hatten, aber nur einen verständnislosen Blick kassiert. Ich hatte gehofft, meine neue Bald-Freundin könnte sich dort niederlassen. Das hätte mir gefallen. Aber sie lag bereits am Pool und damit war das Meer für mich ebenfalls tabu. Wir nahmen Liegen in der Nähe und richteten uns häuslich ein.

Parker saß schon wieder breitbeinig auf seiner, als ich mich vor ihm niederließ und ihm eine Flasche Sonnenmilch hinhielt.

»Kannst du mal bitte? Wir waren gestern nur kurz hier und ich fürchte, ich habe es da schon übertrieben. Meine Haut ist das nicht gewohnt.«

Er seufzte leise, nahm aber artig die Flasche und begann, meinen Rücken einzureiben. Ich schloss die Augen und gönnte mir ein paar Momente der Freude darüber, wie schön es sich anfühlte, wie fest seine Hände waren, wie perfekt ausbalanciert der Druck. Viel zu schnell reichte er mir die Flasche zurück und ich musste auf meine Liege zurückkehren. Ich rieb mir meine Vorderseite ein und stellte erfreut fest, dass Parker nur so tat, als sähe er nicht zu. Zwei Plätze weiter rieb ein Kerl seiner Freundin eben genussvoll das Dekolleté ein und konnte offensichtlich gar nicht genug Sonnencreme auf ihr verteilen. Ich überlegte kurz, ob ich ihn darauf hinweisen sollte, kam aber zum Schluss, dass Parker das zu weit gehen würde, Sonderzahlungen hin oder her. Seufzend widmete ich mich meinen Beinen und streckte mich dann aus.

Wie es aussah, würden wir wieder den ganzen Tag hier herumliegen. Dagegen hätte ich prinzipiell nichts gehabt, aber es wurde doch ein wenig langweilig. Unsere Witwe lag ebenfalls nur da und abgesehen von der Eincreme-Aktion war auch Parker heute nicht in Ehemann-Stimmung. Ich sah auf die Uhr und berechnete, wann ich auf einer zweiten Runde Sonnenschutz beharren könnte, nur damit mal wieder etwas los war. Ich hatte mich auch mehrfach angeboten, seinen gestählten Körper einzureiben, aber Parker hatte dankend abgelehnt.

»Mir ist langweilig«, verkündete ich deshalb.

»Entspann dich und genieße die freie Zeit«, gab Parker zurück.

»Ich habe mich entspannt und sie genossen. Aber jetzt ist mir langweilig. Können wir nicht ans Meer?«

»Nein.«

»Was essen?«

»Nein.«

»Hm.« Ich setzte mich auf und starrte hinab zum Strand.

»Ida.« Parker hatte sich ebenfalls aufgerichtet. »Vergiss nicht, dass wir nicht zu unserem Vergnügen hier sind.«

»Das merke ich.« Ich schob die Unterlippe vor. »Ist das immer so öde? Ich meine, wenn man ...« Ich ruckte ein wenig mit dem Kopf, um *Zielpersonen beobachten* anzudeuten.

»Ja«, gab er zu. »Sehr oft. Man muss eben durchhalten.«

Ich nickte und war einmal mehr froh, nicht bei der Polizei gelandet zu sein. Wenn das der Job war, war es definitiv nichts für mich.

»Können wir nicht irgendwas machen?«

»Und was, Ida?«, fragte Parker und klang, als spräche er zu einem kleinen Kind.

»Uns unterhalten? Ein Spiel spielen? Irgendetwas?«

Er stand auf, streckte sich und sah dann auf mich hinab. »Wir könnten eine Runde schwimmen.«

»Wenn es sein muss. Aber in meinem Tempo.«

Kapitel 22

Natürlich pflügte er los, während ich gemächlich hinter ihm her schwamm. Er kraulte eine Weile verbissen durch das Wasser, wohingegen ich mich nicht aus meinem Tempo bringen ließ, bis er endlich am Rand auf mich wartete.

»Süßer Stil«, sagte er und grinste.

»Also genau passend für mich«, gab ich zurück und blieb wassertretend vor ihm stehen. »Aber dafür kann ich noch stundenlang so weitermachen, wenn ich will.«

»Und? Willst du?«, fragte er und bekam endlich wieder seinen Ehemann-Blick.

Ich verstand. Er hatte sich strategisch günstig platziert, um unsere Zielperson im Auge haben zu können und dabei sogar in Hörweite zu sein. Ich legte meinen Kopf schief und sah ihn an.

»Ich weiß es nicht.«

Oben klingelte ein Handy und Parker war kurz abgelenkt.

»Ja?«, hörten wir ziemlich deutlich und seine Augen blitzten wachsam auf.

Dann schüttelte er den Kopf, zog mich an sich und sagte: »Nein, das willst du gerade nicht.«

Ich schlang meine Beine um seine Hüften und meine Arme um seine Schultern, während unsere Witwe nichts mehr sagte. Ich sah sie nicht, aber Parker schien sie im Blick zu haben und neigte seinen Kopf, sodass seine Lippen meinen Hals streiften.

»Zuhören«, raunte er und ich nickte wieder.

Während er so tat, als interessierte ihn nichts anderes als mein Hals, lauschte er sicher genauso gebannt wie ich. Ich schloss sogar die Augen, um besser zuhören zu können, aber lange Zeit war es still. Ich fragte mich eben, ob sie schon wieder aufgelegt haben könnte oder ob ich einfach zu abgelenkt gewesen war von dem, was Parker gerade tat, um auch dem letzten Zweifler den Eindruck zu vermitteln, dass wir gar nichts um uns herum mitbekamen, als sie endlich anfing zu sprechen.

»Das ist nicht nötig und ich will das auch nicht. Bleib, wo du bist. Bitte. Herzukommen ist ein Fehler und nützt mir gar nichts.«

Ich sah Parker an. Seine Augen zuckten, aber er spielte tapfer weiter seine Rolle als liebestoller Ehemann. Meine Bewunderung für ihn wuchs. Es war nicht leicht, unter diesen Umständen dem Gespräch zu lauschen. Fand ich zumindest.

»Mir geht es gut. Ich will einfach nur meine Ruhe haben. Und ganz sicher will ich nicht mit dir hier Urlaub machen. Doch, natürlich vermisse ich dich auch, aber trotzdem will ich nicht, dass du kommst. Kannst du das nicht bitte einfach akzeptieren?«

Oha. In meinem Kopf begannen sich sofort wilde Theorien zu entwickeln. Ein Liebhaber? Ein Freund? Ein Mordkomplize?

»Nein, wirklich, das ist in Ordnung. Danke für das Angebot. Aber du solltest langsam akzeptieren, dass ich Abstand brauche. Ja, gut. Und bitte, melde dich nicht mehr. Ich lasse von mir hören, wenn ich etwas brauche. Nein, du sollst dich nicht verletzt fühlen, du sollst mich einfach in Ruhe lassen. Ja. Ist gut. Dann alles Gute.«

Das klang nach einem Schlusswort. Ich wartete ab, aber es kam nichts mehr. Das Telefonat war offensichtlich beendet und unsere kleine Wassereinlage auch. Parker widmete sich noch einen Moment meinem Nacken, damit es natürlicher aussah und sie nicht Verdacht schöpfen würde, strich mir zum Abschluss sanft mit beiden Händen die Haare zurück und schenkte mir einen letzten zärtlichen Kuss. Dann sah er sich um, als käme er eben aus dem Paradies ins Hier und Jetzt zurück, und bedauernd löste ich meinen Griff und ließ mich ins Wasser zurückgleiten, wo ich wieder mit den Füßen zu paddeln begann.

Parker drehte sich um und stemmte sich kraftvoll aus dem Pool und ich schwamm die paar Meter zur Leiter, obwohl er mir grinsend die Hand hinhielt, um mir auf die gleiche Weise hinauszuhelfen.

»Vergiss es. Du würdest einen Heidenspaß daran haben, mich rückwärts wieder hineinfallen zu lassen«, rief ich ihm zu, was ihn laut auflachen ließ, ehe er strammen Schrittes voran zu unserem Platz ging.

Ich bemühte mich, wie ein Bond-Girl aus dem Pool aufzutauchen, aber ich fürchte, dass die sich nie so über die letzte Stufe hieven mussten. Ich wusste, dass Parker mir zusehen würde, ich hatte nicht umsonst ein wenig getrödelt, um ihm genau diese Chance zu geben. Leider vermasselte ich nicht nur das sexy Herausklettern, ich hatte es auch nicht wirklich drauf, danach zumindest elegant auf ihn zuzuschreiten. Ich vermute mal, dass diese Bond-Girls eher selten beim Versuch, verführerisch auf einen heißen Kerl zuzugehen, über ihre eigenen Füße stolperten. Dieses Mal war es wirklich Zufall, dass ich beinahe auf die freie Liege neben Yvonne Prom purzelte, und ich möchte auch anmerken, dass ich mir dabei meinen linken großen Zeh schmerzhaft aufschrammte.

»Au. Mist.« Ich ruderte ein wenig, konnte einen Sturz gerade eben verhindern und blieb schwankend stehen. Ich hob das linke Bein und rieb mir meinen Zeh. »Mist«, sagte ich noch einmal, nur für den Fall, dass es jemand noch nicht mitbekommen hatte. Ich warf einen Blick zu Parker, aber der hatte sich schon ganz entspannt niedergelassen und dachte wohl, dass ich wieder schauspielerte und nur so tat als ob, anstatt herbeizueilen, mich zu trösten und den Schmerz wegzuküssen.

»Alles in Ordnung?«, fragte Yvonne Prom und klang nicht wirklich interessiert. Ich nutzte meine Chance dennoch.

»Danke, es geht ... Oh, hallo. Wir kennen uns doch, oder?«

Sie nickte knapp.

»Es tut mir leid. Du musst mich für einen Volltrottel halten. Eine Volltrottelin. Ich schwöre, normalerweise beherrsche ich das

Gehen. Aua.« Ich ließ meinem Zeh wieder etwas Aufmerksamkeit zukommen. Ein Blutstropfen zeigte sich, was gut wirkte und sie davon überzeugte, dass ich wirklich so dämlich war, wie ich vorgab. Ich drückte ein wenig daran herum, was noch etwas mehr Blut förderte und meine Glaubhaftigkeit stützte, und stöhnte.

»Mist. Gibt es hier eine Badeaufsicht oder so? Irgendjemand, der ein Pflaster haben könnte?«

Yvonne überlegte kurz. »Ich habe eines«, sagte sie und klang ein wenig, als würde sie das gar nicht wirklich sagen wollen.

»Echt? Das wäre toll.« Ich strahlte, ignorierte ihre spürbare Unlust, für mich den Samariter zu spielen, und ließ mich frech neben ihr auf der freien Liege nieder. Ich nahm das Pflaster und wickelte es umständlich um meinen Zeh.

»Danke. Ich bin Ida.«

»Yvonne.«

»Na dann«, sagte ich lahm und überlegte, wie ich die Unterhaltung in Gang halten könnte. »Du hast was gut bei mir.«

Sie winkte ab. »Nicht dafür.«

Ich stand auf, überlegte, dann ließ ich mich noch einmal nieder.

»Darf ich was fragen?«

»Ja.« Sie klang überrascht und immer noch ein wenig abweisend.

»Es ist wahrscheinlich zu persönlich, aber … Bist du alleine hier?«

Sie nickte knapp. Ihr Gesicht verschloss sich direkt wieder. Falls man das vorher als nicht verschlossen interpretieren wollte, wozu man durchaus ziemlich optimistisch sein musste.

»Oh. Okay.« Ich überlegte, aber vermutlich hatte ich mich weit genug vorgelehnt. Wenn ich weiter in sie drängte, könnte ich damit alles kaputt machen.

»Na dann. Schönen Urlaub.« Ich wollte ein weiteres Mal aufstehen, als sie neben mir seufzte.

»Aber manchmal ist es fast unmenschlich schwer, alleine zu sein. Und alleine zu bleiben, obwohl man sich nichts mehr wünscht als jemanden, der einen einfach in den Arm nimmt«, sagte sie leise.

»Oh. Dann«, ich überlegte schnell. »Dann willst du alleine hier sein?«

»Nein. Aber ich muss es. Meine Mutter wollte herkommen, aber das würde mir mehr schaden als nutzen. Ich muss«, sie machte eine kleine Pause, »das hier alleine bewältigen.«

»Okay.« Meine Gedanken wirbelten ziemlich in diesem Moment. Ich überlegte, was ich sagen würde, wenn ich ihren Lebenslauf nicht kennen würde. Ich würde vermutlich einfach nachfragen, weil ich leider eine sehr neugierige Person bin. Aber damit wären wir direkt bei einem Thema, bei dem ihre Schotten wieder dichtmachen würden, fürchtete ich. Weshalb wollte sie nicht, dass ihre Mutter kam? Das wäre das Erste, was ich mir wünschen würde an ihrer Stelle. Was kann es Besseres geben als den Trost einer Mutter oder einer Oma? Doch ich beschloss, meinem Bauchgefühl zu folgen und das Gespräch ein wenig heiterer zu gestalten. Wie es sich gehörte in einem Ferienclub und wie es sich gehörte, wenn man sich eben erst kennenlernte. Und um die Möglichkeit zu haben, sie für mich einzunehmen und ihr zu zeigen, dass ich bereit wäre, ihre Einsamkeit ein wenig zu lindern. Also holte ich tief Luft, entschuldigte mich in Gedanken bei meiner Omi für das, was ich jetzt sagte, und gab meiner Stimme einen beschwingten Klang.

»Das kenne ich. Meine Omi ist auch so. Ständig taucht sie bei uns auf und würde am liebsten jedes Problem für uns lösen. Sogar die, die wir gar nicht haben. Als wäre ich immer noch ein Kind.« Ich zuckte die Achseln und ließ meinen Blick über die Poolanlage schweifen. »Aber du hast recht, manche Dinge muss man eben alleine durchstehen. Und unter uns, um alleine zu sein, ist es hier genau richtig. Jeder, der alleine sein will, sollte in so einen Pärchen-Club reisen. Alle sind nur mit sich selbst beschäftigt. Keiner hat irgendein Interesse daran, jemanden kennenzulernen.« Ich verdrehte die Augen und grinste.

Yvonne nickte.

»Ich meine, wir genießen die Zeit hier auch sehr.«

Jetzt lächelte sie sogar. »Das habe ich gesehen.«

Ich grinste noch breiter und zuckte die Achseln. »Mein Mann und ich haben daheim nicht allzu viel Zeit füreinander. Er ist im Schichtdienst. Da ist ein Urlaub schon toll. Und trotzdem fehlt es mir manchmal, auch mit einem anderen Menschen zu reden. Nicht weil es mir mit ihm zu langweilig ist. Aber ich bin gerne unter Menschen und unter uns, Gideon braucht manchmal eine kleine Pause von meinem Geplapper.«

Wir sahen beide zu ihm hinüber. Ich hob die Hand und winkte und er winkte zurück, setzte sich auf und sah herüber.

»Ich rede schon wieder zu viel, es tut mir leid. Genau das ist es, was er immer sagt. *Wann hörst du nur mal auf zu plappern, Ida?*, das sagt er ständig. *Dich kann nur ein anständiger Kuss zum Schweigen bringen, was?*« Ich sah noch einmal hinüber zu meinem aktuellen Ehemann und dann zu meiner neuen Freundin. »Was mich natürlich dazu bringt, weiterzuplappern. Ich bin mir nicht sicher, ob er es kapiert oder nicht, aber ich werde es so lange durchziehen, wie es klappt.«

Sie lachte, ein kleines, kurzes und süßes Geräusch, das sie selbst zu überraschen schien.

»Und jetzt sitze ich hier und quatsche dich voll. Du musst mich stoppen. Das geht auch einfach so, nicht nur durch Küssen. Aber verrate es Gideon nicht.«

»Keine Sorge. Und eigentlich finde ich es ganz nett, dein Geplapper.«

»Ich auch.« Ich strahlte zufrieden. »Danke noch mal für das Pflaster. Wir sehen uns bestimmt bald wieder, ich habe ein Talent dafür, irgendwo hinzufallen. Und anscheinend sorgt irgendeine Macht dafür, dass ich mich immer vor dir zum Affen mache.«

Sie nickte und ich erhob mich. Ich durfte nicht gleich zu viel verlangen, auch wenn es mir gerade ziemlich schwerfiel, jetzt abzubrechen. Aber es würde natürlicher wirken, wenn wir uns langsam anfreundeten. Und ich hatte ja noch neun Zehen.

Parker sprang auf, als ich auf ihn zu humpelte, und kam mir entgegen.

»Ida? Alles in Ordnung?«

Er sah mich aufmerksam an und ich nickte. Für das Publikum legte er seinen Arm um mich und ich ließ mich ein wenig gegen ihn sinken und von ihm zurückgeleiten. Dann nahm ich Platz und Parker kniete sich neben mich, ganz der besorgte Ehemann, der wusste, wie lebensbedrohlich so ein angeschrammter Zeh sein konnte. Er nahm meine Hände in seine und sah mich ernst an.

»Und?«

»Ich denke, dass wir heute Abend vielleicht schon einen Drink zusammen nehmen.« Ich beugte mich vor und hantierte an meinem Zeh herum, als würde ich von meiner Verletzung erzählen. »Und sie findet uns süß. Sie hat uns ebenfalls beobachtet und sie tut es jetzt auch, vermute ich. Wir haben ihre Aufmerksamkeit erregt, aber auf eine gute Art, würde ich behaupten.«

Er nickte nachdenklich und strich einmal über meinen Fußrücken.

»War das Pflaster nötig?«

»Hey, das blutet. Und es tut wirklich weh. Ich sollte eine Sonderzulage bekommen.«

»Die bekommst du doch.«

»Aber eine zusätzliche. Für meinen Einsatz. Eine Schmerzenszulage.«

Er ließ meinen Fuß los und näherte sich meinem Gesicht. »Schaut sie noch her?«

Ich nickte leicht, ohne es zu überprüfen. Und wenn nicht, dann auch egal.

»Dann werde ich die Sonderzulage übernehmen, wenn es dir recht ist.«

Ich seufzte zufrieden. »Es muss wohl sein, oder?«

Parker nickte. Sein Mund war bereits so nah, dass ich seinen Atem spüren konnte. »Ich fürchte schon.«

Kapitel 23

Wir taten unser Bestes, um Yvonne zu zeigen, dass wir nicht hier herumhingen, um sie zu beobachten. Auch wenn Parkers Küsse so harmlos waren, wie ich seit meiner Teenagerzeit nicht mehr geküsst worden war, waren sie wunderschön. Er versuchte erst gar nicht, ein wenig forscher zu werden, und ich spürte, dass er das im Gegenzug auch bei mir nicht wirklich gut finden würde, aber trotzdem war es so schön, dass ich es aufrichtig bedauerte, als er es beendete.

»Wir sollten es nicht übertreiben«, sagte er und klang dabei ganz anders als sonst. »Und wir sollten sie nicht aus dem Blick verlieren.«

»Aber es tut noch immer weh«, versuchte ich ihn umzustimmen und Parker grinste.

»Na dann. Komm her, du.« Er rutschte neben mich auf die Liege und schlang nachlässig einen Arm um meine Taille. Wir lagen auf der Seite, mit einer perfekten Aussicht auf Yvonne, die mittlerweile wieder ihre Sonnenbrille aufhatte und einfach nichts tat als Löcher in die Luft zu starren.

»Parker«, begann ich leise.

»Hm?«

»Was, wenn sie wirklich nichts drehen will? Ich glaube, sie ist echt nett.«

»Auch nette Menschen betrügen die Versicherung«, gab er leise zurück. »Wir sollten uns nicht zu früh eine Meinung bilden. Wir müssen das weiter beobachten.«

Ich nickte. Unbedingt mussten wir das. Plötzlich fand ich es nicht mehr langweilig. Im Gegenteil, ich hätte für den Rest meines Lebens so liegen bleiben können. Nun ja, oder zumindest bis zum Abendessen.

»Du bist die geborene Detektivin, was? Ida! Komm schon, wach auf, ehe du mir verbrennst.« Parkers Stimme klang leise und ein wenig belustigt. Er strich über meinen Unterarm und ich erlaubte mir ein zufriedenes kleines Geräusch, ließ aber meine Augen zu. Anscheinend war ich weggedämmert, aber wer konnte mir das verübeln? Es war zu gemütlich gewesen.

»Ida? Ich weiß, dass du wach bist.« Jetzt klang er ein wenig forscher.

Ich gab mein Bestes, um die Situation noch ein bisschen auszukosten, und räkelte mich ein wenig. Ich spürte seinen warmen Körper an meinem Rücken und legte eine Extrarunde ein.

»Du hast es nicht anders gewollt.« Seine Hand, die bis eben noch irgendwo im Bereich meines Bauchnabels gelegen hatte, verließ ihren Posten und fand zielsicher die Stelle über dem Hüftknochen, an der ich besonders empfindlich war. Ich schrie auf, mein Körper zuckte automatisch zusammen und versuchte, nach vorne zu entfliehen. Er griff im letzten Moment zu, sodass ich dabei nicht von der Liege rutschte, und lachte.

»Das war gemein.« Ich löste mich von ihm und sah anklagend auf ihn herab.

Auch Parker richtete sich auf, immer noch breit grinsend.

»Na warte. Ich wette, du bist auch kitzelig. Ich muss nur die richtige Stelle finden.«

»Keine Chance. Probier es aus.« Er breitete die Arme aus und sah mich so selbstsicher an, dass ich ins Zweifeln geriet.

»Echt nicht? Nicht hier?« Ich versuchte es mit seinem Nacken. Er blieb unbeeindruckt.

»Hier?« Ich testete sein Ohr, aber ohne Erfolg.

»An den Fußsohlen?«, fragte ich und machte mir gar nicht mehr die Mühe, es auszuprobieren. »Kniekehlen?«

Er schüttelte selbstzufrieden den Kopf.

»Das ist nicht normal.« Ich stand auf und streckte mich.

Parker zuckte die Achseln und erhob sich ebenfalls. »Sagt genau die Richtige. Lass uns gehen und uns zum Abendessen umziehen. Deine neue Freundin ist schon weg und sie hat mir immerhin ein Lächeln geschenkt, als sie vorbeiging. Jetzt sollten wir hoffen, dass es mit dem Drink klappt, den du erwähnt hast. Also los, komm auf die Beine. Genug geschlafen für heute, die Arbeit wartet.«

Wir waren fast fertig mit dem Essen, als Yvonne endlich auftauchte. Sie blieb kurz im Türrahmen stehen und sah sich nach einem freien Platz um. Heute Abend war es recht voll, was mir entgegenkam, und beherzt winkte ich ihr zu.

»Setz dich doch zu uns. Ich schulde dir sowieso noch einen Drink.«

Sie zögerte und entschlossen packte ich ihre Hand. »Bitte. Wir würden uns freuen, nicht wahr, Schatz?«

Parker nickte freundlich. »Klar, setz dich. Ich bin Gideon. Schön, dich kennenzulernen. Und ich sollte mich bei dir bedanken, weil du meine Ida verpflastert hast.« Er schenkte ihr ein umwerfendes Lächeln, mir ein kleines Tätscheln meiner Hand.

Sie war immer noch nicht überzeugt und ließ sich nur zögernd nieder.

»Sobald etwas frei ist, seid ihr mich los.«

»Quatsch. Ist es nicht großartig hier? Diese Insel ist so schön. Ich bin zum ersten Mal auf Korfu, zum ersten Mal in Griechenland. Das war schon immer ein Traum von mir. Als Gideon mich damit überraschte, ich hätte ihn glatt ein zweites Mal geheiratet.« Ich strahlte ihn an.

Weil Yvonne nach wie vor auf dem Sprung zu sein schien, beschloss ich, ihr dazu einfach keine Chance zu geben. Und wenn sie nur aus Höflichkeit blieb, ich würde sie knacken. Ich begann also, wie eine aufgedrehte Puppe ohne Punkt und Komma von der Insel zu reden.

»Und Kaiserin Sissi, also, die vom Karl-Heinz Böhm, diese süße Kleine mit dem zauberhaften Dialekt, also die hat gesagt, dass Korfu das schönste Fleckchen Erde ist, das es gibt. Und die sollte es wissen, oder? Ich meine, so als Kaiserin kommt man doch bestimmt herum.«

»Und? Hat sie recht?«, fragte Yvonne.

»Keine Ahnung. Ich habe noch nichts davon gesehen, aber ich würde vermuten, dass es so ist«, sagte ich beschwingt.

»Und weshalb habt ihr noch nichts gesehen? Hier kann man sich einen Mietwagen nehmen.« Yvonne sah mich.

Ups. Ich überlegte nicht lange. »Gideon mag es lieber gemütlich. Den ganzen Tag am Pool abhängen und chillen.«

Parker hätte zu gerne seine Augenbraue hochgezogen, ich sah es genau. Stattdessen hob er eine Achsel und lächelte entschuldigend.

»Du solltest dich überreden lassen. Die Insel hat wirklich ein paar wunderschöne Ecken«, riet ihm Yvonne.

»Du bist nicht zum ersten Mal hier, oder?«, fragte ich interessiert.

Yvonne schüttelte langsam den Kopf. »Nein. Mein Mann ... Benedikt und ich waren hier zum ersten Mal auf unserer Hochzeitsreise.« Es klang kühl und sie setzte sich aufrechter hin, als wäre sie auf dem Sprung.

»Oh«, sagte ich und überlegte, ob ich offiziell schon wusste, was mit ihrem Mann passiert war. Und wie ich das Thema vertiefen konnte, ohne dass sie die Flucht ergriff.

»Wir waren ja in der Toskana. Auch wunderschön«, warf Parker überraschend ein. »Aber vermutlich kann man an jeden Ort der Welt reisen, wenn man frisch verheiratet ist, und findet es dort wunderschön.« Jetzt schenkte er mir eines seiner zauberhaften Lächeln. »Und das hat sich bis heute nicht geändert. Jeder neue Ort ist bezaubernd, wenn ich ihn mit Ida bereise.«

Herrje, der konnte ja richtig schmalzig sein. Ergriffen sah ich ihn an und versank einen Moment in den Tiefen seiner dunklen Augen.

»Ich sollte euch alleine lassen«, sagte Yvonne und sprang auf.

Mist.

»Nein, da kommt doch endlich unser Drink.« Puh. »So ist er halt, mein Gideon. Ein Schatz, was? Auch wenn er keinen Ausflug mit mir machen will. Hey, aber wie wäre es, wenn wir beide das tun? Wir könnten uns doch einen Mietwagen nehmen und du zeigst mir, was ich unbedingt gesehen haben muss.«

»Ich habe nie gesagt, dass ich das nicht will. Aber du weißt, dass ich viel um die Ohren hatte und erst einmal ein paar Tage ausspannen wollte«, warf Parker ein und griff nach meiner Hand. Sein Druck war eher drohend als zärtlich. Ich ignorierte es.

»Kein Problem. Ich kann doch einen Tag mit Yvonne zusammen einen Ausflug machen. Das wäre cool.« Ich wandte mich meiner neuen Freundin zu. »Und du würdest ihm vermutlich sogar einen Gefallen tun. Du siehst es selbst, ich rede schon wieder ohne Punkt und Komma und der Arme ist kurz vorm Durchdrehen.«

Ich beschloss, mich auf meine Intuition zu verlassen. Ich hatte vorher den Eindruck gehabt, dass sich Yvonne ein paar Mal beinahe richtig auf das Gespräch eingelassen hatte. Dass sie in Wirklichkeit ein eher kommunikativer Typ war und diese ganze Traurige-Witwen-Einsamkeit eigentlich gar nicht ihr Ding. Sie hatte nur Angst, das war es. Um ihr die zu nehmen und zu zeigen, wie harmlos ich war, entschied ich mich, die naive Tollpatsch-Nummer, mit der ich schon den Kontakt herstellen konnte, noch ein wenig auszubauen.

Ich redete also weiter und ein paar Mal huschte beinahe ein Lächeln über ihr Gesicht. Ich erzählte munter drauflos, erst ein paar harmlose kleine Geschichten, die sie zum Lächeln brachten und das Eis endgültig brechen sollten, dann davon, dass mein Mann zwar der tollste überhaupt war, aber sogar er wohl manchmal an seine Grenzen kam mit meiner ungebremsten Lebhaftigkeit, und dann versicherte ich vorsichtshalber, dass das gut wäre und es überhaupt meiner Meinung nach das Erfolgsrezept unserer

Ehe sei, dass wir eben nicht ständig aufeinander klebten oder nur zu zweit waren, sondern auch mal getrennt etwas unternahmen.

»Was auch gut ist«, ich strich über Parkers muskelbepackte Brust. »Denn damit habe ich einen guten Grund, nicht jeden zweiten Abend mit ihm in den Sport zu müssen, sondern kann mich auf unsere Paar-Auszeit berufen. Und man freut sich hinterher umso mehr auf den anderen, nicht?«

Parker nickte nur und sah mich mit einem seiner seltsamen Blicke an. *Treib es nicht zu weit*, sollte das wohl heißen.

Ich hatte nicht das Gefühl, es zu weit zu treiben, und überhaupt, wir mussten Yvonne schließlich klarmachen, dass sie sich uns anschließen konnte, ohne ein schlechtes Gewissen zu haben. Und sie musste erst einmal Lust bekommen, das zu tun, deshalb machte ich munter weiter, erzählte ein paar erfundene kleine Anekdoten aus unserem Leben, in denen ich meist ein wenig schusselig und naiv rüberkam und über die selbst Parker grinsen musste. Obwohl sie nicht abgesprochen waren, wie er mir nachher sicher vorhalten würde.

Ich wedelte dabei kräftig mit meinen Händen und erzählte alles so lebendig, wie ich konnte. Unter uns, ich musste mich dazu gar nicht so sehr verstellen, das hier war durchaus ein Teil von mir. Ich genoss es, zu spüren, dass ich meine Zuhörer langsam, aber sicher in meinen Bann schlug, und legte noch einen Zahn zu. Leider trieb ich es eventuell ein wenig zu wild und erwischte, kurz vor dem Höhepunkt meiner Erzählung, Parkers Weinglas. Es kippelte und ehe er danach greifen konnte, fiel es um und ergoss seinen Inhalt auf die blütenweiße Tischdecke und leider auch in seinen Schoß.

»Himmel, Ida«, rief er spontan und sprang auf.

»Das tut mir leid.«

Parker klang nicht gerade begeistert. Bemüht, es wiedergutzumachen, schnellte ich auf die Beine und griff nach meiner Serviette, um das Erste zu tun, was mir in den Sinn kam. »Warte, ich kümmere mich drum.«

Ich ließ mich vor ihm auf die Knie nieder und begann beherzt, den Wein von seiner Hose abzutupfen. Einen Moment war Parker augenscheinlich zu schockiert, um etwas zu tun, dann packte seine Hand fest nach meinem Handgelenk.

»Das kann ich selbst tun.«

Noch mal ups. Vermutlich wäre das sogar besser. Ich schwöre, ich hatte mir nichts dabei gedacht. Bis jetzt. Jetzt sah ich zu ihm auf, dann auf den Fleck, der sich wunderbar blutrot im Schritt seiner beigen Hose festzusetzen begann, und errötete sanft.

»Es tut mir leid«, beteuerte ich noch einmal und schlug die Augen nieder.

Parker schien durchzuatmen. »Das kann passieren. Ich kenne dich doch.«

»Du solltest dich gleich drum kümmern. Streu Salz drauf, solange er nicht getrocknet ist, dann bleibt nichts zurück«, riet ihm Yvonne, die glücklicherweise nicht zu erraten schien, was genau mir so leidtat.

Parker war offensichtlich hin- und hergerissen und überhaupt nicht begeistert. Schließlich siegte die Hose oder das Wissen, dass es ziemlich seltsam ausgesehen hätte, wenn er erst so einen Aufstand machte und jetzt nicht ging. Ich hielt ihm zuvorkommend den Salzstreuer hin, der noch auf unserem Tisch stand, und schlug erneut die Augen nieder, als ich es in seinen blitzen sah.

»So was passiert mir ständig«, sagte ich leise, als er weg war. »Ich bin manchmal einfach zu ungeschickt. Irgendwann wird er es satthaben.«

»Ach was. So warst du doch auch schon, als ihr euch verliebt habt, oder?«

»Nur dass man manche Sachen anfangs charmant findet und irgendwann nur noch nervend.« Ich sah auf meine Fingernägel, die passend zur Insel abwechselnd blau und weiß lackiert waren.

»Er findet dich nicht lästig.«

»Meinst du? Ganz im Ernst, würdest du mir einen Gefallen tun? Du kennst uns nicht, du wärst völlig unvoreingenommen.

Würdest du … Nein, das kann ich nicht verlangen. Schließlich willst du deine Ruhe haben.«

»Um was geht es denn?«

»Manchmal denke ich, dass er schon anfängt, mir zu entgleiten. Dass ich ihn nerve. Wenn du vielleicht ab und zu mit uns zusammen wärst und ein klein wenig darauf achtest … Du würdest mir echt helfen.« Ich sah sie an und fühlte mich so verbunden mit meiner Rolle, dass ich beinahe Tränen in den Augen hatte.

Sie dachte einen Moment nach.

»Wir könnten doch alle zusammen einen Ausflug machen. Und du achtest ein bisschen darauf und könntest mir dann Tipps geben. Gideon ist der Mann meines Lebens. Ich würde es nicht überleben, wenn ich ihn verliere.«

Yvonne sah immer noch nachdenklich aus, aber dann nickte sie zu meiner allergrößten Erleichterung.

»Warum nicht? Es wird ja auch nicht besser, wenn ich nur hier herumsitze.«

Ich riss innerlich die Arme in die Luft. Yes. Ich hatte es gewusst, mit Herzschmerz und Romantik bekam man trauernde Witwen immer.

Kapitel 24

»Das war riskant. Du hättest alles verderben können.« Parker war ziemlich angegrätzt, als ich kurze Zeit später in unserer Unterkunft auftauchte.

»Aber ich habe es nicht verdorben. Ich habe für morgen einen ganzen Tag mit ihr klargemacht«, gab ich trotzig zurück.

»Es war riskant«, beharrte er mit verschränkten Armen.

»Es war weibliche Intuition. Sie sitzt den ganzen Tag hier und macht nichts. Obwohl sie das nicht will. Das habe ich erkannt«, ich hob das Kinn, »und jetzt kann sie etwas unternehmen, weil sie das Gefühl hat, ich habe ihr keine Wahl gelassen.«

Er schwieg.

»Wer hat es drauf?«, fragte ich und sah ihn herausfordernd an. »Wer bringt den Fall endlich ins Rollen?« Ich riss meine Arme in die Luft und wedelte ein wenig herum.

»Noch rollt gar nichts.«

»Himmel, du könntest wenigstens zugeben, dass es ein Anfang ist.« Ich ließ die Arme wieder sinken und wandte mich ab. Ich ging hinüber zum Fenster, meine gute Laune war wie weggeblasen. Ja, die Sache mit dem Rotwein war vielleicht dumm gewesen, aber eben auch nützlich. Wer sagte denn immer, dass man alles geben musste? Ich schob den Vorhang ein wenig zur Seite und sah hinab auf den sanft beleuchteten Vorplatz.

»Ida«, begann Parker seufzend.

Ich schwieg. Es passierte mir nicht häufig, aber im Moment war ich wirklich verärgert.

»Ida, es tut mir leid.«

»Das sollte es auch.« Ich fuhr zu ihm herum. »Du hast nämlich nichts dazu beigetragen, dass wir irgendwie weiterkommen. Ganz im Gegenteil. Sie hat zum ersten Mal ihren Mann erwähnt. Und du hast vom Thema abgelenkt.«

Er trat einen Schritt zurück. »Weil ich das Gefühl hatte, dass es zu früh ist. Sie war kurz davor, zu gehen. Und ich dachte, dass es besser wäre, ein etwas heitereres Thema zu besprechen.«

Ich sah ihn an und kniff ein Auge zu. Hm. So ähnlich war es mir neulich auch ergangen, aber ich war nicht bereit, so schnell nachzugeben.

»Und dann der Aufstand wegen der Hose. Herrgott, es ist nur eine Hose. Und ja, es tut mir leid, aber es war kein Grund, sich so aufzuführen.«

»Es war nicht die Hose«, sagte er leise. »Und ich dachte, du weißt das.«

»Oh, klar. Ich war es. Weil ich versucht habe, dir zu helfen. Und weil es dir peinlich war. Weil es dir in deiner blöden stocksteifen Art zu peinlich war, dass ich mich vor dich gekniet habe und …«

»Und das getan hast, was du tatest, ja.« Parker sprach jetzt ganz ruhig und kam sogar wieder einen Schritt auf mich zu. »Aber es geht nicht darum, ob es mir peinlich ist oder nicht. Sondern dass du da vor mir kniest und …« Er schluckte. »Verdammt, Ida. Kommt dir, wenn du so unbekümmert über mich herfällst, nie in den Sinn, dass ich auch nur ein Mann bin?«

Ich starrte ihn an. »Natürlich. Aber ich dachte, wir hätten das geklärt.«

Er lachte. »Ernsthaft? Und deshalb denkst du, dass mich das alles vollkommen kaltlässt? Wenn du dich auf der Liege an mich drückst oder …« Wieder brach er ab.

Ich sah ihn an. »… Oder wenn du mich küsst, auf diese unschuldige Art, die dennoch ganz nett ist?«, brachte ich seinen Satz zu Ende. »Wenn du mich plötzlich ansiehst, als wäre ich wirklich die tollste Frau der Welt für dich? Ich kenne diese Momente ebenfalls, Parker. Doch wir haben darüber gesprochen, dass das einfach nötig ist. Und dass wir es nur rein beruflich machen. Also ja, ich dachte, dass wir das geklärt haben. Wieso kannst du es nicht einfach so sehen, wie es ist? Eine recht nette

Begleiterscheinung? Und immerhin hatten wir Glück. Wir hätten den Job mit einem Kollegen bekommen können, bei dem es weit unangenehmer wäre. Denk dran, ich könnte Sven Brandmeier sein.« Ich verzog das Gesicht zu einem Grinsen. »Wäre es dir lieber gewesen, wenn er sich heute vor dich gekniet hätte oder sich tagsüber auf der Sonnenliege an deinen Bauch kuschelt?«

Parker schüttelte es leicht.

»Na also«, ich holte tief Luft. »Ich weiß, dass ich nicht deine erste Wahl war, aber ich bin gerade die Einzige, die du hast. Und ich will diesen Auftrag unbedingt erfolgreich zu Ende führen.«

»Das will ich auch.« Parker straffte sich. »Ida, vielleicht könntest du dich einfach ein ganz klein wenig zügeln.« Er atmete tief ein. »Und ich werde versuchen, meine verdammt stocksteife Art etwas in den Griff zu bekommen. Ich bin nicht wie du. Ich küsse normalerweise nicht einfach drauflos. Ich laufe auch nicht durch die Gegend und flirte einfach querbeet. Und ja, ich dachte, dass ich das kann, aber um ehrlich zu sein, finde ich es in manchen Situationen schwieriger als gedacht.«

Ich nickte langsam. »Gut.«

»Wir schaffen das, oder?« Seine Stimme hatte einen neuen Klang angenommen, fragend und warm und seltsam intim.

»Natürlich.« Ich wusste, dass es ihm nicht leicht gefallen war, das alles anzusprechen. Und ich hatte das dringende Bedürfnis, wieder ein wenig Normalität herzustellen. »Weißt du, ich vergesse oft, dass andere Menschen sich viel mehr Gedanken machen. Ich selbst denke manchmal einfach nicht nach. Ich denke sogar fast nie nach, um ehrlich zu sein. Ich merke es meist gar nicht, was ich gerade mache oder sage«, gestand ich deshalb und achtete darauf, dass die Worte unbeschwert klangen.

»Weshalb überrascht mich das nicht?«

Ich zuckte die Schulter und wagte ein kleines Lächeln. »Du weißt doch. Unkonventionell und so.«

»Aber auch nicht die schlechteste Idee.« Parker trat neben mich und legte einen Moment seine Hand auf meine Schulter.

Jetzt war sein Lächeln definitiv warm und eher eines von der Sorte, das er normalerweise nur dann auspackte, wenn wir draußen unsere Show abzogen. Dann zog er sie weg und ich drehte mich um und sah wieder hinab auf den Vorhof des Hotels, damit ich etwas zu tun hatte und ihn nicht länger ansehen musste. Ich hatte nicht damit gerechnet, dass diese Sache so kompliziert war. Dass er so kompliziert war.

Unten war ein Paar zu sehen, das lachend das Hotel betrat. Verliebte, dachte ich. Echte Verliebte, die einfach eine gute Zeit hatten. Dann trat eine Gestalt aus dem Hotel und ich stutzte. Irgendetwas an ihr kam mir bekannt vor.

»Parker«, sagte ich langsam. »Sieh dir das an. Das könnte sie sein, oder?«

Er war schon auf dem Weg ins Bad gewesen, kam nun aber in schnellem Schritt zurück ans Fenster. Nachdenklich nickte er.

Wir sahen zu, wie eine schlanke Gestalt mit blondem Haar sich umsah, dann in ein wartendes Taxi stieg und das Hotel verließ.

»Was hat sie vor?«, fragte ich langsam.

»Keine Ahnung. Aber es ist mehr als verdächtig.«

Ich gab ihm recht und atmete auf. Egal wer diese Gestalt da unten war, sie hatte mir gerade die Haut gerettet. Weil ich wieder etwas anderes hatte, über das ich nachdenken konnte, als Parkers Worte.

Als Yvonne am nächsten Morgen pünktlich in der Halle zu uns stieß, betrachtete ich sie genau. Keine Anzeichen von Müdigkeit oder sonstigen Veränderungen. Wobei ein kleiner Ausflug ja auch keine äußerlichen Veränderungen zurücklässt, zumindest normalerweise nicht. Sie war vielleicht ein wenig offener als gestern, schien nicht ganz so wortkarg und ernst zu sein, aber das konnte auch an ihrer Vorfreude liegen, endlich mal etwas anderes zu sehen als den Pool. Obwohl sie das ja auch gestern Nacht schon gehabt hatte. Falls sie es war. Ich beschloss, dieses Problem zu vertagen und mich jetzt einfach darauf zu freuen, dass ich so clever gewesen war, diesen Tag für uns herauszuschlagen, und ich wenigstens ein paar Ecken der Insel entdecken durfte. Und auch uns beiden würde dieser Tag guttun. Ich war heute Morgen beim Frühstück nämlich ein wenig verkrampft gewesen. Auch etwas, was mir nicht oft passierte.

»Wenn wir nachher wieder im Dienst sind«, ich betonte es, damit er verstand, was ich meinte, »dann darf ich doch wieder deine Frau sein, oder?«

»Natürlich«, antwortete er überrascht.

»Ich meine ja nur, wegen deiner Männlichkeit und so«, vergewisserte ich mich.

»Ida«, seufzte er, »wir stecken da jetzt drin und wir sind uns einig, dass wir das schaffen.«

»Das du es schaffst, mich auszuhalten, meinst du wohl?«

»Darauf wird es hinauslaufen, oder?«

Ich grinste. »Exakt. Denn weißt du, ich kann einiges. Aber auf Dauer stocksteif sein wird beim besten Willen nicht klappen.«

Ich hatte Yvonne gebeten, das Programm zusammenzustellen, und als Erstes führte sie uns in das Achilleion. Dieses Schloss, so erklärte sie mir, hätte die von mir so geschätzte Kaiserin Sissi, die sich in Wahrheit mit nur einem »S« schrieb und weit weniger süß war als in den Filmen, gekauft und umgebaut. Ihre Statue begrüßte uns auch direkt am Eingang des imposanten Gebäudes, dessen strahlend weiße Mauern und beeindruckende Säulen vor dem leuchtend blauen Himmel mein Herz zum Tanzen brachten. Ein wunderschöner Garten umgab es, mit üppig grünen Hecken und Olivenbäumen. Dazwischen leuchteten blühende Pflanzen als Farbtupfer. Der Ausblick über die Insel war traumhaft. Ich musste einen Moment stehenbleiben und das alles in mich aufnehmen. Das war Griechenland, wie ich es mir nicht schöner hätte ausmalen können. Obwohl wir früh dran waren, war bereits einiges los und mit den anderen Touristen schlenderten wir durch die Räume und bestaunten den Schreibtisch, einen auf skurrile

Art modern wirkenden Kniestuhl, den man aus einem Pferdesattel konstruiert hatte und sogar das Geschirr der Kaiserin von Österreich.

Sissi schien eine Leidenschaft für Säulen und griechische Götter gehabt zu haben, überall standen irgendwelche Skulpturen herum. Auch im Garten waren sie massig zu finden und ich kicherte ein wenig, als ich sie mir genauer ansah.

»Nicht unbedingt großartig bestückt«, stellte ich fest und zwinkerte Yvonne zu. »Waren die wohl so oder war das die vorherrschende Scham der Bildhauer? Wollten sie ihre Geschlechtsgenossen nicht demotivieren und zeigen, was andere so hatten?«

Sie grinste immerhin. »Du hast Ideen«, sagte sie ausweichend.

»Nun ja, ein Detail, aber bestimmt kein unerhebliches. Ich für meinen Teil bin ziemlich froh, dass Gideons Statue doch ein wenig …«

»Ida, das interessiert keinen«, fuhr mir mein verschämter Ehemann warnend ins Wort.

»Natürlich interessiert es. Dass es nicht auf die Länge ankommt, ist eine Lüge, die wir euch auftischen, um euch nicht im Vorfeld schon zu verunsichern. Was bei dir ja völlig überflüssig war.«

Ich trat zur nächsten Statue, einem Prachtbild von einem Kerl. Mit Muskeln, die selbst Parker beeindrucken mussten, wenn der dann mal wieder fertig war mit dem Stöhnen ob meiner Mitteilsamkeit. Der Statuen-Mann saß hingegossen da, nahezu nackt, aber mit einem Kampfhelm auf dem Kopf. Er hatte das schöne griechische Gesicht gen Himmel gereckt und einen leidenden Gesichtsausdruck. Und aus irgendeinem Grund wand sich um seine Hüften ein Laken, das für ein wenig Diskretion sorgte. Es war klar, dass er dabei war, sein Leben auszuhauchen, und ich fragte mich laut, wie man früher wohl drauf gewesen war, weil man dachte, dass die letzte Sorge eines sterbenden Helden bestimmt einem Laken und einem Helm mit imposantem Federbusch galt.

»Echt, Ida. Du bist schon eine Nummer«, sagte Yvonne, die zu meiner Freude langsam auftaute.

Sicherheitshalber warf ich Parker einen bedeutsamen Blick zu, der *Siehst du? Ich muss solche Dinge sagen, damit sie ein wenig lockerer wird* heißen sollte. Sein Blick blieb rätselhaft und ein wenig resigniert, aber immerhin zuckten seine Mundwinkel kurz.

»Das ist der sterbende Achilles. Diese Statue ist weltberühmt.« Yvonne ging hinüber und strich sanft über seinen muskelbepackten Oberschenkel. Ihr Gesicht wurde weich, dann bekamen ihre Augen einen seltsamen Glanz.

»Aber du hast recht. Es ist bescheuert. Am Tod ist gar nichts hübsch und ästhetisch.«

Meine Augen huschten noch einmal zu meinem Partner, der jetzt nachdenklich unser Zielobjekt betrachtete. Ich wollte das Thema gerne vertiefen, aber ehe mir eine Idee kam, wie ich von Achilles auf ihren Benedikt umschwenken könnte, straffte sie ihren Rücken und setzte ein offenkundig bemühtes Lächeln auf.

»Lasst uns verschwinden. Hier wird es immer voller. Ich habe eine Idee, was euch beiden als Nächstes gefallen könnte.«

Auf dem Weg zum geheimnisvollen Ziel machten wir einen Abstecher, um uns ein Mittagessen zu gönnen. Zwar war es dort nicht viel weniger überlaufen, aber das war gerade zweitrangig.

Yvonne hatte vorgeschlagen, einen Blick auf den Ort Praga zu werfen. Dieser Badeort sei berühmt, erklärte sie, und als *Blaue Lagune* bekannt. Ich war vom ersten Moment an verliebt. Ich schwöre, ich habe noch nie so kristallklares Wasser gesehen wie hier. Der Ort an sich war ebenfalls wunderschön und großartig bunt. Seine Hausfassaden waren nicht weiß, wie es sonst vorherrschend war auf der Insel, sondern leuchteten in Blau, Rot und Gelb um die Wette. Wir saßen in einem kleinen Restaurant, mit Blick auf diese Häuser, und davor glitzerte das unfassbare Wasser. Es leuchtete in einem satten Blau, durchsetzt mit Grün und Türkis, und war doch ganz klar. Das zeigte sich an einem Boot, von dem ich gar nicht meinen Blick abwenden konnte. Es schien auf dem Wasser zu schweben, so klar war es. Das war richtig krass, denn ein paar Meter weiter unten, auf dem Meeresgrund, war ganz deutlich sein Schatten zu sehen. Ich bekam mich gar nicht mehr ein, wie unfassbar das war, und Parker und Yvonne begannen bereits, sich Blicke zuzuwerfen und über mich zu grinsen, wie das Eltern bei ihren übermäßig begeisterten Kindern zu tun pflegen. Mir war es egal. Ich knipste mindestens tausend Fotos und musste schließlich mit Gewalt von diesem Ort weggezerrt werden.

»Das, was jetzt kommt, wird dir ebenfalls gefallen«, beruhigte mich meine neue Freundin. »Ganz besonders sogar.«

Ich war gespannt und ließ mich neben Parker im Mietwagen nieder. Yvonne gab ihm eine Adresse durch, die er eintippte, und wir machten uns wieder auf den Weg.

Unser Ziel war der *Canal d'amour,* so viel hatte sie uns verraten. Ich war gespannt und kurz darauf auch mächtig beeindruckt von den gewaltigen Sandstein- und Lehmfelsen, die eine imposante Naturkulisse bildeten. Das Wasser war ebenso unfassbar blau und grün und türkis wie drüben in Praga und es glitzerte in den kleinen Buchten und Felsdurchgängen, die man, wie Yvonne versicherte, durchschwimmen könne.

»Aber was ihr auf alle Fälle durchschwimmen solltet«, sagte sie und lächelte mir zu, »ist der schmale Kanal hier. Man nennt ihn Canal d'amour, also den Liebeskanal, und man sagt, wenn ihn ein Paar durchschwimmt, das sich wirklich liebt, wird es bis an sein Lebensende nichts trennen können.«

Ich sah Parker an, der die Augenbrauen hob. Toll, seine Standardantwort und gar nicht hilfreich.

»Ich weiß nicht. Ich bin eher so die gemütliche Schwimmerin«, begann ich, sah dann aber Yvonnes Blick. Hm. Ich hatte gestern davon geschwärmt, dass Parker der Mann meines Lebens war und ich Angst hatte, ihn zu verlieren. Sie wollte mir sicherlich eine Freude damit machen, mir diese romantische Gelegenheit zu geben, um mein Glück bis zu unserem Lebensende zu betonieren. Andererseits glaubte ich an solche Geschichten und ich musste das mal eben erst abwägen. Echte Liebende, hatte sie gesagt. Damit sollte ich ihr die Freude machen können, ohne dass ich mir dabei etwas aufhalste, was ich nicht haben wollte. Wir waren keine Liebenden, sondern würden einfach zwei Menschen sein, die durch diese Enge schwammen. Ich nickte langsam und Parker hatte keine Chance, unserem ewigen Liebesglück zu entrinnen.

Natürlich pflügte er gleich einmal davon und ich schwamm gemächlich hinterher. Eigentlich war es großartig, hier in dieser grandiosen Bucht durch das Wasser zu gleiten, und niemand hatte gesagt, dass die beiden in trauter Einsamkeit nebeneinander her schwimmen mussten. Trotzdem hätte ich das netter gefunden, alleine schon wegen Yvonne und dem öffentlichen Eindruck. *Mistkerl*, dachte ich und gab selbst ein wenig Gas, um nicht ganz abgehängt zu werden. In der Mitte der Enge stoppte Parker, drehte sich auf den Rücken und ließ sich treiben, bis ich zu ihm aufgeschlossen hatte.

»Wie reizend, dass du auf mich wartest.«

»Man muss nur zusammen ankommen, wenn ich das richtig verstanden habe. Und die Versuchung war zu groß. Das Wasser ist herrlich hier.«

»Das könnten wir jeden Tag genießen«, gab ich zurück.

»Können wir nicht. Und wenn wir sie jeden Tag zu einem Ausflug überreden, wirkt das komisch. Sie würde sich zu Recht fragen, weshalb wir das nicht alleine hinbekommen. Ab morgen werde ich mich also wieder meiner Erholung widmen und wir werden sie am Pool treffen. Und dabei nichts tun, was sie misstrauisch macht. Sie taut endlich ein wenig auf.«

»Und wessen Verdienst ...«, begann ich.

»Deiner. Du bist die Beste, Ida«, sagte Parker und grinste. »Und jetzt los. Wir sind gleich da, am Ufer der ewigen Liebe. Bieten wir ihr endlich die erwartete Show.«

Kapitel 25

»Yvonne«, begann ich zögernd, als wir später in der Sonne lagen und uns trocknen ließen. »Bist du auch durch diesen Kanal geschwommen?«

Sie antwortete so lange nicht, dass ich dachte, sie würde es gar nicht mehr tun.

»Ja«, sagte sie schließlich leise. »Auf meiner Hochzeitsreise vor drei Jahren.«

»Oh«, erwiderte ich. »Okay. Und glaubst du, dass die Legende stimmt? Das mit der ewigen Liebe?«

»Ja.« Ich war überrascht, wie fest ihre Stimme klang.

»Aber«, ich setzte mich auf und versuchte, meine Worte passend zu wählen. Jetzt war es endlich so weit, ihren Mann zur Sprache zu bringen. »Dein Mann ist nicht hier und du sprichst nie von ihm.«

»Er ist tot«, sagte sie knapp und ohne Emotionen.

Ich riss die Augen auf. »Das tut mir leid.«

Sie nickte. »Es ist hier passiert, auf dieser Insel. Wir waren hier, um unseren dritten Hochzeitstag zu feiern. Er ist schnorcheln gegangen und nie mehr zurückgekommen.«

»Wie furchtbar.« Ich wusste das alles zwar, aber es aus ihrem Mund zu hören war eine andere Sache. Sie klang so traurig, dass ich sie spontan in den Arm nahm. »Das tut mir so leid.«

»Mir auch«, antwortete sie in einem Ton, als hätte sie etwas ganz Banales gesagt. »Er fehlt mir so unglaublich.« Sie begann zu weinen und ich drückte sie fester an meinen nassen Bikini. Über ihren Kopf sah ich Parker an, der sie aufmerksam studierte und sich dabei nachdenklich am Kinn rieb.

»Ich glaube ihr. Sie hat so sehr geweint. Und sie klang absolut überzeugend. Und sie ist so nett.«

»Auch nette Menschen betrügen die Versicherung«, warf Parker sein Standardargument in den Ring. »Und natürlich muss sie überzeugend sein, um so etwas durchzuziehen.«

Wir saßen in unserem Wohnzimmer und diskutierten den Tag. Nachdem wir ins Hotel zurückgekehrt waren, hatte sich Yvonne mit dem Hinweis verabschiedet, dass sie müde und nicht hungrig sei und gleich zu Bett gehen wolle. Parker wollte daraufhin ebenfalls das Dinner canceln, was ich vehement ablehnte. Schließlich einigten wir uns auf den Zimmerservice und schoben das Tischchen an das Fenster, welches zur Straße hinabging. Mein Partner spähte immer wieder hinaus, während er aß.

»Auf was wartest du?«

»Ich will sehen, ob sie wieder verschwindet.«

»Glaubst du wirklich, dass sie das alles nur spielt? Kann man das? Solch einen Schmerz spielen?«, fragte ich nachdenklich.

»Sag du es mir. Du bist doch die begnadetste Schauspielerin des örtlichen Frauenchors.«

»Es war der Männergesangverein, und ich denke, nein. So etwas hätte ich nie auf die Bühne bringen können. Sie hat richtig gezittert. Das spielt man nicht.«

»Aber du weißt auch, dass Yvonne Prom ebenfalls Laienschauspielerin war. Sie könnte es also draufhaben.«

Das hatten wir bereits im Vorfeld herausgefunden. Die Internetrecherche hatte netterweise drei Zeitungsartikel eines Lokalblatts hervorgezaubert, in denen diese Aufführungen besprochen und ihre Leistungen in den höchsten Tönen gelobt wurden. Was Lokalblätter gerne taten, wie ich wusste. Das waren keine Kritiker, die ein Stück mit kulturbeflissenen Augen sahen und jeden kleinsten Fehler in der Luft zerrissen. Diese Artikel waren immer überschwänglich und zollten jedem, der sich auch nur auf die Bühne wagte, höchstes Lob. Das sagte ich und Parker runzelte wieder seine schöne Stirn, schob den Teller zur Seite und stand auf. Er stellte sich an das Fenster und zog den Vorhang ein wenig beiseite.

»Da passt doch vieles nicht zusammen, Ida. Sie sitzt hier und gibt die trauernde Witwe, aber heute, da hatte ich das Gefühl, dass sie sich amüsiert. Dass sie sich beherrschen muss, um nicht zu zeigen, wie sehr sie es genießt, einmal aus dieser Rolle fallen zu dürfen. Alles, was wir von ihr wissen, das Theaterspielen, die Reisen, die ganzen Konzertbesuche, das alles deutet doch auf eine lebenslustige Frau hin. Sie war immer aktiv, ständig unterwegs. Dieses Herumsitzen hier passt nicht zu ihr. Diese Art der Trauer passt nicht. Sie hat immer nach vorne gesehen. *Das Leben ist hart, aber ich bin härter*, erinnerst du dich?«

Ich dachte zurück an den Tag, als wir uns durch ihre Social-Media-Accounts gescrollt hatten. Ja, da war ein Bild gewesen, das sie und ihren Mann zeigte. Sie standen vor einem total verwüsteten Zelt, offensichtlich im Urlaub und ebenso offensichtlich nach einem schweren Unwetter. Es hatte ausgesehen wie nach einer Schlacht, aber ihre Miene war entschlossen und kämpferisch gewesen. *Aufgeben ist keine Option! Wenn dir etwas genommen wurde und du es nicht mehr zurückbekommen kannst, dann gibt es nur eines: schlucken, Kopf hoch und weitermachen. Es nützt nichts, zu jammern. Das Leben ist hart, aber ich bin härter*, hatte sie unter das Bild geschrieben.

»Diese Frau war niemand, der nur dasitzt und sich dem Schicksal ergibt. Da stimmt etwas nicht.«

»Aber«, sagte ich und stand jetzt ebenfalls auf, um neben ihm aus dem Fenster zu spähen. »Vielleicht einfach deshalb, weil sie bisher immer ihren Mann an der Seite hatte. Vielleicht war er der Antrieb, weiterzumachen. Und vielleicht hat sein Tod sie so verändert. Es ist ja schon ein kleiner Unterschied, ob das Leben dir deine Campingausrüstung oder deinen Mann nimmt«, gab ich zu bedenken.

»Die ganz große Liebe, ohne die alles andere sinnlos wird? Glaubst du daran, Ida?«

Ich schluckte. »Ich glaube, dass es für viele Menschen so sein kann.«

»Für dich nicht?« Seine Stimme wurde ruhiger, weniger bestimmt, als sie das in unserer Diskussion gewesen war.

Ich schüttelte den Kopf, dann straffte ich mich. Was für blöde Gedanken mir neuerdings durch den Kopf gingen. Im Ernst, das war noch nie etwas gewesen, was mich beschäftigt hatte.

»Mein Fall ist es nicht. Ich halte es da lieber mit Marlene Dietrich«, antwortete ich deshalb mit einem gleichmütigen Achselzucken.

»Von Kopf bis Fuß auf Liebe eingestellt?«, hakte er nach.

»Klar.« Ich zwinkerte ihm kokett zu. »Aber auch zu schade für einen einzigen Kerl.«

Ich hätte es mir denken können, dass Parker meinen Sinn für Humor nicht immer verstand. Aber ich hatte nicht damit gerechnet, dass er sich so darüber aufregen würde.

Er nickte knapp und seine Miene wurde undurchdringlich. »Damit hast du vermutlich recht. Ich vergaß, dass bei deinen Hobbys *flirten* stand und *einfach mal ein wenig küssen*«, sagte er und klang dabei so fremd, dass ich verwundert den Kopf hob. »Und vermutlich ist es auch andersherum. Kein einziger Mann könnte es alleine mit dir aufnehmen. Nicht, wenn er es überleben will.« Brüsk drehte er sich ab und marschierte zur Zimmertür.

»Hey, was hast du denn?«, rief ich ihm nach und bemühte mich, Verärgerung über seine Worte zu spüren, um nichts anderes dabei fühlen zu müssen. »Wo gehst du hin?«

»Falls sie wieder verschwindet, werde ich herausfinden, was ihr Ziel ist.«

»Oh.« Dass wir daran nicht eher gedacht hatten. »Warte, ich komme ...«

»Nein. Zu zweit sind wir zu auffällig.«

Damit verschwand er und ich verdrehte die Augen. Wäre er eine Frau, dann hätte man jetzt wieder gesagt, dass er bestimmt seine Tage hatte und überhaupt. Aber als Kerl durfte man so launisch sein. Ich war kurz in Gefahr, mich wirklich zu ärgern, vor allem, weil er fand, dass man mich nicht überleben konnte, beschloss dann aber, dass es das nicht wert war. Er würde mich überleben, so viel war klar, auch wenn er nie wissen würde, was für ein Glück das in Wahrheit war. Und wenn er dabei alleine hinter irgendwelchen Büschen lauern und sich langweilen wollte, war das seine Sache. Ich würde mich stattdessen in mein wunderbar bequemes Bett legen und mir einen netten Film ansehen.

»Und? Warst du erfolgreich?«, fragte ich am nächsten Morgen, ehe wir uns auf den Weg zum Frühstück machten. Ich hatte bereits geschlafen, als er endlich zurückkam, und war nun gespannt, ob er etwas Interessantes erlebt hatte.

»Nein.«

»Also war sie nicht weg?«

»Zumindest habe ich sie nicht gesehen.«

»Parker. Du bist stundenlang da draußen gewesen. Du hättest es bemerken müssen.«

»Außer, sie ist bereits vorher verschwunden. In ihrem Zimmer war kein Licht, die ganze Zeit nicht.«

»Du hast auch vorher schon am Fenster gesessen. Sie hat gesagt, dass sie müde ist. Vielleicht hat sie einfach nur geschlafen?«

Er war nicht überzeugt. »Wir müssen uns besser organisieren«, entschied er. »Noch so ein Fehler darf uns nicht passieren. Wir sind nicht hier, um über Belanglosigkeiten zu plaudern, während sie in der Zeit munter aus dem Haus spaziert.«

»Was soll das heißen?« Ich war doch ein wenig alarmiert. »Und soweit ich mich erinnere, haben wir gar nichts Belangloses besprochen.« Außer vielleicht der Tatsache, ob ein Mann mich überleben würde oder nicht.

»Wie dem auch sei, wir müssen vor allem unseren Job machen. Und deshalb solltest du dich beeilen, damit wir bereits unten sind, wenn sie auftaucht.«

Wir hätten keine solche Hektik aufkommen lassen müssen, denn Yvonne tauchte erst am späten Vormittag am Pool auf. Immerhin ließ sie sich neben uns nieder, nachdem ich sie mit begeistertem Winken dazu aufgefordert hatte. Ich fand, sie sah müde aus, sagte aber nichts.

Stattdessen griff ich auf mein bewährtes Mittel zurück und plapperte munter drauflos. Ich erzählte ihr von meiner Omi, die mich auch heute früh mit dem Tageshoroskop versorgt hatte. Ich könnte es natürlich einfach selbst lesen, aber das war nicht dasselbe. Es musste Omi sein, die es mir vorlas, daran glaubte ich fest. Heute wurde mir ein Streit in Aussicht gestellt und eine prickelnde Begegnung mit einem charismatischen Unbekannten. Ich warf einen sehnsüchtigen Blick hinter dem süßen Kellner her, der, während Parker seine Bahnen zog, meine Bestellung aufgenommen hatte und sich ziemlich begeistert von meinen Kurven zeigte. Als er mir den gewünschten Saft servierte, versuchte ich, ihm noch mehr Komplimente zu diesen Kurven zu entlocken, was meinen Ehemann, der leider gerade in diesem Moment zurückkam, gar nicht begeisterte. Und was nach einem finsteren Blick eben jenes dazu führte, dass uns fortan eine nette junge Griechin bediente. Parkers Blick jedoch blieb grimmig und wurde erst dann wieder sanft, als sich uns Yvonne anschloss. Na bitte. Das eine war schon passiert, das andere stand mir vermutlich spätestens dann ins Haus, wenn wir alleine auf unserem Zimmer waren.

Auf alle Fälle erzählte ich von Omi und ihren beiden Freundinnen und Yvonne wurde zunehmend gelöster. Sie lachte sogar einmal herzhaft auf, als ich die regelmäßigen Anrufe des Grabsteinmannes nachmachte. Ich übertrieb dabei vielleicht ein wenig, aber Omi würde mir das verzeihen. Ich wusste nicht so recht, weshalb ich das tat. Ich wollte einerseits, dass sie mich mochte und mir vertraute, damit sie mir vielleicht etwas offenbarte, das uns weiterhalf. Andererseits wollte ich eben das nicht, weil ich sie mochte und mir sicher war, dass sie niemals eine Betrügerin war.

Allerdings musste ich zugeben, dass Parker gestern Abend etwas angesprochen hatte, was nicht von der Hand zu weisen war. Diese Frau war in den Tiefen ihres Herzens jemand, der das Leben liebte, und kein einsamer, introvertierter Mensch. Es gab Sachen, die nicht zusammenpassten und die ich nicht sehen wollte.

Parker gab sich jetzt sehr gut gelaunt und entspannt und tat sein Möglichstes, um die Stimmung weiterhin oben zu halten. Er forderte mich auf, von Omis Freundinnen zu erzählen, und bald lachte Yvonne zum ersten Mal laut heraus. Aber sie erzählte selbst nichts. Und es würde nicht reichen zu sagen: *Die Frau hat gelacht, da ist was faul*, das wusste nicht nur Parker.

»Ich sollte euch mal alleine lassen«, sagte sie irgendwann und es war nicht das, was ich hören wollte. »Ihr habt euch so auf den Urlaub gefreut und nun sitze ich die ganze Zeit hier bei euch herum.«

Erschrocken sah ich Parker an. Sein Blick war wachsam und ich konnte förmlich sehen, wie sein Gehirn ratterte. Dann erhob er sich mit einem nachlässigen Blick auf seine Armbanduhr.

»Kein Problem. Ich muss sowieso für eine Weile weg.«

»Wohin denn?«, fragte sie und klang sofort ein wenig misstrauisch.

»Er hat sich das große Beauty-Programm gebucht«, improvisierte ich wild das Erste, was mir in den Sinn kam. »Massage, Maniküre, Pediküre, das ganze Angebot. Das wird Stunden dauern, nicht wahr, Schatz? Er gönnt sich das gerne einmal«, ich tätschelte seine Hand.

Parker nickte, aber ich sah, wie es kurz um seine Augen zuckte. Bestimmt fand er das sehr unmännlich, aber etwas anderes war mir auf die Schnelle nicht eingefallen und er hatte offensichtlich auch nicht wirklich etwas in petto gehabt.

Er nahm sein Handtuch und warf es sich über die Schulter. »Ganz genau. Das große Programm. Bis nachher.« Er wollte sich schon umdrehen, besann sich dann und beugte sich über mich. »Das war unnötig«, flüsterte er, ehe er mich küsste.

Ich kam ihm ein wenig entgegen und schlang meine Arme um seinen Hals, um es echter wirken zu lassen. Als er sich zurückzog, ließ ich eine Hand über seine Brust gleiten.

»Oh, und frag doch mal nach, ob sie nicht auch noch Zeit für ein Waxing hätten.«

Er ging, ohne das zu kommentieren, und wir sahen ihm kichernd wie Schulmädchen nach.

Kapitel 26

»Er ist toll«, sagte Yvonne und wandte endlich den Blick vom Hintern meines Mannes ab.

»Ja, nicht?«, fragte ich stolz.

»Ihr seid beide toll. Ihr erinnert mich ein wenig an uns. Nur dass es bei uns andersherum war. Benedikt war die Unterhaltungskanone. Er konnte alle zum Lachen bringen. Jeder mochte ihn. Wie dich.«

»Danke«, sagte ich und war ehrlich geschmeichelt.

»Ich war eher wie Gideon.«

»Manchmal etwas steif?«, fragte ich spontan.

»Nein. Und er ist nicht steif. Ich war diejenige, die mehr geliebt hat.«

»Oh«, sagte ich und sah sie an. »Ich liebe ihn auch, das kannst du mir glauben.«

»Das meine ich nicht. Es gibt immer einen, der ein wenig mehr liebt. Und bei uns war ich das. Ich war die, die ihn so ansah, wenn er es nicht bemerkte, wie er das bei dir macht.«

»Wie denn? Wie sieht er mich denn an?« Ich hätte natürlich nach ihrem Benedikt fragen sollen, aber das war doch zu interessant.

»Mit diesem Blick, den man nur hat, wenn man aus ganzem Herzen liebt. Mit diesem Blick, der fragt, wie man so einen Menschen verdient hat. Ich habe mich das ständig gefragt, wie er sich ausgerechnet in mich verlieben konnte. Ich hätte alles für ihn getan. Ich habe alles für ihn getan.«

Obwohl ich nur zu gerne das Thema tiefe Blicke weiter verfolgt hätte, durfte ich mir diese Chance nicht entgehen lassen.

»Was hast du denn für ihn getan?«

»Ich habe angefangen, mit dem Zelt durch die Welt zu ziehen. Ich habe Gegenden bereist, von denen ich noch nie gehört hatte. Ich wurde zu einer Blondine, nur weil er das wollte.«

»Nein«, rief ich ehrlich überrascht.

»Als wir uns kennenlernten, war ich eine Brünette. Wie du.«

»Das glaub ich nicht. Das sieht absolut echt aus.«

Sie lachte. »Willst du sehen?«, fragte sie spontan und ich nickte. Sie zog eine flache Ledermappe aus ihrer Tasche, wie Parker eine für seine Reisedokumente verwendet hatte, und nahm ein paar Fotos heraus. Sie blätterte rasch hindurch und hielt mir schließlich eines vor die Nase. Ihr Gesicht, umrahmt von braunen Haaren. Eine ganz andere Frau, ebenfalls sehr schön, aber weniger Engel. Frecher, fand ich.

»Unglaublich.« Ich sah sie an. »Meinst du, das wäre auch etwas für mich?« Ich warf mir die Haare über die Schulter und drehte meinen Kopf wie eine Schauspielerin.

»Nein.« Sie lachte kurz. »Ich habe ewig gebraucht, um mich daran zu gewöhnen.«

Sie sah wieder auf die Fotos hinab.

»Darf ich die anderen sehen?«, fragte ich spontan.

Sie zögerte kurz, dann nickte sie. Ich setzte mich neben sie und betrachtete die Bilder. Ich kannte den Mann darauf, ein gut aussehender, sportlicher junger Mann. Selbstsicher lachte er in die Kamera, auf jedem Bild. Auf den meisten war auch Yvonne zu sehen, in seinen Armen, ihn küssend oder einfach nur strahlend und glücklich, an seiner Seite zu sein. Dann kam das letzte Bild.

»Siehst du, das meinte ich«, sagte sie leise.

Ich schluckte. Auf diesem Foto strahlte er wieder in die Kamera, aber Yvonnes Blick lag auf ihm. Und ihre Augen waren unglaublich. Ich sah dieses Bild und wusste, dass diese Frau niemals etwas mit seinem Tod zu tun haben konnte. Diesen Blick konnte man nicht faken. Das war eine so große Liebe, die musste echt sein.

»So sieht er dich an, wenn er denkt, du merkst es nicht.«

Ich lachte verlegen. Ganz sicher nicht. Vermutlich konnte sie sich einfach nur nicht vorstellen, dass es Menschen gab, die sich nicht so abgrundtief liebten wie sie und Benedikt. Und Parker war ja ganz gut darin, der Öffentlichkeit unsere angebliche Liebe vorzuspielen. Aber dass er das besser hinbekam als ich, wurmte mich doch etwas.

Ich begann also, Parker ein wenig über den grünen Klee zu loben und zu beteuern, wie groß meine Liebe zu ihm sei. Es hätte mir egal sein können, was sie dachte, aber ich hatte das Gefühl, dass ich meine Rolle nicht gut genug gespielt hatte, und vor allem keine Lust, ihm den Ruhm des besseren Schauspielers zu überlassen. Und ganz nebenbei ließ sie sich von meinen wilden Schwärmereien anstecken und begann endlich, selbst mehr preiszugeben. Sie berichtete von Benedikt, von seinen Vorlieben, seinen liebenswerten Macken und von seinen großen Träumen.

»Er wollte immer in der Welt daheim sein. Nicht an einem Ort, sondern alles sehen, was es gibt. Wenn es nach ihm gegangen wäre, hätten wir unser Zuhause aufgegeben und wären nur noch herumgereist.«

»Was leider ein schöner Traum ist«, seufzte ich. »Ich meine, wir sparen das ganze Jahr für diese zwei Wochen.«

»Ja«, sagte sie langsam. »Das war ein Problem.«

Als Parker drei Stunden später wieder auftauchte, wirkte er so entspannt, dass ich mich fragte, ob er tatsächlich beim großen Beauty-Programm gewesen war. Ich sah ihn auf uns zukommen, lässig in seinen Shorts, und stupste Yvonne an.

»Gewaxt ist er nicht«, sagte ich und kicherte. »Zumindest nicht dort, wo man es sieht.«

Er sah uns misstrauisch an. »Lacht ihr über mich?«

»Niemals, du Liebe meines Lebens.« Ich sprang auf und fiel ihm um den Hals. Yvonne und ihren romantischen Gefühlen zuliebe küsste ich ihn ein wenig ausführlicher als sonst. Als ich ihn freigab, sah er mich einen Moment mit verdunkelten Augen an.

»Hast du mich vermisst?«, fragte er und klang zufrieden.

»Ein wenig«, gab ich kokett zurück und lachte. »Und du?«

»Ich habe jede Sekunde an dich gedacht«, sagte er und ich wusste, dass das sogar stimmte. Aber anders als Yvonne wusste ich auch, dass er nur daran gedacht hatte, was ich wohl herausfinden würde.

»Du musst morgen doch zum Waxing«, sagte ich an diesem Abend resolut zu ihm.

»Ganz sicher nicht.« Er klang endgültig.

»Wenn du dabei bist, denkt sie immer, sie muss uns alleine lassen, um unsere Turteleien nicht zu stören. Das ist kontraproduktiv. Ich brauche Zeit mit ihr alleine.«

»Und?«

»Und sonst gibt es nichts, was du tun kannst. Du kannst nicht alleine einen Ausflug machen. Du kannst auch sonst nichts alleine machen, weil wir in einem bescheuerten Liebesurlaub sind und das total unglaubwürdig wäre.«

»Keine Chance«, sagte er und schüttelte den Kopf. »Vergiss es. Ich denke mir etwas anderes aus.«

»Dann«, sagte ich und kaute auf meiner Unterlippe herum, »dann wird die einzige andere Lösung sein, dass wir einen Ehekrach haben. Einen so schlimmen, dass ich keine Sekunde mehr in deiner Nähe sein kann. Weil du ... Hm. Weil du mit der Bedienung geflirtet hast. Oder weil ich herausbekommen habe, dass du zu Hause etwas mit einer anderen laufen hast. Genau, das ist gut. Sie hat dich angerufen und ich habe es mitbekommen und nun ...«

»Ich würde dich nie betrügen«, warf Parker entrüstet ein.

»Oh doch, das würdest du. Und es ist eine glaubhafte Geschichte. Wie schade. Unsere Ehe hat noch kürzer gedauert als befürchtet.«

»Er ist wirklich zum Waxing gegangen?« Yvonne grinste. »Ich hab's ja gesagt, er würde alles für dich tun.«

Eher für dich, dachte ich. Ich hatte Parker nach unserer Diskussion einen ausführlichen Bericht zukommen lassen, wie das Mädels-Gespräch abgelaufen war, und er war beeindruckt, wie weit sie sich geöffnet hatte. Und er hatte eingesehen, dass da noch mehr zu holen sein könnte. Und schließlich hatte er sich zähneknirschend einen Termin geben lassen, während ich breit grinsend daneben stand und ihm versicherte, dass er der Beste wäre und ich Masmeier berichten würde, was er für den Job alles auf sich nahm.

»Wehe«, raunzte er und nahm mit grimmiger Miene den Zettel entgegen, auf dem sein Termin stand.

»Wir können uns immer noch streiten«, bot ich ihm an.

»Nein. Dann könnte ich nicht mehr in ihre Nähe, und das kommt nicht infrage.«

»Na dann«, grinste ich und tätschelte seinen Arm. »Und wer weiß, vielleicht magst du es sogar.«

Ich überhörte sein Knurren und ging beschwingt voraus in Richtung Pool.

Jetzt war er unterwegs und Yvonne und ich bereits wieder beim Thema. Sie schien mit einem Mal ganz versessen darauf, von ihrem Mann zu erzählen. Immer wieder sagte sie seinen Namen und sie genoss das ganz eindeutig. Ihre Augen leuchteten, wenn sie von ihm sprach, und sie wirkte so lebendig wie nie.

»Marokko, das war sein erstes Wunschziel. Und dann weiter, durch ganz Afrika. Wir wollten uns jeden Winkel ansehen, die Kultur, die Menschen.«

Ich hörte zu und ließ sie reden. Immer wieder kam die Sprache auf diese große Weltreise.

»Und du? War es auch dein Ziel, die Welt mit ihm zu bereisen? Ich meine, ich fahre auch gerne in Urlaub, aber ich bin genauso gerne daheim. Ich liebe meine Heimat und ich finde es beruhigend, einen Ort zu haben, der mir vertraut ist.«

»Meine Heimat ist da, wo er ist«, sagte sie schlicht. »Das weiß ich spätestens seit ... dieser Sache ganz sicher.«

Ich schluckte und drückte ihren Arm. Mein Herz zog sich einen Moment zusammen, weil ich ihre Pein fast körperlich spürte. Es war mir schon vorher aufgefallen, dass sie nie von seinem Tod sprach. Wenn das Thema darauf kam, dann umschrieb sie es, als würde sie die Worte in ihrer Endgültigkeit nicht ertragen können. Und das war nicht gespielt, das wusste ich ganz sicher.

»Ich fürchte, du warst völlig umsonst so tapfer.« Ich sah Parker an und verkniff mir ein Grinsen. Heute kauerten wir zu zweit hinter einer Hecke und starrten auf den Hoteleingang. Wir hatten mit Yvonne gegessen und dann so getan, als könnten wir es nicht abwarten, auf unser Zimmer zu kommen und seinen neuen Körper zu feiern. Dann schlichen wir uns hinaus und gingen in Position, um sie zu sehen, falls sie heute das Hotel verlassen sollte. Parker bestand darauf, dass wir das tun sollten, und ich wusste, dass er langsam ein wenig verzweifelte, weil wir so überhaupt nicht vorankamen. Ich für meinen Teil hatte mittlerweile den Verdacht, dass es damals gar nicht Yvonne gewesen war, die ich abends aus dem Hotel treten sah, und dass diese Aktionen Verschwendung von Lebenszeit waren. Aber es wäre unsere Pflicht der *Schirm und Schild* gegenüber, beharrte mein Partner und ich fügte mich.

Damit diese Stunden nicht völlig sinnlos waren, unterrichtete ich ihn im Flüsterton über jedes Wort, das unsere Zielperson heute gesagt hatte. Ich unterschlug dabei, wie gut wir uns amüsiert hatten, aus Rücksicht um das Wissen, was er in dieser Zeit über sich ergehen ließ. Er hatte heute nämlich weit weniger Spaß gehabt als ich.

Parker hatte gelitten. Er hatte, wie er mir mit stoischem Gesichtsausdruck mitgeteilt hatte, die schlimmsten Stunden seines Lebens hinter sich. Und nun musste ich ihm sagen, dass es vergebens gewesen war.

»Aber immerhin hast du jetzt eine unglaublich glatte Brust«, versuchte ich ihn aufzumuntern.

»Ich war bisher immer ganz zufrieden damit, wie sie aussah.«

Ich auch. Er war schließlich kein beharrter Affe gewesen und eigentlich hatte ich seinen natürlichen Look gemocht. Aber es schien mir der falsche Moment für solch ein Geständnis zu sein.

»Also, ich finde, es sieht super aus. Du siehst damit richtig heiß aus und so männlich«, log ich beherzt. »Und wir sind in einer Woche zurück in Deutschland, wo du nicht mehr so tun musst, als wäre ich die Einzige, die an deiner Brust Interesse haben darf. Du hast also noch genügend Zeit, jede Menge Damen damit zu beeindrucken, bevor du wieder behaart bist. Bestimmt wird sich das Opfer noch lohnen.«

Es war das Falsche, ich merkte es sofort. Sein Gesicht verschloss sich und er wandte sich brüsk ab.

»Ich habe nicht vor, sie überall herumzuzeigen. Und ich habe ebenso wenig vor, sie irgendeiner zu zeigen.«

»Hey, schon gut. Ich dachte, weil du doch auch nur ein Mann bist und vermutlich wie jeder ab und an Bedürfnisse verspürst …«

»Du solltest mich mittlerweile besser kennen.« Seine Augen blitzten gefährlich und sein Ton war es ebenfalls. »Nicht jeder hat deine entspannte Einstellung zu diesem Thema. Und nicht jeder ist sich zu schade für einen einzigen Menschen.«

»Okay«, sagte ich langsam. »Ich habe es kapiert.«

Er nickte kurz und stieß einen seltsamen kleinen Laut aus. Anders als sein übliches Seufzen, wenn ich etwas Dummes gesagt hatte, und ich sah ihn mir genauer an.

»Das ist es nicht, was dir zusetzt, oder?«

»Bitte?«

»Natürlich ist es das nicht. Es kann dir so was von egal sein, was ich mit welcher Einstellung wann und wie treibe. Genauso, wie mir das in deinem Fall egal ist. Es ist der Auftrag, der dich fertigmacht, habe ich recht? Weil wir nun schon eine Woche an ihr dran sind und immer noch nichts haben, was wir brauchen könnten. Sie ist es, nicht ich, die dir gerade so zusetzt.«

Er antwortete nicht, nickte aber leicht mit dem Kopf.

»Gideon«, ich legte ihm sanft eine Hand auf den Arm. »Es ist nicht deine Schuld, wenn wir ohne Ergebnisse zurückkommen. Du kennst doch bestimmt die Statistiken. Ist wirklich jeder verdächtige Fall ein Betrugsfall?«

»Natürlich nicht.«

»Na also. Und bestimmt hat uns München genau deshalb diesen hier abgegeben. Weil sie das wussten. Weil sie es prüfen müssen, aber Angst hatten um ihre Quote. Deshalb hat man uns geschickt. Damit wir dann diejenigen sind, die den Fall freigeben müssen.«

Er straffte sich. »Vielleicht hast du recht. Ich mag das einfach nicht. Weder zu versagen noch den Gedanken, dass man uns hereingelegt hat und wir uns dann trotzdem den Spott anhören dürfen. Und dass man uns eine Chance gab, die gar keine war. Irgendwie läuft gerade einiges anders, als ich es mir gewünscht hätte.«

Ich tätschelte mitfühlend seinen Arm. »Ich weiß. Hey, wenn es dich aufmuntert, könnte ich ja ein wenig über deine glatte Brust streicheln. Vielleicht würde es das ein bisschen besser machen? Ich würd's wirklich tun, wenn dir das hilft.«

»Danke, Ida.« Die Stimmung war nicht mehr zu retten, ich hatte es geahnt. »Aber ich brauche keine Mitleidsbekundungen. Ich denke, wir können hier jetzt Schluss machen. Sie wird auch heute nirgends mehr hingehen und wir sollten dringend noch ein paar Stunden Schlaf bekommen.«

Kapitel 27

Uns begann die Zeit davonzulaufen. Zwar hatte sich der Kontakt zu Yvonne eingespielt, aber wir fanden auch weiterhin nichts, keinen Hinweis, dass sie in irgendwelchen Machenschaften steckte. Und obwohl wir uns tapfer jeden Abend in den Büschen herumschlugen, verließ sie das Hotel nicht mehr. In mir verfestigte sich der Gedanke, dass sie das vermutlich nie getan hatte, dass wir sie mit jemandem verwechselt hatten, weil wir einfach wollten, dass sie sich verdächtig verhielt.

Selbst Parker begann, ihr zu glauben. Er hatte herausgefunden, dass sich ganz in der Nähe ein Tennisplatz befand und sich spontan dazu entschlossen, Stunden zu nehmen und sich dabei einen Privatlehrer zu gönnen. Das verschaffte uns jeden Tag ein wenig kostbare Mädels-Zeit, wie er mir erklärte und was er ganz sicher auch auf die Spesenabrechnung schreiben würde. Wenn Parker dabei war, sprach Yvonne nämlich nur sehr zurückhaltend über ihren Ehemann. Wenn wir alleine waren, war sie plötzlich nicht mehr zu bremsen. Ich kannte das von Omis Freundinnen. Ich hatte mich einmal darüber beklagt, dass uns eine davon monatelang immer wieder dieselben Geschichten erzählte.

»Ich kann das nicht mehr hören«, hatte ich gesagt. »Sie ist doch nicht senil. Sie muss doch wissen, dass sie uns das schon tausendmal erzählt hat.«

»Es hilft ihr, Ida«, hatte Oma traurig geantwortet. »Solange sie von ihm redet, ist er nicht wirklich tot.«

Daran dachte ich im Moment oft. Yvonne wollte ihren Benedikt mit aller Macht am Leben halten, so viel war klar. Und ich bekam ein immer umfassenderes Bild von den beiden. Von seiner Stärke, seiner Überzeugungskraft, seinem Tatendrang und Abenteuerhunger und immer wieder von der großen Liebe zwischen den beiden.

»Ihr dürft das nie als normal hinnehmen«, sagte sie überraschend ernst, als Parker und ich uns wieder ein wenig gefoppt hatten. Nun gut, ich hatte ihn aufgezogen und er hatte mit dem üblichen um Verständnis bittenden Blick reagiert, den ich recht niedlich fand und der erstaunlich echt wirkte. So ein *Das-ist-Ida-und-ich-liebe-sie-trotzdem*-Blick, den ich ihm vor ein paar Tagen noch gar nicht zugetraut hätte und der mein Herz kurzzeitig hüpfen ließ, bis ich wieder realisierte, dass er nur für das Publikum gedacht war.

»Dass der andere einfach da ist, meine ich. Dass man morgen noch Zeit hat, um etwas zu sagen, was wichtig ist. Oder dass man sich auch am Abend wieder versöhnen kann. Manchmal gibt es kein Morgen. Jede Stunde ohne ihn ist eine verlorene Stunde.« Yvonnes Stimme klang beinahe feierlich.

Ich schluckte und sah Parker an, der neben mir auf der Liege saß. Er legte seinen Arm um mich und zog mich fest an seine glatte Brust und ich seufzte und kuschelte mich noch ein wenig fester an ihn.

»Vertrödelt die Zeit nicht mit blöden Spielchen. Ihr beide, ihr liebt euch. Das ist ein Geschenk, das man nicht zurückweist. Glaubt mir, sonst werdet ihr das eines Tages bitter bereuen. Ich tue es nämlich. Ich bereue jede Sekunde, die ich einfach neben ihm her gelebt habe, anstatt sie zu genießen. Und jede Sekunde, die ich jetzt ohne ihn bin, fühlt sich an wie ein Jahr.«

Betreten sah ich meinen Fake-Ehemann an und registrierte, dass auch er nachdenklich wirkte. Er beugte sich über mich und gab mir einen Kuss. Vielleicht weil Yvonne das erwartete, aber ich argwöhnte, dass er mein Unbehagen spürte und wie nachdenklich mich ihre Worte gemacht hatten. Und seltsamerweise hatte ich mir gewünscht, dass er das jetzt tat, und noch verrückter war es, dass ich mich sofort besser fühlte. Es war eine seltsame Situation, weil ich ihn mittlerweile richtig gerne mochte und tatsächlich nicht wollte, dass er irgendwann nicht mehr ein Teil meines Lebens war. Er war ein guter Kerl und sogar witzig. Manchmal zumindest. Er überraschte mich, was mir immer Respekt abverlangte und ihm ganz klar Sympathiepunkte verschafft hatte. Und er hatte die Gabe, dass ich mich einfach gut fühlte, wenn er bei mir war. Ich seufzte, was Gideon mit einem weiteren Kuss quittierte, wenn auch diesmal nur auf meine Stirn. Was ich allerdings ebenfalls mochte, weil es so fürsorglich war und wie ein Versprechen wirkte, dass er mich nie verlassen würde. Zumindest nicht als Freund, dachte ich entschlossen. Wenn diese Zeit hier vorbei ist, dann werden wir nämlich genau das werden. Freunde, in deren Gesellschaft man sich wohlfühlte. Und für die Küsserei würde ich mir einfach einen anderen suchen.

»Wie lange bleibst du noch?«, fragte ich Yvonne. Es war nun schon unser vorletzter Abend und immer noch hatten wir keinen Durchbruch erzielt.

Sie zuckte die Achseln. »Ein paar Tage.«

»Musst du nicht irgendwann zurück? Arbeiten?« Ich hielt vor Anspannung fast den Atem an. Das war ein letzter verzweifelter Versuch und ein Punkt, den Parker immer wieder angebracht hatte. Er hielt nach wie vor verbissen daran fest, dass etwas nicht stimmte, und brachte dabei auch stets das Thema auf die Finanzen. Wo nahm sie das Geld her, um hier so lange auszuharren, fragte er mich ständig, als ob ich das wissen müsste. Also würde ich ihm den Gefallen tun und es ansprechen, hoffentlich unauffällig genug.

»Ich kann eine Weile überbrücken«, sagte sie lapidar. »Und irgendwann«, wieder zuckte sie mit den Achseln. »Wird sich etwas ergeben.«

Ich nickte nachdenklich. Das hier war nicht gerade der preisgünstigste Ort, um herumzusitzen. Ich würde mir das nicht leisten können.

Doch Yvonne wollte nicht weiter über Geld reden. Sie war heute seltsam, fand ich. Ich fragte mich besorgt, ob sie krank werden würde. Ihre Augen waren fiebrig, sie selbst fahrig und unruhig. Als ob sie auf etwas wartet, dachte ich. Oder als ob sie etwas vorhat.

»Wenn du zurück in Deutschland bist, müssen wir uns unbedingt treffen«, sagte ich spontan. »Ich würde dich gerne wiedersehen, denn irgendwie habe ich das Gefühl, dass dieses Zusammentreffen mehr war als nur eine Urlaubsbekanntschaft.« Ich sah sie einen Moment nachdenklich an. »Weißt du, du bist mir ans Herz gewachsen«, sagte ich leise und meinte es auch.

Yvonne sah einen Moment hinaus aufs Meer. »Ich werde nie mehr zurückkommen«, bekannte sie plötzlich. »Ich kann nicht mehr in Deutschland leben.«

»Wieso das denn?«

»Weil«, sie zögerte. »Wegen Benedikt.«

»Weil er nicht mehr dort ist?«

Sie nickte vehement. »Mein Leben in Deutschland ist vorbei. Alles dort erinnert mich an ihn. Ich kann das nicht mehr. Ich habe beschlossen, alle Brücken abzureißen. Ich werde völlig neu anfangen. Ich muss ganz neu anfangen und ich werde keinen meiner alten Freunde oder meine Familie je wiedersehen«, schloss sie leise und unsagbar traurig.

»Nein.« Ich war entsetzt, wie endgültig sie klang. »Das ist der falsche Weg. Du brauchst jetzt deine Freunde und deine Familie. Sie können dir helfen, über alles hinwegzukommen.« Ich stellte mir vor, dass mir so etwas widerfahren wäre und dass ich dann zusätzlich auf den heilsamen Trost verzichten müsste, den Omis Arme mir boten, auf Justus, der meinen Schmerz teilte, auf meine Freunde, die sicher und zuverlässig an meiner Seite wären. Es war einfach unvorstellbar.

»Ich kann nie mehr zurück in dieses Leben«, beharrte sie. »Ich muss hierbleiben. Bei ihm.«

»Aber«, ich griff nach ihrer Hand. »Hier ist er doch auch nicht, oder?«

Sie lächelte, ein ganz seltsames Lächeln, das mich richtig gruselte. »Doch«, flüsterte sie. »Er ist hier. Dort draußen ist er und wartet auf mich.« Sie starrte auf das Wasser, als würde sie mich gar nicht mehr wahrnehmen, und jetzt gruselte es mich richtig.

»Yvonne«, begann ich und überlegte, wie ich sie fragen sollte, ob sie wirklich für den Rest ihres Lebens hier sitzen wollte und darauf warten, dass das Meer seine Überreste ausspuckte. Echt jetzt, was war das für ein Gedanke?

»Ida, vergiss, was ich eben gesagt habe, und versprich mir eines.« Yvonnes eben noch träumerische, leise Stimme klang nun überraschend fest. Sie hatte den Blick vom Meer abgewandt und beobachtete Parker, der wieder einmal wie ein Wahnsinniger durch den Pool pflügte.

»Was denn?«

»Versprich mir, alles zu tun, um ihn nicht zu verlieren.« Sie nickte zum Pool hinab.

»Okay«, sagte ich langsam.

»Ich meine das ernst. Du hast recht, ich habe ebenfalls das Gefühl, dass du aus einem bestimmten Grund in mein Leben getreten bist, dass das kein Zufall war.«

Ich sah einen Augenblick zur Seite. Oh ja, und zum Glück würde sie nie erfahren, wer diesen Zufall eingefädelt hatte und mit welchem Anfangsverdacht ich in unsere Freundschaft gestartet war.

»Du ahnst gar nicht, wie gut es mir getan hat, mit dir, mit euch zusammen zu sein. Du bist gerade im rechten Moment in mein Leben gepurzelt.« Sie grinste, vermutlich dachte sie daran, wie wörtlich dieser Satz gemeint war. »Vielleicht ist das meine Chance, eine Schuld zu sühnen. Dass ich dir helfe, glücklich zu sein. Und ich will, dass du glücklich bleibst. Ich hatte mich getäuscht, als ich dachte, er wäre wie ich. Gideon ist wie Benedikt. Er ist unglaublich stark und er weiß, was er will. Du musst alles dafür tun. Egal was passiert. Überlege nie. Er wird nie etwas von dir verlangen, was du nicht tun kannst. Aber tu, was er verlangt.«

»Was denn für eine Schuld?«, fragte ich alarmiert.

»Irgendeine«, sagte sie knapp. »Jeder hat doch irgendwann etwas Falsches getan, oder?«

Ich nickte langsam. Das mochte stimmen, aber um ehrlich zu sein, würde es mir schwerfallen, in meinem Leben solch eine große Schuld zu finden, dass ich dafür derart leiden musste, wie sie das tat.

»Versprich es mir«, verlangte sie noch einmal.

»Ich verspreche es. Aber ich verstehe es nicht. Was für eine Schuld? Und was soll er denn von mir verlangen?«

Yvonne schien alles gesagt zu haben. »Wenn es so weit ist, wirst du es wissen. Wenn er plötzlich etwas vorschlägt, worüber du nie nachgedacht hast.«

»Zum Beispiel alle Zelte abbrechen und um die Welt reisen?«, fragte ich.

»Zum Beispiel. Ihr beide, ihr habt es verdient. So wie wir.« Sie brach ab, als Parker sich wie ein griechischer Gott aus dem Wasser erhob und auf uns zukam.

»Ihr seht so ernst aus«, bemerkte er und griff nach dem Handtuch.

»Wir beginnen bereits damit, Abschied zu nehmen«, sagte ich, weil ich dieses Gefühl gerade ganz stark hatte und ich ihm die verwirrenden anderen Aussagen leider nicht brühwarm erzählen konnte. »Wir könnten also ein wenig Aufmunterung vertragen.«

»Und was würde die Damen aufheitern?«

Ich legte den Kopf schief. »Du könntest für uns tanzen«, schlug ich vor und sah, wie Yvonne grinste.

»Ich dachte eher an einen Kaffee«, gab Parker unbeeindruckt zurück. »Und überhaupt, wir sind morgen auch noch hier und unser Urlaub ist erst dann vorbei, wenn er vorbei ist.«

»Kaffee«, sagte ich und verdrehte die Augen. »Wenn schon, dann will ich etwas Richtiges zu trinken. Etwas, das mindestens zwei Schirmchen hat.«

Parker machte eine zackige kleine Verbeugung. »Kommt sofort.«

Ich warf ihm eine Kusshand zu und lachend begab er sich auf den Weg, um uns etwas zu trinken zu holen.

»Was ist los, Ida?«

Ich stand unschlüssig in unserem Wohnzimmer und starrte aus dem Fenster. Langsam drehte ich mich um.

»Ich mache mir Sorgen«, gestand ich.

»Und um was?«

»Um Yvonne. Sie war heute so anders, hast du das nicht bemerkt?«

»Was genau meinst du?« Parker setzte sich auf das Sofa und sah mich aufmerksam an.

»Nun ja, so als ob sie etwas vorhat. Als ob«, ich holte tief Luft, »als ob sie ein Ende plant. Wir sind noch einen Tag hier. Sie auf unbestimmte Zeit. Sagt sie zumindest. Und doch hatte ich heute das Gefühl, dass sie sich verabschiedet hat.«

»Was willst du damit sagen?«

»Was, wenn sie etwas Dummes tut? Wenn sie beschlossen hat, dass sie ohne ihn nicht mehr weiterleben will?«

»Nein.« Parkers Stimme klang fest. »Nein, das würde sie nicht tun. Ich denke eher, dass sie anfängt, in die Zukunft zu sehen. Dass sie mit der Vergangenheit abschließt und sich wieder auf das Leben einlassen wird.«

»Sie hat so ein paar Dinge gesagt ... Dinge, die sie noch nie sagte. Über Schulden, für die man sühnen muss. Dass ich dir vertrauen soll. Dass ich darauf vertrauen soll, dass du nie etwas verlangst, was ich nicht tun kann. Und dass ich das tun muss, was du verlangst.«

Parker kniff die Augen zusammen. »Das ist seltsam«, gab er mir recht.

»Ja. Und dass ich nicht zögern soll, wenn du etwas vorschlägst, woran ich nie gedacht hätte. Was sie damit wohl meint?«

Parker strich sich nachdenklich über das Kinn. »Ich habe keine Ahnung. Ida, versuch jetzt bitte, dich an das ganze Gespräch zu erinnern. Wort für Wort. Ich muss alles wissen, was sie gesagt hat.«

Beim Abendessen war ich nachdenklicher als sonst, versuchte aber, es zu überspielen. Yvonne aß heute noch weniger als üblich und schien immer noch von einer seltsamen Unruhe gepackt zu sein. Sie sah ständig verstohlen auf die Uhr, lachte viel zu laut und bekam es manchmal gar nicht mit, wenn ich etwas zu ihr sagte. Ihre Wangen hatten fiebrige rote Flecken, als hätte sie zu viel getrunken. Dabei trank sie nur Wasser und lachte dennoch viel zu überdreht über meine Kommentare und Erzählungen.

Auch Parker war nicht er selbst. Er saß die meiste Zeit nur stumm da und vergaß völlig, dass er meinen Ehemann spielen musste. Wenn ich etwas zu ihm sagte, dann lächelte er, ohne dass seine Augen eingebunden wurden, und legte beruhigend seine Hand auf meine, was gar nicht half. Und ich saß dazwischen und machte mir Sorgen.

Endlich stand Yvonne auf. Sie nahm mich fest in den Arm und sah mir dann in die Augen.

»Vergiss nie, was ich dir heute gesagt habe. Das Allerwichtigste ist die Liebe. Du musst alles dafür tun. Es lohnt sich, glaub mir. Am Ende wird sich jeder Schmerz lohnen.«

»Aber«, begann ich zögerlich, »sollte es nicht anders sein? Ich meine, wenn Liebe wehtut, dann läuft doch was falsch, oder? Ich meine, wenn man nicht darauf steht, ein wenig zu fest angepackt zu werden, dann sollte die Liebe doch nicht wehtun, oder?«

Ich sah zu Parker, der etwas irritiert wirkte, dann aber zu einem *Keine-Ahnung*-Gesichtsausdruck wechselte, der sich auf Yvonne bezog, wie ich hoffte.

»Yvonne«, ich konnte das nicht mehr zurückhalten. »Was ist heute los mit dir? Ehrlich, du machst mir Angst.«

»Nein, Ida. Keine Angst, alles wird gut. Ich weiß es endlich, dass alles gut werden wird.«

»Yvonne!« Ich konnte nicht anders, ich musste das fragen. »Sehen wir uns morgen?«

Sie lachte. »Natürlich. Falls nichts dazwischenkommt.«

Damit drehte sie sich um und verschwand zur Tür hinaus. Und ich stand da wie vom Donner gerührt, bis ich Parkers Hand spürte, die nach meiner griff.

»Wir müssen los, Ida.«

Kapitel 28

»Warum sitzen wir in einem Taxi? Parker, wir müssten unten am Meer sein.«

»Nein. Warte ab, ich bin mir sicher, sie wird gleich kommen.«

»Du hast sie doch selbst gehört. Sie dreht komplett durch.«

Er nickte grimmig.

»Und sie wird sich etwas antun. Sie wird ins Wasser gehen.« Ich drehte unablässig meinen falschen Ehering, eine Angewohnheit, die sich in den letzten Tagen eingeschlichen hatte. Anfangs hatte ich das getan, weil er mir so fremd gewesen war. Mittlerweile tat ich es, weil es mich beruhigte, und einen Moment dachte ich, dass er mir direkt fehlen würde, wenn ich ihn bald wieder ablegen musste.

»Vertrau mir, Ida. Sie wird hier auftauchen.«

»Wenn ihr etwas passiert … Das würde ich mir nie verzeihen«, flüsterte ich leise. Ich hatte noch nie einen so starken Drang gespürt, etwas zu tun, und gleichzeitig solch eine Angst gehabt, dass ich mich für das Falsche entscheiden könnte. So hatte ich mir diese ganze Sache nicht vorgestellt, als ich unbedingt Versicherungsbetrugsfälle aufklären wollte. Ich hatte gedacht, dass es anders kribbeln würde. Nicht so bedrohlich, nicht so nah an meinem Herzen.

»Ida, es wird nichts passieren. Ich bin mir absolut sicher. Schau mich an.«

Ich wandte ihm mein Gesicht zu. Im Taxi war es recht dunkel, der Fahrer saß stoisch vorne auf seinem Platz und hatte beide Hände am Lenkrad, bereit, jederzeit loszulegen. Parker hatte ihn gebeten, ein paar Meter vom Hotel entfernt zu halten, sodass wir den Eingang im Blick hatten. Das Frei-Schild war deaktiviert und wir mussten aus der Entfernung wie ein einfaches parkendes Auto wirken. Parker hatte dem Mann auch erklärt, dass wir gleich einem anderen Wagen würden folgen müssen, und zwar ganz unauffällig, was den Fahrer in eine kleine Ekstase versetzt hatte.

»Schau mich an, Ida. Vertrau mir. Kannst du das?«

Ich nickte langsam.

»Gut«, sagte Parker sanft. »Es wird alles gut, das verspreche ich.« Er neigte sich vor und ich spürte seinen Atem. Sachte berührten mich seine Lippen und meine Angst fiel von mir ab. Einfach so. Ich erwiderte seinen Kuss mit einer ganz neuen Hingabe und merkte, dass auch er ein wenig Fahrt aufnahm. Und dann, als es gerade so richtig schön wurde und ich überlegte, ob ein bisschen Knabbern an seiner Unterlippe wohl erlaubt wäre, unterbrach uns der Taxifahrer.

»Da«, rief er und Parkers Kopf schnellte herum. Meiner auch und wir sahen gerade noch, wie eine Gestalt in ein Auto stieg, auf dem das Schild der Mietwagenfirma klebte und das Yvonne uns großzügig vor ein paar Tagen angemietet hatte. Angeblich hatte sie am selben Abend die Schlüssel zurückgegeben. Das konnte stimmen, aber auch eine Lüge gewesen sein, wie mir gerade durch den Kopf ging.

»Mist.« Parker war augenblicklich komplett auf das Geschehen fokussiert. »Ich konnte nicht sehen, ob sie es ist oder nicht.« Er rieb sich über das Kinn, als die Bremsleuchten des Kleinwagens erloschen und er sich in Bewegung setzte. Dann schien er einen Entschluss gefasst zu haben.

»Folgen Sie dem Wagen.«

Der Fahrer lachte zufrieden auf und ließ einmal das Gas aufheulen. »Sehr gerne, Boss.«

Parker war angespannt, das war förmlich zu riechen. Und ich wusste, jetzt war nicht der Moment, um ihn zu fragen, was hier los war. Ich hatte mich entschieden, ihm zu vertrauen, und das würde ich tun. Er saß mit weit nach vorn gebeugtem Oberkörper da und starrte zwischen den Sitzen hindurch auf die Straße hinaus. Unser Fahrer folgte dem Wagen mit ausreichend Abstand, aber ohne dass wir Gefahr liefen, ihn zu verlieren. Die Fahrt dauerte nicht lange, aber mir kam es so vor, als würden wir ewig in diesem Taxi sitzen. Wir erreichten eine unbewohnte Gegend, die wie die ganze Insel mit reichlich Grünzeug aufwartete. Trotz der späten Stunde waren noch einige andere Fahrzeuge unterwegs, was uns zugutekam. Dann verlangsamte der Wagen vor uns und bog in einen kaum sichtbaren, unbefestigten Weg ab.

»Fahren Sie zügig weiter und halten Sie erst, wenn wir außer Sicht sind«, bellte Parker. Der Fahrer nickte begeistert und gab Gas.

»Warten Sie bitte hier.« Parker war schon aus dem Wagen und spähte zu der Stelle, wo das Auto abgebogen war.

»Klar, Boss. Wenn Sie in zehn Minuten nicht zurück sind, rufe ich die Polizei?«, fragte er hoffnungsvoll.

»Nein. Ich bin die Polizei«, antwortete Parker, sah dann meinen Blick und verzog den Mund. »Ich war es. Ich weiß, was zu tun ist. Keine Sorge, es wird nichts passieren.«

»Du hast doch hoffentlich nicht«, ich schluckte, »eine Knarre in deinem Hosenbund?«

»Nein.« Er war entrüstet. »Natürlich nicht. Aber ich habe Kabelbinder.« Er sah meinen verständnislosen Blick. »Das sind fabelhafte Ersatzhandschellen. Nur für den Fall«, setzte er hinzu, was mich wohl beruhigen sollte. Tat es aber nicht.

Parker griff nach meiner Hand. »Ich werde auf dich aufpassen, dir kann nichts passieren.« Er drückte zu und seltsamerweise half es. »Aber du solltest mir ausnahmsweise einmal wirklich zuhören und tun, was ich sage. Schaffst du das?«

Ich nickte.

»Gut. Und stell dein Handy aus.«

»Ich habe gar keines dabei. Oh Gott, ich kann keine Hilfe rufen.«

»Das wirst du auch nicht müssen. Und jetzt los.«

Wir schlichen geduckt zurück, vorsichtig, weil wir uns in den Büschen hielten, die hier fast bis zum Ufer wuchsen. Die Strecke, die wir weitergefahren waren, war länger gewesen als gedacht und Parker zog mich eilig hinter sich her. Endlich kam etwas in Sicht und ich hörte, wie er zufrieden ein kaum hörbares Geräusch machte. Da vorne war ein Bootssteg, der in eine kleine, verdeckte Bucht ragte. Eine Gestalt stand darauf und sah auf das Wasser hinaus. Sie stand ganz reglos da, während wir uns vorsichtig Meter um Meter nach vorne arbeiteten.

Dann hörten wir ein Geräusch, das rasch näher kam, und ein Schiff tauchte auf. Es war nur spärlich beleuchtet und automatisch fragte ich mich, ob es auf dem Wasser nicht auch so etwas wie eine Sicherheitsbeleuchtung geben müsste. Das Fahrzeug wurde langsamer und dann geschickt an den kleinen Landesteg heranmanövriert. Wir nutzten den Krach, um uns etwas beherzter an das Ufer herabzuarbeiten.

»Kannst du den Namen des Schiffs erkennen?«, wisperte Parker.

Ich reckte den Hals. Die Lampe auf dem Boot schaukelte im Wellengang. Ich sah ein paar Buchstaben, aber nichts, was einen Sinn ergab, dafür waren wir immer noch zu weit weg.

Er machte ein Zeichen, dass wir näher ran mussten, und geduckt und uns an den Händen haltend schlichen wir weiter, wie Kinder, die Räuber und Gendarm spielten. Mittlerweile hatte das Boot angelegt und der Motor wurde ausgeschaltet. Eine zweite Gestalt erschien. Sie war groß und nicht allzu breit, mehr konnte ich nicht sehen. Sie half der ersten Person an Bord und dann verschmolzen sie zu einer. Eine ganze Weile standen sie einfach nur da und schienen wie erstarrt.

Parker hatte sein Handy gezückt und begann, Bilder zu machen. Ich fragte mich, weshalb. Es war so dunkel, dass man vermutlich gar nichts sehen würde oder zumindest nur ein Boot und zwei Menschen, wie Scherenschnitte, ganz schwarz. Dann strich die eine Gestalt der anderen die Kapuze vom Kopf und im Mondlicht sah man goldenes Haar aufleuchten. Mein Herz machte einen kleinen Satz. Das war Yvonne, Parkers Intuition war richtig gewesen. Wir hörten Stimmen, Wortfetzen, konnten aber nicht verstehen, was sie sprachen. Parker sah sich um, suchte nach einer Möglichkeit, noch näher an das Ufer zu kommen. Wir hatten den Rand der Grünzone erreicht und nichts mehr, was uns weiterhin Schutz bieten würde. Der kurze Sandstreifen bis zum Wasser schien unüberwindlich. Dann sanken die beiden Gestalten wie leblos zu Boden und gleich darauf brach ein gewaltiges Stöhnen los.

Okay, ich war also auf dem Holzweg gewesen, dachte ich und warf Parker einen Seitenblick zu. Yvonne hatte nicht vor, sich umzubringen, und wurde gerade auch nicht umgebracht, wie ich einen Moment befürchtet hatte. Parker deutete unbeeindruckt auf eine Ansammlung Felsen, die nahe am Wasser im Sand steckten, teilweise groß genug, um uns zu verbergen, wenn wir es bis dahin unbemerkt schaffen würden. Wofür die Chancen gerade gut standen, wie man unschwer überhören konnte. Er drückte kurz meine Hand, machte noch einmal und völlig unnötig ein Zeichen, dass ich mir jeden Kommentar verkneifen sollte, und dann rannten wir geduckt los. Vermutlich hätten wir ganz lässig hinabspazieren können und uns nebenbei ausgiebig an der Landschaft ergötzen, aber das kam Parker natürlich nicht in den Sinn. Er war wirklich trainiert und ich war es nicht und ich war dankbar, dass die Strecke kurz genug war, sodass ich einigermaßen mithalten konnte. Dann kauerten wir hinter einem Felsen und während ich mich außer Atem in den Sand kniete, um wieder Luft zu bekommen, spähte er wie Winnetou über den Rand unseres Verstecks.

Hier waren wir endlich nahe genug, um nicht nur wirklich zu hören, was auf dem Boot abging, sondern auch, um seinen Namen im Mondlicht zu sehen. *Freedom*, stand da in weißen Buchstaben. Nun ja, es passte zu allem, was ich über Benedikt gehört hatte.

Dann saßen wir erst einmal eine Weile fest. Parker hatte sein Mobiltelefon in der Hand und die Aufnahmefunktion aktiviert, nachdem er nun anscheinend genug Bilder von ihren Silhouetten gemacht hatte. Er kniete nach wie vor da und spähte über den Felsen, während ich mich mit dem Rücken gegen das Gestein lehnte und meinen Kopf auf die angezogenen Knie bettete. Ich dachte darüber nach, mir die Hände auf die Ohren zu pressen, sollte wohl aber versuchen, etwas zu hören, was uns helfen konnte. Falls die beiden irgendwann wieder aufhören würden, wie die Irren *Oh ja* und *Oh Gott* zu stöhnen. Yvonne hatte nicht übertrieben, sie liebte diesen Kerl wirklich und im Moment mit aller Leidenschaft. Ich bin weiß Gott nicht prüde und ich genoss es ebenfalls, wenn mich ein Mann an den Rand des Wahnsinns trieb, aber anderen dabei zuzuhören war seltsam. Vor allem, weil die nicht mehr aufhörten. Und je länger ich hier saß und nichts tun konnte, desto mehr wurde mir bewusst, dass das Parker war, der da neben mir ausharrte und ebenfalls zum Nichtstun verdammt war. Weshalb eigentlich? Weshalb marschierten wir nicht einfach hin und taten etwas? Seine Kabelbinder einsetzen oder so? Vielleicht hätten die beiden damit ja Spaß? Nein, entschied ich, weil ich spürte, dass sich ein völlig unpassendes Kichern in mir aufzubauen drohte. Er war der Chef, er wusste hoffentlich, was zu tun war.

Endlich schienen die beiden zu einem Ende zu kommen. Und Yvonne tat uns den Gefallen, in ihrer Ekstase wie eine Bekloppte immer wieder seinen Namen zu rufen.

»Benedikt! Oh Gott, ja! Benedikt! Benedikt!«

Ich hoffte schwer, dass Parkers Handy das aufzeichnen konnte. Und dass ich das irgendwann wieder aus dem Kopf bekommen würde. Echt jetzt, egal wie schräg das hier war, aber diese Schreie erschienen mir dann doch ein wenig zu übertrieben.

Kapitel 29

Es war eine Erleichterung, als die beiden endlich ruhig wurden. Dann hörte man Stimmen und ich lauschte angespannt.

»Wir müssen noch eine Weile untergetaucht bleiben.« Benedikts Stimme klang überraschend nüchtern, wenn man bedachte, dass er eben noch den leidenschaftlichen Liebhaber gegeben hatte.

»Wieso kann ich nicht bei dir bleiben?« Eindeutig Yvonne. Sie klang sehr anhänglich und begierig, wie ich fand.

»Weil es nicht geht. Du kannst nicht einfach verschwinden. Das wäre zu auffällig. Hast du nicht gesagt, dass du dich mit jemandem angefreundet hast?«

»Ich werde ihnen ausrichten lassen, dass ich krank bin. Die reisen übermorgen sowieso ab, dann wird mich niemand vermissen.«

»Du weißt, dass das nicht geht. Wir haben das ausführlich besprochen.«

»Aber die letzten zehn Tage ohne dich waren unerträglich. Seit über einem Jahr können wir uns nur selten sehen, und dann nur für wenige Stunden. Ist es das wert, Benedikt?«, fragte Yvonne mit leiser Stimme, die kaum zu hören war.

»Es ist bald vorbei. Wir dürfen uns jetzt nicht von unseren Gefühlen übermannen lassen. Ich war in letzter Zeit sowieso viel zu oft hier.«

»Nicht zu oft für mich«, beharrte Yvonne.

»Nur noch eine Weile, Liebling. Du schaffst das, für uns. Wir sind so nahe am Ziel.« Eine Pause trat ein. Als er weitersprach, klang seine Stimme bestimmt. »Ich werde wieder verschwinden. Du weißt, dass es zu riskant ist, wenn ich auf der Insel bleibe. Ich mache einen Törn und es ist besser, wenn wir das Risiko, uns zu treffen, eine Weile nicht mehr eingehen.«

Oha. Der Herr machte sich also eine schöne Zeit auf dem Meer, während Yvonne hier saß und die trauernde Witwe gab.

»Aber ich vermisse dich.« Mittlerweile klang es fast bettelnd.

»Du musst jetzt durchhalten, verstanden? Und wenn das Geld endlich da ist und eine angemessene Zeit verstrichen, dann verschwinden wir beide. Nach Afrika. Marokko, wie wir es geplant haben. Dann können wir endlich alle Länder bereisen, die wir immer schon sehen wollten.«

Hm, dachte ich. Alle Länder, nur Deutschland nicht mehr. Ob Benedikt wusste, was er da verlangte? Bei aller Liebe, als Yvonne heute gesagt hatte, dass sie nie mehr in unsere Heimat zurückkehren würde, da hatte der Schmerz echt geklungen. Ich fragte mich, ob es das wert sein konnte. Nie mehr seine Familie sehen, den Kontakt zu allen Freunden abbrechen. Nur für einen Mann. Ich schüttelte den Kopf. Nein, das konnte es nicht sein.

»Du musst jetzt gehen. Es war schon unvorsichtig genug, uns heute zu treffen. Wenn wir jetzt alles vermasseln, dann war es umsonst. Du willst doch nicht, dass das letzte Jahr umsonst war, oder?« Benedikts Stimme klang drängend.

»Vielleicht war es das sogar. Nächste Woche läuft die Frist ab und die Versicherung hat sich nicht mehr gerührt. Seit den ersten Telefonaten kam gar nichts mehr. Die haben die Geschichte geschluckt und interessieren sich überhaupt nicht für mich.«

Ich stellte mir vor, wie Parker gerade zufrieden grinste. *Denkste.*

»Und was ist mit diesen beiden Deutschen, von denen du beim letzten Treffen erzählt hast? Denkst du nicht, dass die von der Versicherung sein könnten?«

»Nie im Leben. Die sind harmlos. Echt, Ida ist superlieb, aber auf keinen Fall wegen mir hier. Dazu ist sie viel zu naiv und schusselig. Und vermutlich auch nicht helle genug. Echt, so was kann man nicht spielen. Bei ihm war ich mir unsicher, aber jetzt nicht mehr. Nein, der will nichts anderes tun als den ganzen Tag am Pool herumliegen oder es mit ihr treiben.«

Okay, dachte ich wieder. So waren wir also wahrgenommen worden. Sehr interessant.

»Es war dennoch ein Fehler, sich mit ihnen einzulassen. Halte dich in Zukunft fern von anderen.«

»Hast du eine Ahnung, wie einsam ich bin?« Yvonnes Stimme klang jetzt verletzt. »Ich habe meine Mutter wieder davon abgehalten, zu kommen. Ich habe den Kontakt zu all unseren Freunden abgebrochen. Ich habe alles getan, was du verlangst. Aber ich halte das nicht mehr aus. Ich sitze einfach nur da und hoffe, dass wieder ein Tag zu Ende geht.«

»Das hatten wir doch besprochen. Es muss sein. Und du musst auch den Kontakt zu deiner Mutter beenden. Du weißt es. Du kannst uns nicht beide haben. Oder willst du mich nicht mehr?«

»Du bist alles, was ich will, und das weißt du. Ich wusste nur nicht, wie schwer es werden würde.«

»Nicht mehr lange«, sagte Benedikt noch einmal. »Dann werden wir zusammen sein und ich schwöre, du wirst es nicht bereuen. Uns steht die ganze Welt offen. Wir werden niemanden vermissen.«

Yvonne sagte nichts und ich stellte mir vor, wie sie nickte und fest an seine Worte glauben wollte.

»Geh jetzt«, drängte Benedikt. »Pass auf, dass dich keiner sieht. Und versuch nicht, mich zu erreichen. Ich werde dir eine Nachricht zukommen lassen, wo wir uns treffen und wann. Aber wir müssen jetzt noch eine Weile durchhalten. Ich werde nicht nach Korfu zurückkommen. Das nächste Mal werden wir uns in Marokko sehen, da steht mein Gesicht nicht auf der Vermisstenliste.«

Fassungslos sah ich zu, wie Yvonne auf dem Steg stand und dem Boot nachsah, das wieder auf dem Meer verschwand. Ich zupfte Parker am Ärmel und wedelte wie verrückt Richtung Wasser, aber er schüttelte nur den Kopf.

Erst als das Schiff verschwunden war, drehte Yvonne sich um und ging langsam zurück in Richtung ihres Wagens. Ihre Schultern hingen herab, ihr Gang war schleppend. Alles an ihr wirkte plötzlich kraftlos und traurig. Parker wartete, bis sie an uns vorbei war, dann stand er auf und stellte sich breitbeinig in Position.

»Guten Abend, Yvonne. Ich denke, wir sollten reden.«

Sie fuhr herum und ich konnte mir vorstellen, dass sie nahe an einem Herzinfarkt sein musste. Einen Augenblick starrte sie uns an. Parker, lässig wie nie, die Hände in den Hosentaschen, und ich daneben, verlegen, ohne einen Grund zu haben, und dämlich genug, um jetzt auch noch eine Hand zu heben und zu winken. Dann ging ein Ruck durch ihren Körper und alle Lethargie fiel von ihr ab. Sie spurtete los wie einer dieser Sportwagen, die in Nullkommanichts von null auf hundert waren.

Herrje, dachte ich. Schon wieder rennen. Was war heute nur los? Ich setzte mich in Bewegung, als Parker bereits den halben Strand durchquert hatte. Nun, es hatte wohl doch seine Vorteile, sich ewig im Fitnessstudio zu quälen oder wie ein Bekloppter zu schwimmen. Er hatte es im Griff, ich musste also nicht wirklich Gas geben und konnte in ein etwas angenehmeres Tempo wechseln. Ich sah, dass Parker jetzt mit Yvonne gleichauf war und sie einen Moment später packte. Beide gingen zu Boden und ich beschleunigte ein wenig. Dann richtete sich eine Gestalt halb auf und ich stieß die Luft aus. Das konnte nur Parker sein. Ich joggte weiter und sah, dass er sich jetzt ganz auf die Füße stemmte und eine kleinere, schmalere Gestalt mit sich zog. Er wandte sich nach mir um und hob einen Arm. Gut. Ich wechselte in ein schnelles Gehen. Sonderzulagen hin oder her, aber alles hatte seine Grenzen.

Parker hatte seine Kabelbinder zum Einsatz gebracht, was ich ziemlich heiß fand, irgendwie. Er war plötzlich so anders cool, so *amerikanische-Polizeiuniform-cool*, so mutig und *ich-schnapp-*

euch-alle-cool, dass ich meine Lippen befeuchten musste, die plötzlich sehr trocken waren. Wie er dastand und lässig mit einer Hand Yvonne festhielt und mir entgegensah und mich mit einem seltsam erregenden Unterton in der Stimme fragte, ob alles in Ordnung war, da hätte ich gerne *Nein* gesagt und dass er sich jetzt dringend um mich kümmern müsste. Aber natürlich ging das nicht, weil wir uns erst um Yvonne kümmern mussten. Meine Sympathien für sie, die schon den ganzen verrückten Abend über nachgelassen hatten, sanken noch mehr.

»Ich bin also naiv und zu doof?«, fragte ich und baute mich vor ihr auf, als ich sie endlich erreicht hatte. »Ich habe mir Sorgen um dich gemacht. Ich fand dich richtig nett. Ich wollte am Strand Wache halten, um dich daran zu hindern, dich zu ertränken vor Kummer.« Mein Finger stupste jetzt bei jedem Wort anklagend auf ihre rechte Schulter. Sie nahm es ohne Regung hin. »Und du hältst mich für dumm?« Ich überlegte kurz. »Vermutlich hast du recht«, sagte ich dann mit deutlich weniger Entrüstung in meiner Stimme und sah ihr endlich in die Augen. »Oh Gott, und wie dumm ich war.«

Sie schüttelte den Kopf. »Nein. Ich mochte dich wirklich, Ida. Und ihn auch. Bis eben.«

»Seltsam, so geht es mir auch.« Ich wandte mich von ihr ab. »Und du, Gideon? Wie fühlst du dich so?«

Er grinste. »Hervorragend. Und noch besser, wenn wir unsere Freundin der Polizei übergeben haben.«

Unser Taxifahrer tigerte nervös um den Wagen herum, als wir in Sichtweite kamen. Er stieß einen freudigen Ruf aus und eilte uns entgegen.

»Alles in Ordnung?«

»Mehr als das. Zur Polizei, bitte.« Parker klang sehr zufrieden und schon wieder so verdammt heiß.

»Sofort.« Der Fahrer machte kehrt und spurtete zum Wagen. Er startete bereits den Motor, noch ehe wir einsteigen konnten.

Unterwegs plapperte er unentwegt. Anscheinend hatte er sein ganzes Taxifahrer-Leben lang genau davon geträumt, einmal Teil eines solchen Vorfalls zu werden, und wir wurden hinreichend informiert, dass er damit für mindestens einen Monat der König seiner Zunft wäre und die Kollegen ihn dafür beneiden würden, dass ausgerechnet er unsere Fahrt bekommen hatte.

Ich sagte zur Abwechslung einmal nichts. Ich saß vorne neben ihm, weil sich Parker mit Yvonne nach hinten hatte setzen wollen. Als wir bei der Polizei angekommen waren, bat er mich, die Rechnung zu übernehmen und die Quittung nicht zu vergessen. Klar, immer korrekt. Ich diskutierte ein wenig mit dem Fahrer, Stavros, wie ich mittlerweile wusste, und überzeugte ihn schließlich, dass es durchaus in Ordnung war, für das Abenteuer seines Lebens Geld zu verlangen, und dass ich dieses Geld von der Versicherung ersetzt bekommen würde. Als ich endlich mit ihm fertig war und er mich aus der überraschenden, aber angenehmen Umarmung entließ, in die er mich in seinem Glück gezogen hatte, war Parker bereits dabei, in perfektem Englisch den Polizeibeamten den Sachverhalt zu erläutern.

Ich setzte mich dazu und ließ ihn reden. Ich verstand eh nur die Hälfte und er machte es so gut, dass ich mich nicht einschalten musste. Er holte das Handy heraus und ließ den Mitschnitt laufen und wir hörten erleichtert, dass man die Stimmen der beiden hören konnte. Nicht wirklich gut, aber das würde eine Software vermutlich noch ein wenig ausbessern können. Das andere, das Stöhnen und so, war auf alle Fälle unmissverständlich und Yvonne funkelte Parker böse an. Er zuckte die Achseln und grinste sie an.

»Wie es scheint, bin ich nicht der Einzige, der es die ganze Zeit mit jemandem treiben wollte«, sagte er und jagte mir einen winzigen Freudenschauer über den Rücken, weil es so lässig klang und ein ganz klein wenig verheißungsvoll.

Der Polizist bat um eine Übersetzung und Parker log frech, er habe nur gesagt, dass er ihr die ganze Zeit über nicht getraut habe.

Wir saßen ziemlich lange fest. Der Fall war für uns abgeschlossen, ab hier würde die Polizei übernehmen. Die Versicherung musste Anklage wegen Betrugs erheben und um das tun zu können, hatten wir Beweise gebraucht, so war das Reglement. Wir hätten nicht einmal Yvonne selbst festhalten müssen, doch in Parker war der Kriminalbeamte durchgekommen, wie er später zugab. Auf gar keinen Fall wollte er riskieren, dass sie nicht ins Hotel zurückkehrte und sich heute Nacht absetzte. Auch er hatte nämlich den Eindruck gehabt, dass sie sich von uns verabschiedete. Vermutlich weil sie gehofft hatte, dass Benedikt sie mitnahm, aber sicher war sicher, meinte er.

Die Polizei hatte bereits eine Fahndungsmeldung nach der *Freedom* herausgegeben und war guter Hoffnung, dass man das Boot bald finden würde. Und dann duften wir endlich gehen. Wir bekamen den Sonderservice und ein netter junger griechischer Beamte fuhr uns zu unserem Hotel zurück. Dort angekommen, stieg er aus und öffnete mir zuvorkommend die Tür.

»Danke schön«, sagte ich und schenkte ihm ein Lächeln. »Sie waren wirklich nett, Angelos.« Ich tippte ihm leicht auf seine Brust, an der sein Name aufgestickt war. Sehr cool. Die Uniformen hier hatten ein wenig Ähnlichkeit mit denen in meiner amerikanischen Fantasie und der Kerl sah ziemlich attraktiv aus. Nicht zu vergleichen mit Parker, aber dennoch ein netter Anblick.

»Was machst du da, Ida?«, fragte der auch sofort und klang streng.

»Ich bedanke mich bei Angelos«, sagte ich und drehte mich zu ihm um. Dann wandte ich mich wieder dem Polizisten zu und tätschelte erneut sein Namensschild.

»Das reicht. Er hat es verstanden. Danke für Ihre Hilfsbereitschaft.« Er nickte dem grinsenden Angelos zu, nahm meine Hand und zog mich mit sich in das Hotel.

Kapitel 30

»Du warst toll heute Abend, Parker. So männlich«, sagte ich und himmelte ihn vielleicht ein wenig an.

Wir hatten uns auf seinen Befehl hin ein Bier aus der Minibar gegönnt. Wir waren beide viel zu aufgedreht, um jetzt einfach ins Bett zu gehen, und außerdem hatte ich in den letzten Stunden kaum etwas gesagt und nun einiges nachzuholen.

»Nur heute?«, fragte er zurück und grinste dabei zufrieden.

»Heute ganz besonders. Du warst so cool und wie ein echter Polizist. Weshalb hast du …«

»Nein.« Er sah mich an, dann verstärkte sich sein Grinsen. »Bleib beim anderen Thema. Wie cool und männlich ich war und wie sehr dich das beeindruckt hat.«

Ich tat ihm den Gefallen. »Ziemlich. Ich war so stolz auf meinen Mann. Oh, das musst du jetzt ja gar nicht mehr sein, was?«

»Nein, das muss ich nicht mehr sein.«

»Ich hätte mich daran gewöhnen können«, gab ich zu. »Und du wirst mir recht geben, dass ich die perfekte Frau war, oder?«

»Du warst nicht schlecht.«

»Nicht schlecht? Ich habe alles gegeben.« Ich warf die Haare zurück und sah ihn herausfordernd an.

»Du hast deine Sache gut gemacht, ja.«

Damit war ich zufrieden und wollte das schon sagen, als mir etwas anderes einfiel. Mein Lächeln verschwand.

»Was ist los?«, fragte Parker und neigte sich zu mir vor.

»Ich habe es gar nicht gut gemacht. Ich würde immer noch am Meer unten sitzen und darauf warten, dass Yvonne kommt, um sich vor Kummer zu ertränken, während sie sich mit ihrem überhaupt nicht toten Ehemann vergnügt.«

»Es war keine völlig abwegige Überlegung«, beruhigte er mich.

»Aber die falsche. Und du hast die richtige angestellt. Weshalb? Was hat dich so sicher gemacht?«

Er überlegte kurz. »Das waren viele Kleinigkeiten. Ihr habt über Geld gesprochen. Und sie hat geantwortet, es wird sich etwas ergeben. Warum hat sie nicht gesagt, dass sie eine Zahlung erwartet? Wenn alles korrekt gewesen wäre, warum hat sie dann nicht gesagt, dass sie Geld von der Versicherung erwartet?«

»Weil es sich so anhört, als würde man mit dem Tod eines geliebten Menschen Kasse machen?«, überlegte ich.

»Dann hat sie manchmal in der Gegenwartsform von ihm gesprochen. So, als wisse sie, dass er noch lebt.«

»Oder so, als würde sie sich dagegen sträuben, seinen Tod anzuerkennen.« Mir war das auch aufgefallen, aber ich hatte es als einen Verdrängungsmechanismus abgetan. Abtun wollen.

»Dann diese Geschichte, dass sie nie mehr nach Deutschland kommen wird. Erinnerst du dich an ihr Telefonat? Und was sie später sagte? Wie schwer es ist, alleine zu sein? Es hat ihr zugesetzt, alle Kontakte abzubrechen. Sie hat den zu ihrer Mutter weiterhin nicht ganz unterbunden. Und auch heute Abend, als sie davon sprach, nie mehr nach Deutschland zu kommen, da klang sie, als würde sie das tun müssen. Sie wollte das nicht, das war deutlich zu spüren. Und das gab mir zu denken, weshalb sie so darauf beharrte, etwas zu tun, was ihr offensichtlich weiteren Schmerz zufügte. Und diese Gewissheit, dass Benedikt da draußen ist und auf sie wartet. Ich wusste plötzlich, dass sie nicht seine Leiche meinte. Ihre Augen haben sie verraten. Ihre Unruhe heute, die sie nicht wie sonst verstecken konnte. Dann diese ganzen Sprüche, dass man vertrauen muss und tun, was der andere will. Und schließlich diese Sache mit der Schuld und der Sühne. Welche Schuld muss sie sühnen, wenn nicht die, dass diese ganze Geschichte ein mächtiger Schwindel ist? Und egal welche Mitschuld sie hat, sie ist nicht so abgebrüht wie er. Er hat sich diese ganze Nummer ausgedacht und sie hat aus Liebe zu ihm mitgezogen. Er musste sie wohl lange überreden und vielleicht musste sie sich selbst weiterhin überreden, dass es richtig war. Es waren zu viele kleine Puzzlesteinchen und am Ende erschien mir diese Konstellation als die wahrscheinlichste.«

»Ich habe das alles ebenfalls gehört, aber ich konnte das nicht so zusammensetzen.«

»Dieses Mal nicht. Aber du kannst das genauso gut wie ich. Denk doch an die Sache mit den Kois. Da warst du mir überlegen und wie du das aufgedeckt hast …«

»Das war doch ein Zufall«, gestand ich und schniefte. »Das hätte ich nie geschafft, wenn ich nicht den langsam trocknenden Nagellack verwendet hätte und deshalb nicht auflegen konnte und er nicht so dumm gewesen wäre, es ebenfalls nicht zu tun und munter alles zu verraten.«

Er runzelte einen Moment verwirrt die Stirn. »Aber du hast es geschafft, und nur das zählt«, sagte er dann bestimmt. »Manchmal braucht man einfach Glück beim Ermitteln.«

»Sie hat recht, Parker. Ich bin naiv und dämlich. Ich habe mich von ihr einwickeln lassen und ihr geglaubt. Ich war mir so sicher, dass sie nett ist.« Ich stellte mein Bier ab. Die Lust darauf war mir vergangen und seine schwachen Versuche, mich zu trösten, waren leider nicht wirklich erfolgreich.

»Das war sie.« Er stellte sein Bier ebenfalls zur Seite und griff nach meinen Händen. »Ich habe es dir gesagt. Auch nette Menschen können betrügen. Auch normale Menschen verüben Verbrechen. Besonders, wenn die Liebe mitspielt.«

»Ich hatte mir das alles anders vorgestellt. Und schöner.«

»Es war doch aber schön«, bekannte Parker überraschend.

»Aber nicht das hier.« Ich schniefte leise. »Ich dachte, dass ich mich großartig fühlen würde und voller Leben und wunderbar, wenn wir den Fall gelöst haben. Aber jetzt«, ich sah ihn an. »Jetzt fühle ich mich ganz anders. Dumm und nutzlos. Und ich bin sauer auf Yvonne, weil sie so nett war und mich naiv findet und weil sie zugelassen hat, dass ich sie mag. Und weil sie so getan hat, als mag sie mich auch.«

»Sie hat dich gemocht. Wie auch nicht? Ida, wer könnte dich nicht mögen?«

»Du hast mich am Anfang auch nicht besonders gemocht. Du wolltest nicht, dass ich den Job bekomme. Und du wolltest nicht, dass ich dich begleite. Du wolltest auch nicht mein Ehemann sein.«

»Das hatte andere Gründe.« Er wirkte mit einem Mal recht verlegen.

»Aber es war so«, sagte ich mit einem triumphierenden Schniefen. »Weil du ebenfalls dachtest, dass ich zu doof bin, um es aufzuklären.«

»Nein, das habe ich nie gedacht.« Er seufzte und schien sich zu wappnen. Dann holte er tief Luft. »Ich befürchtete eher, dass ich nicht stark genug sein könnte, deinen Mann zu mimen und jedes Mal damit aufzuhören, wenn wir diesen Raum betreten. Dass ich zu viel Gefallen an diesem Spiel finden könnte. Du hast es mir von Anfang an nicht leicht gemacht. Du hast deine Rolle sehr überzeugend gespielt. Und du hattest recht, Ida. Du bist wirklich eine ... sehr nette Person.«

Seine Stimme hatte wieder diesen Unterton, den sie manchmal gehabt hatte, wenn er vor Publikum so tat, als würde er mich unendlich lieben. Und die mir jedes Mal einen entzückten Schauder verpasst hatte. Er nutzte die Gelegenheit, um ein wenig näher zu rücken und gleichzeitig seine kurzzeitig arbeitslosen Hände anders einzusetzen. Eine legte sich unter mein Kinn und zwang mich, ihm in die Augen zu blicken. Ein ganz neues Feuer loderte in ihnen und ich spürte ein Kribbeln auf meiner Haut, ganz ähnlich dem, das mich oft überfallen hatte, wenn er draußen so etwas zu mir gesagt hatte. Und doch ganz anders, weil seine Berührungen, sein Blick hier in diesem Zimmer so viel intensiver schienen. Ich wollte plötzlich, dass er das sagte, und ich wollte, dass er es wirklich meinte, weil ich am allerdringlichsten wollte, dass er sich dieses Mal nicht mit einem seiner keuschen Küsse begnügen würde. Ich spürte, wie mein Mund bei diesem Gedanken trocken wurde, und befeuchtete meine Lippen, was Parker mit einem harten Schlucken kommentierte. Ohne nachzudenken, streckte ich eine Hand aus und fuhr die scharfen Konturen seines Gesichts nach. Ich konnte dabei meinen Blick nicht von seinen Augen lösen.

»Selbst das hast du geschafft«, sagte ich leise.

»Bis eben, und ich werde dir nie verraten, wie schwer mir das manchmal fiel. Aber ich denke, dass ich gerade dabei bin, in dieser Hinsicht grandios zu scheitern, wenn du nicht augenblicklich in deinem Zimmer verschwindest.«

Ich hatte Parker schon oft geküsst in den letzten Tagen und eigentlich gedacht, dass ich mich mittlerweile daran gewöhnt hatte. Aber das war ein Trugschluss gewesen und vor allem zeigte er nun, dass auch er unter Küssen etwas anderes verstand als das, was er mir bisher hatte verkaufen wollen. Dieses Mal verlangte er mehr als nur ein leichtes Berühren der Lippen, mehr als ein kurzes, sanftes Knabbern, das mich jedes Mal schon zum Erbeben gebracht hatte. Und dieses Mal hätte ich darauf bestanden, mehr von ihm zu schmecken, wenn er es mir nicht freiwillig angeboten hätte. Das hatte ich mir verdient, nach diesem ganzen Gerenne heute und nach diesen Entdeckungen und vor allem würde es meine Laune wieder heben und diese ganzen Sätze aus meinem Gehirn verscheuchen, die ich mir vorher über mich hatte anhören müssen. Er beugte sich über mich und ich ließ mich willig auf das breite, bequeme Sofa zurücksinken. Und ich wusste, dass ich mich auch nicht mit dieser Knutscherei würde zufriedengeben können. Oder mit seinen Händen, die sich unter mein leichtes Sommerkleid schoben. Ich wollte den ganzen Kerl und ich wollte alles von ihm. Ich kicherte, als meine Hände über seine weiche, haarlose Brust glitten, und er knurrte, als ich ihm sagte, wie großartig er sich anfühlte und wie babyweich seine Haut war. Und dann hörte ich auf zu kichern und machte andere Geräusche. *Ha, nimm das, Yvonne. Was du kannst, kann ich schon lange.*

Es war noch schöner, in diesem Bett aufzuwachen und als Erstes das Meer zu sehen, wenn man sofort von jenem anderen Anblick abgelenkt wurde, weil man neben einem heißen Kerl lag. Zufrieden kuschelte ich mich etwas näher an ihn und er stöhnte verschlafen und behaglich auf.

»Gönn mir eine Pause, Ida«, murmelte er, ließ aber verheißungsvoll seine Hand zu meiner Brust wandern. Wo sie allerdings reglos verharrte, was durchaus eine Foltermethode sein könnte. Eine ganz besonders infame, wie ich dachte.

Das Handy klingelte und nach kurzem Zögern angelte ich es vom Nachttisch.

»Guten Morgen, Omi. Ja, mir geht es gut. Mir geht es hervorragend. Ich habe den Fall gelöst und die Verbrecherin dingfest gemacht. Und ich habe den umwerfenden Parker im Bett.«

Die Hand löste sich augenblicklich von meiner Brust, als könne Omi durch das Telefon sehen, was er tat. Er rückte ein wenig ab und starrte mich fassungslos an.

»Omi lässt dich grüßen«, sagte ich heiter. Parker zog die Decke über seine Mitte und sein Blick wurde, wenn das möglich war, noch fassungsloser.

»Das Horoskop hatte gestern schon wieder recht. Ein aufregender Tag, in der Tat. Und eine noch aufregendere Nacht.« Ich kicherte. »Wir haben sie am Ende geschnappt und stell dir vor, der Kerl ist gar nicht tot und sie wusste das natürlich. Tatsächlich ist er sogar ziemlich munter, wie wir miterleben durften. Nein, das willst du nicht genauer wissen, glaub mir. Die beiden haben das zusammen gedreht und sie hat uns die ganze Zeit belogen und etwas vorgemacht. Aber wir haben sie geschnappt und der Polizei übergeben. Und wir hatten so ziemlich die beste Siegesfeier, die man sich vorstellen kann. Du kannst stolz auf mich sein.«

Ich hörte meine Omi kichern und versprach mit Rücksicht auf Parkers Gefühle, dass ich ihr alles andere zu Hause berichten würde. Er käme vermutlich nicht damit klar, wenn Omi es zu genau wissen wollte, und die Eckdaten hatte sie jetzt ja.

»Also, was sagen die Sterne uns für heute voraus?«

Ich lauschte und nickte dann. »Perfekt. Bis morgen. Ich hab dich lieb, Omi.«

»Und? Was sagen die Sterne?«, fragte Parker, als er sich endlich davon erholt hatte, dass Omi von seiner Anwesenheit in meinem Bett Kenntnis hatte.

»Heute sind keine besonderen Vorkommnisse zu erwarten. Ein Tag gänzlich ohne Aufregungen.«

»Das würde ich eher nicht sagen«, versprach er mit seiner Ehemann-Stimme und rutschte näher an mich heran.

»Nun, für diese Art Aufregung gilt die Voraussage vermutlich nicht«, schnurrte ich und war sehr zufrieden, als seine Hand wieder an den Platz zurückkehrte, von dem Omi sie vertrieben hatte. Wir hatten in den letzten Tagen ein wenig zu gut das verliebte Paar gespielt und es gab einiges, was wir jetzt nachholen mussten. Parker war nämlich nicht nur eine hervorragende Spürnase, sondern auch ein recht guter Bettgenosse und ich fand, ich hätte es weit schlimmer treffen können mit meinem Ehemann auf Zeit. Und ganz offiziell würde dieser Status ja erst enden, wenn wir morgen Abend wieder in Deutschland aus dem Flieger stiegen.

»Ich muss einen Bericht schreiben und noch einmal zur Polizei«, bekannte Parker, als wir später beim Frühstück saßen. Er hatte darauf bestanden, dass wir uns anzogen und auf der Terrasse unten speisten, weil er wohl fürchtete, dass wir sonst den ganzen Tag nicht aus unserem Zimmer kommen würden. Nun wusste ich, weshalb.

»Muss das sein? Das ist unser letzter Tag.«

»Wir sind nicht im Urlaub«, erinnerte er mich. »Aber du kannst dir den Tag frei nehmen. Ich werde nur eine Meldung verfassen, dass wir den Betrug zur Anzeige gebracht haben, und mit den Beamten das weitere Vorgehen und unsere Kontaktdaten abgleichen. Den Rest machen wir, wenn wir wieder zurück sind.«

Ich fand ja, dass alles warten könnte und wir uns einen Tag Erholung verdient hatten. Es wusste doch keiner, wie nett wir es eigentlich die ganze Zeit gehabt hatten, aber natürlich war Parker dafür zu pflichtbewusst und ich verstand, dass er noch einmal sichergehen wollte, dass die Polizei keine Fragen mehr hatte.

»Dann werde ich heute endlich den Tag unten am Meer verbringen«, sagte ich und sah ihn an. »Ich warte auf dich, verstanden?«

»Und ich komme, sobald ich kann.«

Er brauchte recht lange, länger als gedacht. Ich spürte, dass meine Vorfreude auf ihn mit jeder Sekunde wuchs, und genoss dieses Gefühl. Als er dann endlich auftauchte, in seinen Shorts und mit der haarlosen, mittlerweile bewundernswert braunen Brust, setzte ich mich auf und sah ihm entgegen. Was für ein schöner Mann, und er war meiner. Gewesen. Nun ja.

Er schritt selbstsicher aus und grinste zufrieden, als er über mir auftauchte und einen breiten Schatten über mich warf. Ich ließ die Beine seitlich an der Liege herabbaumeln, damit er Platz hatte, um sich zu setzen, und er folgte der Einladung prompt.

»Jetzt gibt es keinen Grund mehr, so zu tun, als wären wir ein Paar«, sagte ich und sah ihm in seine Augen.

»Ich habe auch nicht vor, so zu tun«, gab er zurück und küsste mich.

Ich sage es ja, er war einfach der Beste. Und er hatte schnell gelernt, genau das zu sagen, was ich von ihm hören wollte.

Kapitel 31

Es war noch großartiger, als ich es mir vorgestellt hatte, als Held aus dieser Sache hervorzugehen. Vor allem, da wir es bestens hinbekommen hatten, auf die letzten Meter unsere gute Laune wieder herzustellen und überhaupt einfach ein Glücksgefühl zu erzeugen, das umfassend und unzerstörbar schien. Wir genossen den letzten Tag auf der Insel mit allen Sinnen. Nachdem wir nun einmal im Bett gelandet waren, gab es keinen Grund, es nicht zu wiederholen, zumal es wirklich richtig schön gewesen war. Selbst Parker wirkte so gelöst und entspannt wie nie und ganz ehrlich, ich fand es doch überaus ansprechend, dass er seinen vollmundigen Anspielungen nun auch Taten folgen ließ. Und ja, ich fand es auch heiß, wenn er mir einen seiner Ehemann-Blicke schenkte und mich dann auf diese neue Art küsste, die ziemlich genau zu jeder Fantasie passte, die ich eventuell im Zusammenhang mit ihm je gehabt hatte. Als wäre durch das Auffliegen von Yvonne ein Knoten geplatzt, schien er endlich begriffen zu haben, dass man sich durchaus ein wenig Vergnügen gönnen durfte. Und ein letztes Ja, er wusste ziemlich gut, wie man das machte. Und ich hoffte sehr, dass ich nach unserer Rückkehr noch eine Weile diejenige sein würde, der er seine Fähigkeiten in dieser Sache zur Verfügung stellte. Denn auch wenn ich es nicht zugab, ich war gerade ziemlich verrückt nach diesem Mann und allem, was er so mit mir anstellte. Und ein einziger Tag, unser letzter auf Korfu, reichte definitiv nicht aus, um diese Verrücktheit zu befriedigen.

Auch zurück im Büro gab es ausreichend Anlass für Glücksgefühle. Mit Genugtuung berichtete Masmeier, dass die Münchner Kollegen uns Respekt zollten, weil wir diesen nicht ganz einfachen Fall am Ende zur Zufriedenheit aller aufklären konnten. Sie hatten zudem versprochen, dass wir bei einem neuerlichen

Personalengpass abermals bemüht werden würden. Trotzdem fand ich es nicht schlimm, dass wir vorerst wieder an unsere kleineren Fälle geschickt wurden. Es kostete mich weit weniger emotionalen Einsatz, einen Prüfer einzuschalten, der herausfinden sollte, ob der Schaden am teuren Handy wirklich durch Opas Fehltritt kam, oder mich mit einem weiteren Autobumser zu beschäftigen. Denn auch wenn ich es nicht zugab, Yvonne beschäftigte mich doch nachhaltiger, als ich das erwartet hatte.

Sie hatte in den Vernehmungen alles zugegeben und auch Benedikt hatte man mittlerweile geschnappt. Die Suche nach dem Boot war relativ zügig erfolgreich gewesen und nun saßen beide erst einmal fest.

Ich wusste inzwischen, dass es wirklich so abgelaufen war, wie Parker vermutet hatte. Dass es Benedikts Idee gewesen war und sie sich von ihm überzeugen ließ. Das änderte natürlich nichts an ihrer Mitschuld, aber mein Zorn auf sie verblasste und machte einem anderem Gefühl Platz. Mitleid. Ich hatte Mitleid, dass sie sich in diese Sache hatte ziehen lassen, denn ich war immer noch der Meinung, dass sie eigentlich eine wirklich nette Person war. Und es bestärkte mich in meinem Glauben, dass zu viel Liebe auch nicht gut war.

Also, natürlich war viel Liebe gut. Die Art Liebe, die ich gerade ausreichend genoss. Parker und ich hatten nämlich stillschweigend beschlossen, dass wir den momentanen Zustand noch eine Weile auskosten würden. Schon als wir aus dem Flieger stiegen und er mich galant nach Hause brachte, war mir klar, dass ich ihn nicht einfach weiterfahren lassen wollte, und zum Glück wollte er das auch nicht. Und nachdem wir dann auch zu Hause entdeckt hatten, dass wir mächtig Spaß daran hatten, unsere neue Vertrautheit zu genießen, und es noch so vieles gab, was wir miteinander tun wollten, existierte schon gar kein Grund, sich das zu versagen. Wir waren jetzt kein Paar oder so, aber wir trafen uns weiterhin, weil wir beide Lust dazu hatten und jeder auf seine Kosten kam.

Natürlich achteten wir darauf, dass es im Büro keiner mitbekam, denn schließlich wollten wir nicht das neue Traumpaar der *Schirm und Schild* sein und ich hatte auch keine Lust, dass ich mir wieder den Neid meiner Kolleginnen zuzog. Und Parker war ja sowieso der Typ, der Arbeit und Privates gerne trennte, wie ich wusste. Wenn ich ihn allerdings ansah, wie er, wieder in seinem korrekten Zwirn, hinter dem Schreibtisch saß, dann prickelte es verheißungsvoll, weil ich es miterleben würde, wenn er sich eben diesen abstreifte. Manchmal griffen meine Finger dann wie von selbst an den Ringfinger meiner rechten Hand und stellten enttäuscht fest, dass dort nun kein Reif mehr war, den sie nachdenklich drehen konnten. Es war ein wenig, als hätten wir unsere Rollen noch nicht abgelegt, nur dass wir es dieses Mal andersherum machten. Nach außen hin taten wir so, als wären wir nur Kollegen. Aber heimlich flüsterte ich ihm ab und zu eine kleine Anzüglichkeit ins Ohr, wenn ich in seinem Büro war, und er genoss es ohne Zweifel. Obwohl er sich erwartungsgemäß etwas pikiert gab oder auf so eine süße Art verlegen wurde, dass ich ihn am liebsten auf der Stelle geküsst hätte. Nach der Arbeit jedoch, wenn wir beide Zeit hatten und er mit einem verheißungsvollen Unterton anbot, mich mitzunehmen und zu Hause abzusetzen, dann wurden wir zu mehr als Kollegen und ich musste mich nicht mehr bremsen, das zu tun, was ich schon den ganzen Tag tun wollte. Oder wenn er mich fragte, ob ich mir vorstellen könnte, seinem sterilen Zuhause ein wenig Gemütlichkeit zu verleihen.

»Das wird nicht einfach, Parker«, sagte ich dann nachdenklich. »Ich fürchte, das ist ein Projekt, welches ich nicht an einem einzigen Tag abschließen kann.«

»Das wird auch nicht nötig sein«, gab er schnurrend zurück und hielt mir galant die Autotür auf. »Du bekommst alle Zeit, die du brauchst.«

»Und wenn es nicht nur Zeit ist, die ich brauche?«, fragte ich kokett zurück.

»Du wirst alles bekommen, was du begehrst«, antwortete er mit seiner besten Ehemann-Stimme, die mir wohlige Schauer über den Rücken jagte.

Ja, ich hatte gerade eine sehr gute Zeit. Ich mochte ihn wirklich gerne und ich genoss die Stunden mit ihm. Und das reichte mir völlig. Dachte ich.

»Gideon, nimm dir noch eine Scheibe Braten. Ein Mann wie du braucht genug zu essen und du musst doch bei Kräften bleiben.« Omi kicherte frech. »Für unsere Ida.«

Parker errötete. Himmel, immer noch errötete er, wenn Omi ihn hochnahm, was ich ziemlich süß fand. Ich meine, wir waren erwachsen. Er konnte doch nicht ernsthaft denken, dass sie glaubte, er käme zum Basteln und schlief dabei ein, weshalb er dann am nächsten Morgen aus dem Küchenfenster kletterte, um auf der Terrasse einen Kaffee zu trinken, ehe wir zur Arbeit mussten. Oder auch sitzen bleiben konnten, weil es Wochenende war und ich Omi dann daran hindern musste, ebenfalls herauszuklettern, um Gideon aus nächster Nähe zu foppen. Mit ihrer Hüfte war das nämlich mittlerweile jedes Mal ein Himmelfahrtskommando, weshalb sie dann einen Stuhl innen ans Fenster zu stellen pflegte und sich lautstark aus der Küche heraus in unsere Unterhaltung einmischte.

Auf jeden Fall war er mittlerweile oft hier und ich war ab und zu in seiner kahlen, modernen Wohnung, für deren Umgestaltung in eine gemütliche Bleibe wir leider zwecks verlockenderer Angebote noch nicht wirklich Zeit gefunden hatten. Und oft waren wir jeder bei sich, wenn er abends zum Sport ging und ich ihm versicherte, dass ich mich sehr zufrieden in meine kleine Werkstatt zurückziehen würde oder mich mit Justus treffen wollte. Es war perfekt. Parker war so etwas wie mein Freund, der mir genügend Aufmerksamkeit schenkte, sodass ich dauerhaft ein wohliges Gefühl hatte, und der mir gleichzeitig ausreichend Freiraum bot, um mein Leben weiterzuleben. Es war genau das, was ich wollte, und ich konnte mir eine Weile einreden, dass es jetzt so weitergehen würde. Keiner von uns war so dumm, darüber zu sprechen, dass wir nun eine gemeinsame Zukunft hätten oder uns mehr verband als eine Freundschaft mit gewissen Sonderleistungen. Zum Glück, denn ich wollte dies alles noch eine Weile genießen. Tatsächlich hatte ich noch keinen Kerl so lange um mich haben wollen wie ihn, noch keinen so lange nicht weiterziehen lassen, was mir hätte zu denken geben müssen. Ich tat natürlich auch weiterhin so, als wäre es einzig sein heißer Körper, der mich in Wallung versetzte, weil das zu unserem Spiel gehörte. In Wahrheit jedoch waren weder Muskeln noch schöne Gesichtszüge oder andere Äußerlichkeiten jemals etwas gewesen, was mich einem Mann in die Arme getrieben hatte. Ich sah es gerne, ja, und ich kokettierte freudig damit und ich kommentierte es auch mit Vergnügen, aber tatsächlich war es das normalerweise auch. Bei jedem anderen hätte ich nur so getan, als würden mich all diese optischen Leckerbissen verrückt machen, so wie ich das anfangs auch mit ihm gemacht hatte, ohne ernsthaft in Betracht zu ziehen, mit ihm ein wenig Matratzensport zu betreiben. Doch mittlerweile war Parker mehr als ein gestählter Kerl, den man gerne mal ansabberte. Dieser überraschende, manchmal etwas zu korrekte Mann besaß nämlich eine Seele, die noch schöner war als sein Körper. Und das war es, was mich so fesselte und was dafür sorgte, dass ich ihn um mich haben wollte. Denn auch wenn es so klingt, wir trafen uns nicht nur, um mal eben in die Kiste zu springen. Fast genauso genoss ich unsere kleinen Diskurse, unsere Gespräche über Gott und die Welt und die Momente, in denen wir einfach nur zusammen waren, jeder mit etwas beschäftigt, und dann sah man auf und stellte erstaunt fest, dass schon ein Blick in die Augen des anderen genügte, um rundum zufrieden zu sein. Und auch wenn ich manchmal überrascht war, wie lässig Parker mit unserem Arrangement zurechtkam, sprach ich das Thema nicht an. Er hatte mir immer ein wenig den Eindruck vermittelt, dass er einer dieser seltenen Exemplare war, die sich nur aus echter

Liebe auf eine Frau einließen und die dann sofort in einem *Wir* dachten, aber glücklicherweise war das eine Fehleinschätzung gewesen. Er tat zwar manchmal so, als wäre er immer noch mein Ehemann, aber auch das war ein Teil unseres Spiels und natürlich wusste er, dass ich darauf stand. Manchmal zumindest. Wenn es passte und wenn er es einsetzte, um das einzuleiten, was Ehemännern vorbehalten war. Oder auch nicht. Aber was ich meine, ist, dass er wie ich sehr gut mit diesem Arrangement zurechtkam und mir keinen Grund lieferte, an seinen Vorstellungen bezüglich unserer Beziehung zu zweifeln. Sonst hätte ich auf der Stelle weglaufen müssen. Aber so, dachte ich, konnte ich ihn noch eine Weile länger genießen und ich schob alle anderen Gedanken weit weg. Noch ein Fehler.

Auch Justus bemerkte, dass die Sache mit Parker anders war als alles, was er bei mir je miterlebt hatte.

»Ist er der eine?«, fragte er und ich lachte überrascht und aufgeschreckt auf.

»Nein. Wie kommst du darauf?«

»Weil alles danach aussieht. Du siehst danach aus. Du hast bei keinem so ausgesehen wie bei ihm.«

»Ganz sicher nicht.« Ich hörte selbst, dass es zu bestimmt klang. »Und überhaupt«, ich wurde ernst, »weißt du, dass das nie passieren wird.«

Justus seufzte nicht, aber er machte ein nachdenkliches Gesicht. »Ida, ich versteh ja, was du meinst. Aber bist du nicht langsam alt genug, um zu begreifen, dass das alles nur Zufälle waren? Dass es nur im Märchen passiert, dass die böse Fee auftaucht und einen Fluch verhängt, nur weil sie nicht zum Tee eingeladen wurde oder was auch immer?«

»Sag das nicht!« Erschrocken sah ich mich um, als könne das Schicksal hinter der Tür stehen und triumphierend aufheulen, weil ich es herausforderte. »Das sagst du auch über Horoskope. Dass es Quatsch ist. Ist es aber nicht. Weil es zutrifft. Immer.«

»Weil sie so geschrieben sind, dass man sie entsprechend interpretieren kann, was du gerne und gut machst.«

»Deine Meinung«, sagte ich und verschränkte die Arme. »Auf alle Fälle liebe ich Parker nicht.« Ich sagte es extra laut, damit das Schicksal es ganz sicher hörte. »Ich mag ihn. Und ich gehe mit ihm ins Bett, und zwar mit reichlich Hingabe. Aber das ist auch alles.«

Das Schicksal stand natürlich nicht hinter meiner Tür zum Palettenzimmer, wo ich mich gerade mit Justus aufhielt. Und wo ich mit Parker so oft gewesen war in letzter Zeit. Es konnte auch gar nicht dort stehen, denn wir hatten die Tür nicht zugeschoben. Aber es hatte dafür gesorgt, dass Parker auf der Treppe stand. Unerwartet, weil ich dachte, dass er heute wie jeden Freitag zum Training gehen wollte. Und mit einem Blumenstrauß, weil er daran gedacht hatte, dass wir heute vor drei Monaten zum ersten Mal miteinander im Bett gewesen waren.

Ein anderer Mann hätte vermutlich aufgeatmet bei diesen Worten, weil ich ihm keine Fesseln anlegen wollte und bereits nach einem Vierteljahr das Wort *Hochzeit* bemühte. Die Männer, auf die ich mich bisher eingelassen hatte, taten dies zumindest. Aber wenn ich ehrlich war, hatte ich die ganze Zeit gewusst, dass Parker anders war als diese Typen. Und dass auch ich anders war, dies aber verdrängte, um nicht sehen zu müssen, was das bedeutete. Ein anderer Mann hätte vermutlich kehrtgemacht und wäre gegangen. Er hätte seinen verletzten Stolz gepflegt und sich zurückgezogen oder er hätte sich gesagt, dass er sich nun also gerne noch eine Weile mit mir amüsieren konnte, ehe es Zeit wurde, weiterzuziehen. Aber wie gesagt, Parker war kein anderer und deshalb polterte er die Stufen hinauf und erschreckte mich beinahe zu Tode.

Justus war feinfühlig genug, um zu wissen, wann er störte, und verschwand wie der Blitz. Ich war feinfühlig genug, um zu spüren, dass Parker meine Worte gehört hatte und sie nicht gut aufnahm.

»Du liebst mich also nicht?«, fragte er und sah dabei ziemlich beeindruckend aus. Er klang auch beeindruckend, mit seiner Polizistenstimme und seinem festen Blick. Und Furcht einflößend. Und beängstigend, weil er mir keine Möglichkeit ließ, aus dieser Nummer herauszukommen. Ich probierte es dennoch.

»Oh, ich würde es tun, Parker. Auf der Stelle«, sagte ich und versuchte, kokett zu klingen.

»Ich will nicht mit dir schlafen«, gab er langsam zurück.

»Bisher hast du das ganz gerne gemacht.«

»Weil ich dachte«, er atmete aus. »Weil ich dachte, dass du mich liebst.«

»Ernsthaft? Schläfst du nur mit Frauen, die dich lieben? Ich meine, ist das die Grundvoraussetzung?« Ja, ich wusste selbst, dass es gerade der denkbar schlechteste Zeitpunkt war für dumme Sprüche, aber verflucht! Ich wusste auch, dass hier gerade alles schieflief und dass ich versuchen musste, das Schlimmste zu verhindern.

Er sah mich fassungslos an und ich stand auf und ging zu ihm.

»Parker«, sagte ich leise.

Er schüttelte meine Hand ab. »Ich heiße Gideon«, knurrte er.

»Gideon. Du weißt, dass ich dich sehr mag. Was ist los?«

»Was los ist? Du erzählst deinem Freund, dass ich nichts anderes bin als dein …« Er suchte nach einem passenden Wort. »Dein Spielzeug?«

»Das bist du nicht, und das habe ich nicht gesagt.«

»Du hast nichts anderes gesagt, Ida. Und das ist nicht das, was ich will. Ich für meinen Teil gehe nämlich nicht nur deshalb mit dir ins Bett, weil ich gerade Lust auf eine kleine Nummer habe. Ich liebe dich und ich habe gedacht, dass du das ebenfalls tust.«

Kapitel 32

Entsetzt trat ich einen Schritt zurück. Er hatte es gesagt. Er hatte es laut ausgesprochen. Parker deutete meine Reaktion natürlich falsch und warf den wunderschönen und gänzlich unschuldigen Blumenstrauß auf den Boden.

»Nun, wie man sieht, habe ich mich getäuscht.«

Ich sagte nichts. Was auch? Dass er sich nicht getäuscht hatte? Mein Herz schrie genau das ganz laut. Es wollte jubilieren und mich dazu bringen, dass ich mich in seine Arme warf, aber mein Kopf verhinderte das ganz vehement. Und ich, die nie um eine Antwort verlegen war und immer doppelt so viele Worte pro Tag verbrauchte als andere, um alles zu sagen, was mir so in den Sinn kam, stand da und fand kein einziges, das ich jetzt benutzen konnte. Ich hatte noch nie eine vergleichbare Situation erlebt und ich hatte immer nur milde gelächelt, wenn eine Freundin mir gestand, dass sie einen Mann angesehen habe und plötzlich wusste, dass er der eine wäre. Jetzt verstand ich, was sie meinten. Wenn man keine Möglichkeiten mehr hatte, sich einzureden, dass er eben nicht der eine war. Wenn dein Herz plötzlich mit solch einer Macht darauf beharrt, dass es nie einen anderen lieben wird als diesen Kerl. Und dir gleichzeitig sagt, dass du das unter gar keinen Umständen zulassen darfst. Aber wie sollte man das erklären? Wie konnte man das erklären? Wenn es die passenden Worte gab, dann kannte ich sie nicht.

Schließlich drehte er sich um.

»Parker. Gideon. Bitte, geh jetzt nicht. Nicht so. Lass mich bitte nicht einfach so stehen.«

»Es tut mir leid, Ida. Mir ist jetzt nicht danach, mit dir zu schlafen«, sagte er bitter.

»Das wollte ich auch gar nicht tun«, gab ich leise zurück.

»Was willst du dann tun? Außer mit mir zu schlafen? Anscheinend ist Sex das Einzige, was du von mir willst.« Er drehte sich um und sein Blick war hart. »Wie konnte ich mich so in dir täuschen? Wie konnte ich glauben, dass diese wunderbare, verrückte Frau mich liebt? Wie konnte ich glauben, dass du für uns eine Zukunft siehst, in der es mehr gibt als gelegentliche Treffs? Wie konnte ich glauben, dass wir irgendwann einmal ganz legal als Ehepaar Urlaub machen könnten?«

Ich keuchte auf und Parker lachte verächtlich. »Ja, Ida, so dumm war ich in dieser Sache. So dumm, mich Hals über Kopf in dich zu verlieben. So dumm, daran zu glauben, dass du trotz allen Geredes nicht so abgebrüht bist, was die Liebe angeht. So dumm, es nicht wörtlich zu nehmen.«

»Was denn?«, fragte ich bange.

»Marlene Dietrich«, gab er zurück und ich runzelte die Stirn.

»Zu schade für einen einzigen Kerl«, sagte er langsam.

»Du bist der Einzige«, flüsterte ich hilflos.

»Aber offensichtlich nicht der Richtige«, stellte er fest.

Dann drehte er sich um und ging. Ging einfach die Treppen hinab und hinaus in den Hof. Stieg in sein Auto und fuhr davon. Und ließ mich zurück. Und zum ersten Mal im Leben heulte ich einem Mann hinterher. Einem Mann, den ich so gerne geliebt hätte. Den ich bereits liebte, und zwar schon lange, wie ich zugeben musste. Und den ich wegschicken musste, weil mein Kopf beharrlich diese Angst schürte, die mich verfolgte, seit ich ein junges Mädchen war.

»Wann kommt denn der Gideon mal wieder«, fragte Gerdi und sah sich enttäuscht im Wohnzimmer um. »Ich vermisse ihn.«

Nicht nur du, dachte ich und meinte damit mich und nicht Gerdis seufzende Freundinnen. Seit zwei Wochen strafte er mich jetzt schon mit Missachtung. Er benahm sich sehr korrekt, wenn es um Dienstliches ging, aber äußerst schmerzhaft, was alles andere betraf. Kein Lächeln, keinen Blick hatte er für mich übrig.

Und jeder Versuch, die Situation zu entschärfen, machte es schlimmer. Ich sah ihn jeden Tag, sah seinen wunderschönen Körper und den noch schöneren Menschen, der darin steckte, und spürte mit jedem Tag mehr, wie sehr ich einfach nur von ihm geliebt werden wollte. Auf seine Art, auf die Art, die ich nicht zulassen durfte. Aus Gründen, die ich ihm nicht erklären konnte, weil er sie nicht verstehen würde mit seinem analytischen Gehirn. Er würde darüber lachen und sagen, dass ich dumm und naiv war. Oder er würde sagen, dass es albern war, und sich darüber hinwegzusetzen versuchen und wenn er dann merken würde, dass es gar nicht albern war, sondern bittere Realität, dann würde ich nicht mehr *Ich habe es doch gewusst* sagen können. Nicht mehr zu ihm und zu keinem, weil ich dann vermutlich ebenfalls sterben würde. So konnte ich ihn immerhin noch ansehen, auch wenn es wehtat, und so würde er irgendwann über mich hinwegkommen und mich unbeschadet überleben. Und ich würde nie mehr in Gefahr kommen, einen anderen Mann zu lieben, weil meine Liebe auf ewig an ihn gebunden war.

»Er kommt gar nicht mehr«, sagte ich und versuchte, leichtfertig zu klingen. »Ihr werdet euch einen anderen Kerl zum Anschmachten suchen müssen.«

»Aber das ist deine Aufgabe«, begann Gerdi, wurde jedoch von einem Blick meiner Oma zum Schweigen gebracht.

»Was ist denn passiert?«, fragte sie sanft.

»Nichts.« Ich lachte unsicher. »Es war an der Zeit, weiterzuziehen. Du kennst mich doch. Ich bin eben so. Wir sind eben so.«

Omi zog verwundert die Brauen zusammen. »So?«

»Klar«, ich lachte noch immer und tat alles, um einen heiteren Eindruck zu erwecken. »Wir Walter-Frauen sind nicht geschaffen für die Liebe.«

»Wie kommst du denn darauf?«, fragte sie zurück, anstatt mir recht zu geben und ebenfalls zu lachen, wie es ihre Pflicht gewesen wäre.

»Na, weil es so ist. Und du weißt das«, setzte ich leiser hinzu und erlaubte mir endlich, meine Mundwinkel nicht mehr so schmerzhaft nach oben zu zwingen.

»Frieda«, sagte Klärchen langsam und streng, »was hast du dem Kind für Flausen in den Kopf gesetzt?«

»Keine Flausen«, sagte ich.

»Und was soll das dann heißen? Nicht für die Liebe geschaffen? Ha! Ich kenne keine Frau, die mehr dafür geschaffen war als Frieda. Oder ihre Alma, deine selige Mutter, das arme Ding. Oder du«, fügte sie streng hinzu und sah mich an.

»Ich habe ja auch gar nichts gegen die Liebe.« Meine Mundwinkel mussten wieder ran, tapfer zog ich sie nach oben. »Und es gibt auch noch andere schöne Männer. Ich könnte es ihnen doch nicht antun, dass ich mich an einen alleine verschwende.«

»Das ist doch Scheiße«, sagte Klärchen und dieses Wort aus ihrem Mund war so ungewohnt, dass ich schwieg.

Ich sah, wie Oma und Gerdi einen Blick wechselten. Dann legte sich Gerdis Hand auf Klärchens Arm.

»Reg dich nicht auf.«

»Und wie ich mich aufrege.« Klärchen schäumte. »Wenn ich diese Scheiße höre.« Sie genoss es ganz offensichtlich, dieses verbotene Wort zu sagen. Dann rutschte ich wieder in ihren Fokus.

»Du hast ihn geliebt!« Ihr Finger deutete anklagend auf mich. »Ich habe es gesehen. Ihr alle habt es gesehen. Und ihr habt mir zugestimmt, dass er der Richtige für unsere Ida ist.«

»Aber ich bin nicht die Richtige für ihn«, sagte ich leise.

»Natürlich bist du das. Er ist verrückt nach dir«, schnaubte Klärchen.

Wieder legte sich Omas Hand auf ihren Unterarm und Klärchen schnaubte zwar weiter, sagte aber nichts mehr.

»Und warum bist du das nicht, Ida?«, fragte Omi leise. »Ich kenne dich besser als mich selbst. Und ich würde meine gesunde rechte Hüfte darauf verwetten, dass dieser Mann dir sehr viel mehr bedeutet, als du zugibst. Warum wirfst du dieses Geschenk weg?«

»Weil ich ihn nicht lieben darf«, sagte ich schlicht und spürte, wie Tränen an meinen Wangen herabliefen. »Ich darf es einfach nicht und du weißt, warum.«

»Was hast du da nur angerichtet, Frieda«, seufzte Gerdi und sah mich mit feuchten Augen an.

Oma sagte nichts. Sie sah mich ebenfalls an und in ihrem Blick lag nicht nur Fassungslosigkeit, sondern auch jede Menge Kummer. Was ich so gerne vermieden hätte. Genau deshalb hatte ich noch nie mit ihr darüber gesprochen, obwohl ich sonst nahezu alles mit ihr teilte. Auch solche Sachen, die andere nicht mit ihren Großmüttern besprachen. Bei uns war das immer so gewesen. Egal wie unangenehm ein Thema war, es wurde angesprochen, wenn das nötig war. Zudem hatte Omi nie gedacht, dass meine Ohren zu jung waren für bestimmte Themen. Sie hatte nie verheimlicht, wenn sie einen Mann hatte, früher, als sie noch jünger war. Sie hatte mir einfach gesagt, dass sie sich gut verstünden und auch ein wenig mehr teilten, und wenn es vorbei war, hatte sie die Schulter gezuckt und gesagt, dass es eben so war. Und nicht, dass jetzt jemand denkt, sie war ein leichtfertiges Mädchen. Oma. Was auch immer. Nein, sie war einfach zu jung, als ihr Mann starb. Und als sie irgendwann einen fand, der ihn vielleicht hätte ersetzen können, bekam sie keine Chance, das herauszufinden, weil er sich bei einem Sturz vom Baugerüst so unglücklich verletzte, dass er daran starb. Von diesem Tag an hatte sie keine Lust mehr, sich einen Mann zu suchen, aber irgendwann verspürte sie wieder das Bedürfnis nach Nähe und Berührungen, hatte sie mir erklärt. Und weil man dies auch dürfte, ohne gleich zu heiraten, war das in Ordnung, egal was die Nachbarn sagten. Mit ihren Freundinnen hatte sie zwei Menschen an ihrer Seite, die immer für sie da waren und die ihr den Halt und die Sicherheit gaben, die man sonst vielleicht bei einem Partner suchte.

Das alles klang ziemlich modern und lässig für eine Oma, aber ich wusste, dass es in Wahrheit nicht ganz so war. Sie hatte wie ich ihre Gründe gehabt, ihre Männerkontakte anders auszuleben, da war ich mir sicher. Nur dass wir darüber nicht redeten, weil wir es nicht mussten. Weil wir dann auch über meine Mama hätten sprechen müssen, und zwar anders, als wir das sonst taten. Wir hätten uns nicht an ihre ungestüme Art erinnert, ihr Lachen, ihre wilden Haare, die allen Frauen in dieser Familie eigen waren. Wir hätten uns daran erinnern müssen, wie sie eines Tages nach Hause kam, mit einem Mann an der Hand, und ihrer Mutter fest erklärte, dass er ihr Schicksal war und sie heiraten würden. Und sie hatte recht behalten. Dieser Mann war ihr Schicksal – oder sie seines.

»Das hast du jetzt davon, Frieda. Du und deine dummen Horoskope und der ganze Blödsinn. Nun denkt das Kind, dass er nicht der Richtige ist, weil es nicht dort steht.« Klärchen hatte wieder das Wort ergriffen und sie schnaubte befriedigt. Omas Hang zum täglichen Studium der Voraussagungen waren ihr schon immer ein Dorn im Auge gewesen.

»Ich denke nicht, dass es das ist. Oder nicht nur«, sagte Oma ruhig.

Ich nickte langsam.

»Obwohl ich ebenfalls daran glaube, meine Liebe. Zumindest, wenn die Vorhersagen positiv sind.« Sie zwinkerte dem schnaubenden Klärchen zu.

Überrascht sah ich sie an. »Und wenn nicht?«

»Dann nicht«, sagte sie und kniff ihre Augen zusammen. »Du doch auch nicht, oder?«

Ich schluckte. Nun, ich glaubte immer daran. Ich hoffte jeden Morgen, dass es nichts Schlimmes war, was sie da vorlas. Und wie oft war es nichts Schönes gewesen und ich hatte genau das erlebt? Und dann? Dann konnte ich sagen, dass es nicht meine Schuld gewesen war, wenn eine Freundschaft zerbrach oder mir im Job ein Fehler unterlief. Es war die Schuld der Sterne. Und da viel öfter Positives vermeldet wurde, ging ich die meisten Tage mit einem unerschütterlichen Glauben daran, dass alles gut werden würde, hinaus in die Welt. Das konnte doch nicht falsch sein, oder?

»Idalein«, sagte Omi und sah ihre Freundinnen warnend an. »Du bist doch nicht so dumm, ihn wegzuschicken, weil letztens dort stand, dass der richtige Mann noch ein wenig auf sich warten lässt?«

Ich schüttelte den Kopf. Zumal die Sterne mir im großen Jahresvorschauhoroskop deutlich gesagt hatten, dass es gut möglich war, dass ich in diesem Sommer meine große Liebe finden könnte. Was wieder einmal zeigte, dass ich recht hatte, daran zu glauben. Auch wenn ich damals darüber gelacht hatte.

»Und weshalb hast es dann getan?«

Ich sah ihr in die Augen. »Weil ich ihn liebe. Weil ich nicht will, dass er stirbt.«

Kapitel 33

Es war ein Zeichen dafür, wie sehr mich diese Frauen mochten, dass sie nicht in Lachen ausbrachen. Oder einen Arzt bestellten. Oder sich auch nur Blicke zuwarfen und ein wenig mit der Hand vor ihrer Stirn wedelten. Auch wenn Klärchen sich sehr beherrschen musste.

»Ida, das wird nicht passieren«, sagte Oma fest. Anscheinend hatte sie kapiert, was mir auf der Seele lag. Ich sag's ja, sie ist einfach die beste, klügste Frau, der ich jemals begegnet bin. »Das waren Zufälle.«

»Zufälle? Alles?« Ich schnaufte und atmete schwer. »Dass dein Karl an einem unerkannten Herzleiden starb? Und einige Jahre später Gerhard?«

»Der ist von einem Gerüst gefallen«, warf Gerdi ein.

»Ja, ganz genau. Und zwar so unglücklich, dass er an den Folgen starb. Obwohl er sich damit auskannte und sein halbes Leben auf irgendeinem Gerüst herumgeklettert ist, ohne dass etwas passierte. Aber kaum wart ihr verlobt, ist es passiert. Und mein Vater«, ich schluckte schwer. »Ist einfach so ohnmächtig geworden. Am Steuer seines Wagens. Ein völlig gesunder Mann. Und er hat nicht nur sich, sondern auch meine Mutter dabei umgebracht.«

»Dein Vater war nicht völlig gesund. Er hatte schon immer Kreislaufprobleme. Sein Blutdruck war viel zu niedrig. Das wusste er. Man hat es ihm gesagt, dass ein banaler Schreck, zum Beispiel, weil plötzlich ein Reh vor das Auto läuft, zu einem gefährlichen Absacken des Kreislaufs führen kann. Aber er wollte keine Medikamente nehmen, auch wenn die Ärzte ihm sagten, dass das dringend notwendig sei und die Gefahr weit größer, als er dachte. Er war der Meinung, dass eine Krankheit, die man nicht spürt und die nicht wehtut, keine Krankheit sei und keine Pillen bräuchte. Seine Reaktion war, einfach zu keiner Untersuchung mehr zu gehen. *Seht mich an, ich bin stark und gesund*, lachte er und wischte unsere Sorgen zur Seite. Wir haben versucht, ihn umzustimmen, aber er war unbelehrbar«, sagte Oma leise.

»Das hast du mir nie gesagt.«

»Weil ich Angst hatte. Ich hatte Angst, wenn du weißt, dass es vermeidbar gewesen wäre ... Dass du dann wütend auf ihn bist, weil er so ein Sturkopf war und sich weigerte, Tabletten gegen seine Krankheit zu nehmen. Weil dieser schreckliche Unfall nicht hätte passieren müssen und unser aller Leben ganz anders hätte verlaufen können. Weil du dich in Liebe an ihn erinnern solltest, wie er es trotz allem verdient hat.«

Ich sagte nichts. Das zog mir gerade ein wenig den Boden unter den Füßen weg.

»Es hat nichts mit uns zu tun«, sagte Omi fest und sprach damit das aus, was ich mir vor vielen Jahren zusammengereimt hatte und woran ich fest glaubte. Dass wir verflucht waren. Dass wir Männer durch unsere Liebe umbrachten. Und dass wir im Umkehrschluss nicht lieben durften. So wie Oma nicht mehr liebte, seit ihr nach meinem Opa auch Gerhard genommen wurde. Ich wusste, dass mich dafür jeder als Verrückte abtun würde und dass es niemand verstehen konnte, dass ich so empfand.

»Doch, das hat es. Und du weißt, dass ich recht habe«, warf ich Oma vor. »Deshalb hast du alle Männer weggeschickt, die dich haben wollten.«

»Nein«, sagte Oma und bekam traurige Augen. »Es war, weil sie nicht die Richtigen waren. Karl war meine erste Liebe. Und du weißt, weshalb er starb. Er hatte eine Herzschwäche. Das hatte nichts mit mir zu tun. Und als ich dann Gerhard fand, durfte ich eine zweite Liebe erleben. Er war älter als ich und er lebte wild und ungesund. Es war unfassbar traurig, dass er sterben musste, gerade als wir es endlich wagen wollten, in unserem Alter noch einmal zu heiraten. Aber er hätte bereits seit Wochen seine

Arbeitsfähigkeit untersuchen lassen müssen. Bei seinen Mitarbeitern hat er darauf bestanden. Von denen durfte keiner auf ein Baugerüst, wenn er sich nicht regelmäßig untersuchen ließ. Und mit diesen Kopfschmerzen, die er ständig hatte, wäre es dringend nötig gewesen, das ebenfalls zu tun. Doch er wollte es nicht. Ich glaube, dass er wusste, dass irgendetwas nicht stimmte. Aber er hat einfach die Augen davor verschlossen, bis es zu spät war. Er hatte ein Aneurysma im Kopf, Ida. Und als das gerissen ist, wurde er ohnmächtig und fiel vom Gerüst. Nicht weil ich ihn geliebt habe, sondern weil er eine Hirnblutung hatte, ist er gestorben. Und nach ihm war da keiner mehr, den ich genug liebte. So einfach war das.«

Sie seufzte und ihre Freundinnen griffen beinahe synchron nach ihren Händen. Oma seufzte noch einmal, dann schlich sich ein kleines, trauriges Lächeln in ihr Gesicht.

»Menschen sterben nicht, weil sie geliebt werden. Und schon gar nicht wegen uns. Wir hatten Pech und wir mussten viele Schicksalsschläge hinnehmen. Und manches lief anders, als wir uns das gewünscht hatten. Aber es liegt nicht an uns. Das weiß ich ganz sicher und du solltest einmal darüber nachdenken, ob du es nicht auch weißt. Ob es nicht einen ganz anderen Grund gibt, weshalb du nicht lieben willst. Ob du nicht einfach davonläufst, weil du Angst davor hast, diese Liebe wieder zu verlieren.«

Sie tätschelte meine Hand und erhob sich. Die Bewegungen waren ihr noch nie so schwergefallen, stellte ich erschrocken fest.

»Wenn wir einen Fehler haben, Ida, dann, dass wir starke Männer lieben. Männer, die sich für unbesiegbar halten. Männer, die der Gefahr ins Gesicht lachen und die zu dumm sind, zum Arzt zu gehen.«

Ich dachte lange über diese Worte nach. Glaubte ich wirklich an diesen Fluch oder hatte Oma recht? Tat ich nur so, um nicht zu lieben und deshalb nie wieder diesen schmerzlichen Verlust erleben zu müssen? Nein, ich glaubte daran. Und tatsächlich war es ja auch dasselbe, oder? Das eine hing mit dem anderen zusammen. Der Fluch führte zum Tod und der zu allem anderen. Doch wenn Omi recht hatte und es alles wirklich nur Zufälle waren, was dann? Dann durfte ich Parker vielleicht doch lieben, ohne dass ihn in den nächsten Monaten ein schrecklicher Tod ereilte. Die Ida, die immer an das Gute glaubte, wollte sofort hoffnungsvoll losjubeln. Die andere aber, welche seit dem Tag, an dem ich weinend zusah, wie Gerhard beerdigt wurde, fest an diese Geschichte mit dem Walter-Fluch glaubte, hinderte mich weiterhin daran.

Schließlich entschied es Oma. Sie hatte mir genug Zeit gegeben, um all die Dinge, die sie sagte, in meinem Kopf Raum einnehmen zu lassen. Tagelang hatte sie mich mit nachdenklichen Augen betrachtet, als ahnte sie, dass ich ständig über das nachdachte, was sie mir endlich offenbart hatte. Natürlich wusste sie, dass ich Zeit brauchte, und sie gab mir ausreichend davon. Und dann, als spürte sie, dass meine Zweifel hinsichtlich dieses Fluches auf ihrem Höhepunkt waren und gleichzeitig die Hoffnung in mir stetig wuchs, dass ich und meine Liebe vielleicht doch nicht tödlich waren, schlug sie zu. Sie klopfte energisch an die Tür zu meinem Palettenzimmer.

»Oma! Du sollst doch diese Treppen nicht mehr hochsteigen«, sagte ich vorwurfsvoll.

»Nun, das musste sein.«

Ich holte ihr einen Hocker aus meinem Bastelzimmer, weil sie sich nicht auf den Boden setzen konnte. Wenn sie nun schon hier oben war, dann musste ich sie auch reden lassen.

»Ida, du darfst dir nicht von solchen Ängsten die Zukunft verbauen lassen. Das wäre ein großer Fehler. Es gibt nichts Schöneres, als zu lieben und geliebt zu werden.«

»Ich weiß«, sagte ich und zwinkerte, doch Omi war nicht in Stimmung für Späße oder anzügliche Witze.

»Manchmal kann Liebe wehtun«, seufzte sie und setzte sich bequemer zurecht. »Und mir hat sie sehr oft wehgetan. Als der Karl so plötzlich ging. Als sie mir sagten, dass der Gerhard nicht mehr ist. Und ganz besonders, als mich Alma verlassen hat und mit ihr der Tobi. Er war ein feiner Kerl, dein Vater, und ich habe ihn geliebt wie ein zweites Kind. Und trotzdem«, sie bekam einen festen Klang. »Denkst du, dass ich einen von ihnen nicht geliebt hätte, wenn ich vor die Wahl gestellt worden wäre? Nur um mir Kummer zu ersparen? Dass ich einen von ihnen aus meinem Leben verbannt hätte, nur um diesen Schmerz nicht fühlen zu müssen? So ist das eben. Wenn man liebt, dann muss man irgendwann auch loslassen. Aber ist das ein Grund, nicht zu lieben? Jede Sekunde Glück, die ich mit ihnen hatte, wiegt das auf. Was hätte ich alles nicht gefühlt, nicht erlebt, wenn ich mir versagt hätte sie zu lieben?«

Sie schüttelte den Kopf, dann streckte sie eine Hand nach mir aus. Ich rutschte zu ihr hinüber und griff danach.

»Manchmal ist das Leben grausam. Es lässt sich nicht erklären, weshalb es bei manchen Menschen öfter zuschlägt und andere scheinbar unbehelligt durchkommen. Aber vielleicht tun sie das gar nicht. Wie können wir das wissen? Und vielleicht sind manche einfach nicht mutig genug, um das Leben so zu leben, wie man das tun sollte? Mit ganzem Herzen und mit aller Liebe, die du geben kannst. Das Leben ist immer ein Wagnis, aber es lohnt sich, Ida. Es lohnt sich, seinem Herzen zu folgen. Und wenn du das Glück hast, dass du den Menschen findest, der deine Existenz perfekt macht, dann wäre es eine Sünde, dieses Geschenk abzuweisen. Und dein Gideon ist ein Geschenk, Kindchen. Wenn ich nur gewusst hätte, mit welch verqueren Gedanken du dich herumschlägst ...« Sie seufzte. »Dann hätte ich dir das alles schon viel früher erzählt. Denn weißt du, was fast noch schlimmer ist, als damals all diese Menschen zu verlieren? Zuzusehen, wie ich nun dich verliere. Wie meine lebenslustige, wunderbare Ida leidet und was für eine stille Person sie plötzlich ist. Ihre Augen zu sehen und zu wissen, dass es darin nie mehr vor Übermut blitzen wird, wenn ich sie nicht zur Vernunft bringe.«

»Ach, Omi«, sagte ich und legte meinen Kopf auf ihren Schoß. »Ich würde dir so gerne glauben.«

»Dann tu es.« Ihre Stimme klang plötzlich fest und beinahe wie ein Befehl. »Habe ich dich je angelogen? Habe ich dir irgendwann eine Lüge aufgetischt, weil es bequemer war? Nein! Du weißt, dass ich das nie getan habe, oder? Und überhaupt. Wenn es so wäre, dass deine Liebe einen Mann umbringt, könntest du ihn dann retten, indem du ihn wegstößt? Liebst du ihn nicht trotzdem?«, fragte sie in der ihr eigenen Logik herausfordernd.

Sie sah mich an und ich nickte langsam. Omi stieß einen zufriedenen Laut aus und legte eine Hand auf meinen Kopf. Es dauerte etwas, ehe sie wieder sprach, und abermals hatte sich ihre Stimme verändert. Nun klang sie sanfter, aber auch traurig.

»Und zu guter Letzt, Ida, ersparst du dir gerade irgendetwas? Oder spürst du nicht einfach bereits jetzt diesen Schmerz, weil du die Liebe deines Lebens verloren hast? Und das völlig ohne Grund, weil du ihn haben könntest. Weil du mit ihm glücklich sein könntest. Also benutze endlich wieder deinen Verstand und vor allem dein Herz. Und vielleicht benutzt du auch deine Beine und läufst zu ihm. Wenn es ein Mann je verdient hat, dass ihm eine Frau hinterherläuft, dann ist er es.«

Omas sind einfach die Besten. Sie schaffen es, Dinge so zu erklären, dass man es verstehen musste. Und meine ganz besonders. Ich starrte sie einen Moment an, dann begann mein Herz vor Glück zu hüpfen. Ihre Art zu denken war so einfach wie einsichtig. Und natürlich hatte sie recht. Ich wollte mir Kummer ersparen, aber das kann man nicht. Wenn das Leben ihn für dich vorgesehen hat, dann wird er dich finden. Aber man kann ihn sich auch selbst zufügen.

Ich fragte sie trotzdem, ob sie mir auch nichts vorlog und sich diese ganzen Vorerkrankungen ausdachte, was sie entrüstet abstritt. Ich nahm mir auch die Zeit, ihr die Treppen hinab zu helfen und sie ein wenig auszuschimpfen, weil sie die hochgeklettert war, was Omi nicht beeindruckte. Sie wirkte sehr zufrieden mit sich, und das vermutlich zu Recht.

Aber mehr Zeit hatte ich plötzlich nicht mehr. Es war ungewiss, ob Parker an einem Samstagabend zu Hause sein würde, aber ich musste es versuchen. Es gibt Dinge, die kann man nicht am Telefon klären, und ich wollte ihn sehen, wenn ich ihm sagte, was ich ihm schon viel früher hätte sagen müssen. Ich griff mir nur meine Tasche, schlüpfte in meine ausgetretenen Ballerinas und rannte zur Bahn, die mir heute noch langsamer vorkam als üblich.

Und dann rannte ich wieder, nun auf dem Weg zu Parkers Wohnung. Er wäre begeistert gewesen, wie schnell ich war, denn damals, am Strand dieser einsamen Bucht auf Korfu, hatte er mich ein wenig damit aufgezogen, wie unfit ich wäre und wie langsam im Vergleich zu ihm oder Yvonne. Jetzt aber sprintete ich wie eine Athletin die Straße entlang und wurde stetig noch ein wenig schneller, weil es sich jetzt lohnte und ich keine Sekunde mehr verlieren wollte.

Leider trug ich nicht gerade die idealen Laufschuhe. Ich rutschte immer wieder mit der rechten Ferse aus den ausgetretenen Schuhen und schließlich passierte, was passieren musste. Ich verlor ganz den Halt, stolperte und schlug der Länge nach auf den Asphalt. Vielleicht hatte ich ein wenig untertrieben, als ich sagte, ich spielte Yvonne die Schusselige vor. Ich hatte es nur nicht zugeben wollen, dass mir oft genug solche Sachen passierten, und natürlich musste es auch heute so sein. Aber ich würde mich jetzt nicht von einem kleinen Unfall aufhalten lassen. Nicht einmal davon, dass mir dieser Sturz ein paar größere Blessuren eingebracht hatte als einen aufgeschrammten Zeh. Meine Strickjacke war zerrissen und mein rechter Ellenbogen blutete munter durch das Loch hindurch. Mein linkes Knie blutete ebenfalls, und zwar ziemlich heftig. Die dünne Strumpfhose war eindeutig nicht mehr zu retten, nicht nur wegen der Löcher, sondern auch, weil sie sich nun zusehends mit Blut tränkte. Ich rappelte mich auf und ignorierte einen blöden Kommentar, wie hässlich es doch sei, wenn junge Frauen schon am frühen Abend betrunken seien. Ich testete vorsichtig, ob mein Knie mein Gewicht tragen würde, was es tat, wenn auch mit Murren, und beschloss, die restlichen Meter langsamer anzugehen. Und dann wäre ich bei Parker, der meine Wunden versorgen und meine Schmerzen wegküssen würde. Der sehen würde, was ich für ihn, für uns erduldete. Es hätte mir zwar besser gefallen, wenn ich nicht so ramponiert, mit schmutzigem Kleid und blutbefleckt, bei ihm aufgetaucht wäre, aber das war jetzt nicht mehr zu ändern. Und umzukehren war ebenfalls keine Option, nicht, nachdem ich endlich beschlossen hatte, zu ihm zu gehen. Ich suchte nach einem Taschentuch und wischte das Schlimmste ab. Dann strich ich mir die Haare zurück und zuckte zusammen, weil auch meine Handflächen brannten. Sie bluteten nicht so stark, waren aber rot und aufgeschürft. Im Vorbeigehen warf ich einen Blick in ein Schaufenster und fand, dass ich zwar schon besser ausgesehen hatte, aber irgendwo doch auch etwas Verwegenes, Wildes an meinem Look war. Und überhaupt, wenn er mich wirklich liebte, dann auch verdreckt und angeschlagen, beschloss ich.

Als ich endlich bei ihm ankam, sah ich, dass Licht brannte, und mein Herz klopfte wieder schneller. Ich wollte gerade klingeln, als die Tür aufging und ein Bewohner heraustrat. Er musterte mich einen Moment etwas besorgt.

»Hi«, sagte ich lässig und grinste ihn an. »Wie geht's?«

»Wollen Sie ins Haus? Brauchen Sie Hilfe?«, fragte er und sah immer noch ein wenig misstrauisch aus.

»Zu Parker«, sagte ich und deutete nach oben. »Ich bin seine Freundin. Ida. Ich bin gestürzt, aber mir geht es gut.«

Er überlegte kurz, dann hielt er mir die Tür auf. Vermutlich kannte er Parker und dachte, falls ich nicht seine Freundin wäre, würde er schon mit mir fertigwerden.

Ich dankte ihm mit meinem schönsten Lächeln und ging hinüber zum Aufzug. Parker bevorzugte die Treppe, doch mein Knie begann, sich ernsthaft zu melden, und ich fand, dass ich mir nach der ganzen Rennerei diesen kleinen Luxus verdient hatte, auch wenn ich nur in den zweiten Stock musste.

Dann stand ich endlich vor seiner Wohnungstür und holte tief Luft. Ich strich mir ein letztes Mal über mein ramponiertes Kleid und musterte die Blutflecken, die mein Ellenbogen dort hinterlassen hatte. Ich betrachtete mein Knie, das immer noch sachte vor sich hin blutete und das leider nicht unter meinem kurzen Kleid zu verstecken war. Ein kleines Rinnsal hatte sich bereits wieder an meinem Bein hinab auf den Weg gemacht. Hoffentlich hatte Parker Pflaster im Haus. Und hoffentlich wusste er, wie man Blutflecken aus der Bettwäsche bekam, falls er keine hatte und alles so lief, wie ich mir das erhoffte. Dann legte ich meinen Finger auf die Klingel und drückte sie beherzt.

Es dauerte einen Moment, ehe ich ihn hörte. Ich brauchte mir gar kein Lächeln aufzusetzen, weil ich allein schon beim Gedanken, dass ich ihn gleich sehen würde, zu strahlen begann. Dann ging die Tür auf und Parker stand vor mir, wunderschön und heiß und mein Herz sprang mir fast aus der Brust.

Ich hob die Hände, um ihm zuvorzukommen, und sagte laut und deutlich: »Ich habe dich belogen. Ich liebe dich. Ich habe dich ebenfalls die ganze Zeit geliebt.«

Parker sagte nichts, starrte mich nur fassungslos an und ich bekam ein wenig Angst, dass ich zu spät sein könnte, dass er mich nicht mehr wollte. Sein Gesicht glühte jedenfalls nicht auf vor Glück. Es blieb unbewegt und er sah mir auch nicht in die Augen, mit diesem verdunkelten Blick, den ich so mochte. Sein Blick schien zwischen meinem Kleid und meinem Knie und überhaupt meiner derangierten Erscheinung hin- und herzupendeln. Dann wurde sein Gesicht blass und mein Lächeln tat es ihm nach.

»Ida«, sagte er mit seltsamer Stimme. Dann sagte er gar nichts mehr.

Der Fluch schlug unbarmherzig zu und ich musste hilflos zusehen, wie der Mann, den ich liebte, leblos zu Boden sackte.

Kapitel 34

»Oh mein Gott! Gideon!« Ich vergaß mein schmerzendes Knie und ließ mich neben ihm auf genau das sinken. »Nein! Du darfst nicht tot sein! Bitte, sei nicht tot.«

Kalte Furcht hatte mich gepackt, als ich sein lebloses Gesicht sah. Hätte ich nur Omi nicht zugehört.

»Gideon!« Ich spürte, wie mir Tränen über das Gesicht liefen, und tastete ungeschickt an seinem Hals herum, ob ich einen Puls finden konnte. Ich fand keinen, weil ich vermutlich zu hektisch war oder schlicht an der falschen Stelle suchte, aber ich schaffte es, ihm ein kleines Stöhnen zu entlocken. Das war ein genauso gutes Zeichen, dass er noch lebte, und ich schluchzte auf. Dann flatterten seine Lider und er sah mich an.

»Gideon. Gott sei Dank, du lebst«, rief ich und beugte mich endlich über ihn, um ihn zu küssen. Die Gelegenheit war günstig, denn er konnte sich nicht wehren und wenn er deswegen ohnmächtig wurde, weil er mich so ungern sehen wollte, wäre es vielleicht meine letzte Chance.

»Natürlich lebe ich.« Seine Stimme klang ein wenig wacklig und er langte sich an den Kopf, als er langsam seinen Oberkörper aufrichtete. Ich stützte ihn und sah ihn besorgt an.

»Was ist passiert?«

»Was ist mit dir passiert, das wäre wohl die bessere Frage.« Er richtete seinen Blick nun starr auf mein Gesicht.

»Nichts, das ist nichts. Ich bin gerannt und dabei gestürzt. Ich sagte es doch bereits, ich bin nicht dazu gemacht, mich allzu schnell vorwärts zu bewegen.«

Er lachte zaghaft. Dann rutschte er ein wenig zur Seite, damit er seinen Rücken an die Wand lehnen konnte. Ich glitt neben ihn und dann saßen wir da und atmeten beide ein wenig angestrengter als sonst.

»Und weshalb bist du umgekippt?« Ich war es schließlich, die als Erste wieder sprach. »War es so ein Schock für dich, mich zu sehen?«

Er schüttelte leicht den Kopf, schloss dann kurz die Augen.

»Alles gut? Brauchst du einen Arzt?«, hakte ich besorgt nach.

»Nein, es geht schon wieder.«

»Also, warum nimmst du mich nicht in den Arm, sondern fällst mir vor die Füße, Parker?«, fragte ich ein weiteres Mal und versuchte, die Situation ein wenig aufzulockern. »War es so ein Schock, das zu hören, was ich da eben sagte?«

»Ach, Ida.« Er musste sich anstrengen, aber er schaffte es, seinen Arm um mich zu legen und mich an sich zu ziehen. Was schon mal gut war.

»Jetzt sag endlich, was da eben los war. Ich muss das wissen, Gideon. Das ist wirklich wichtig für mich. Ist das«, ich zögerte, »ist dir das zum ersten Mal passiert?«

Parker schüttelte den Kopf.

»Du hast das häufiger?« Ich war alarmiert. »Und warst du bei einem Arzt?«

»Nein.«

»Dann werden wir jetzt sofort einen holen, der dich durchcheckt. Und zwar gründlich.« Ich wollte aufstehen, aber Parkers Hand griff nach meinem Unterarm und hielt mich fest.

»Das ist nicht nötig.«

»Oh doch.« Ich sah ihn streng an. Er war immer noch blass und atmete recht flach.

»Nein, Ida, das ist es nicht. Ich kenne das.« Er schloss kurz die Augen, dann wandte er den Kopf und sah mir direkt in meine.

»Das, Ida, ist der Grund, weshalb ich die Polizei verlassen habe. Weil ich kein Blut sehen kann.« Seine Hand wedelte in Richtung meines Knies und überhaupt meiner Erscheinung. »Ich kann nichts dagegen tun. Wenn ich Blut sehe, dann setze ich komplett aus.«

Ich starrte ihn einen Moment einfach nur an und unterdrückte ein seliges Grinsen. Er hätte gedacht, dass ich ihn auslache, weil er natürlich nicht ahnen konnte, wie glücklich ich gerade war, dass er aus einem so nachvollziehbaren Grund zu Boden gegangen war. Ich konnte an seiner Stimme erkennen, dass ihm dieses Geständnis nicht leicht gefallen war, und vermutlich fand er, dass seine Blutphobie unmännlich war oder irgend so einen Mist. Ich hätte ihn am liebsten einfach geküsst und gesagt, dass es völlig in Ordnung sei, fürchtete aber, dass er mir direkt wieder zusammenklappen würde, solange ich noch so derangiert aussah. Was meinen Plänen für den restlichen Abend nicht zuträglich wäre. Vermutlich war es also das Beste, wenn ich mir erst Zeit nahm, mich in einen anderen Zustand zu bringen, auch wenn ich mir unsere Versöhnung ein wenig stürmischer gewünscht hatte.

»Hast du Pflaster da?«, fragte ich also. »Dann würde ich mir erst einmal alles zukleben, damit du mich wieder ansehen kannst, ohne …« Ich grinste. »Vor mir auf den Boden zu sinken.«

Er stöhnte. »Lach nur.« Dann lehnte er wieder den Kopf an die Wand und atmete langsam und bewusst ein und aus. »Im Bad. Spiegelschrank«, beschied er.

Ich stand auf und achtete darauf, nicht in sein Blickfeld zu geraten. »Dann werde ich mich mal verarzten«, sagte ich heiter. »Lauf mir ja nicht weg.«

Wieder stöhnte er, aber es klang schon ein wenig munterer. »Keine Sorge.«

Ich wusch mir meine Wunden sorgsam aus. Am schlimmsten war das Knie betroffen, aber es hatte immerhin aufgehört zu bluten. Zum Glück hatte Parker nicht diese vorgeschnittenen Pflasterstrips, sondern die gute alte Meterware, braun mit weißen Punkten, und ich beschloss, dass jetzt der falsche Zeitpunkt für Sparsamkeit wäre. Ich klebte die Wunde großflächig ab und verpflasterte auch meinen Ellenbogen so gründlich, dass ich ihn nicht mehr richtig bewegen konnte. Die Handflächen hätten eigentlich gar keine Abdeckung gebraucht, aber ich wollte kein Risiko eingehen und bedeckte auch diese Abschürfungen mit Pflaster, bis ganz sicher nichts mehr zu sehen war, was ihn ablenken könnte. Dann wusch ich mir mein Gesicht und kämmte mit den Fingern durch meine zerzausten Locken. Ich betrachtete mich im Spiegel und fand, dass ich nach dieser Generalüberholung für die Umstände recht passabel aussah, auch wenn ich ein wenig wirkte, als trüge ich Protektoren. Allerdings war mein Kleid immer noch mit Blutflecken verziert. Kurz entschlossen zog ich es über den Kopf und ließ kaltes Wasser in das Handwaschbecken laufen. Die Strumpfhosen und leider auch die Strickjacke waren nicht mehr zu retten, weshalb ich beides in den Mülleimer stopfte. Ich kramte noch einmal in seinem Spiegelschrank, fand eine Aspirin und warf sie in das Becken. Als es aufhörte zu sprudeln, legte ich das Kleid hinein und drückte es entschlossen unter Wasser. Dann grinste ich zufrieden. Damit sollten nicht nur die Blutflecken verschwinden, ich hatte mir zudem auch eine gute Basis geschaffen, dass mich Parker nicht unverrichteter Dinge wieder vor die Tür setzen würde, wenn sich sein Kreislauf stabilisiert hatte. Nicht, solange ich nur meine Unterwäsche trug.

Als ich aus dem Badezimmer kam, stand er zumindest wieder aufrecht. Er sah auf und einmal mehr weiteten sich seine Augen vor Überraschung. Ich hoffte sehr, dass mein zweiter Auftritt heute Abend ihm mehr zusagte als mein erster, blieb aber dennoch stehen und suchte seinen Blick.

»Besser?«

Er nickte.

»Du kippst mir doch nicht wieder um? Was ist?« Seine Wortkargheit bereitete mir ein wenig Sorge.

»Was ist, fragt sie.« Parker grinste und ich atmete wieder. »Du tauchst hier auf, aus dem Nichts, und siehst aus, als ob dich jemand überfallen hat. Und dann verschwindest du im Bad und …« Er kam ein paar Schritte auf mich zu. Ich beobachtete ihn genau, aber er schien nicht zu wanken. »Und stehst dann hier in Unterwäsche vor mir.«

»Es tut mir leid. Mein Kleid hat auch etwas abbekommen. Flecken, meine ich. Du weißt schon, was. Ich dachte, es wäre das Beste, dir das zu ersparen.«

»Ein sehr guter Gedanke«, sagte er langsam und war jetzt so nahe, dass er seine Hand auf meine Wange legen konnte.

»Ida«, sagte er und seine Stimme klang verheißungsvoll. »Was tust du hier?«

»Ich dachte, das hätte ich bereits gesagt.«

»Du musst entschuldigen, aber ich habe nichts mitbekommen. Ich habe nur dich gesehen und dass du voller Blut bist und einen Moment lang auch ein paar ganz üble Szenen, in die du geraten sein könntest.« Er zuckte die Achseln. »Es war kein Platz mehr, um auf das zu achten, was du gesagt hast.«

Ich trat näher an ihn, so nahe, dass sich unsere Körper endlich berührten, und legte vorsichtig meine Hände auf seine wieder behaarte Brust.

»Ich liebe dich, Gideon. Das wollte ich dir sagen. Ich habe dich die ganze Zeit geliebt. Dich, und nicht deinen Körper. Das, was dich ausmacht und was du mit mir machst, und damit meine ich nicht das Bett. Nicht nur. Ach, du weißt schon, was ich meine. Ich habe dich so vermisst in den letzten Wochen. Weil ich dich so sehr liebe, wie ich mir das nie vorstellen konnte«, setzte ich noch einmal hinzu, damit er es auch wirklich verstand.

Er betrachtete mein Gesicht mit einem Ernst, den nur er aufbrachte. Seine Augen huschten über meine Lippen, die ich mir nervös leckte, weil er sich so viel Zeit nahm, suchten dann meine, und endlich schien er das zu finden, wonach er Ausschau hielt. Ich sah, wie sich kleine Fältchen darum bildeten, als er zu lächeln begann und wie endlich dieser Ausdruck darin auftauchte, den ich so liebte und der mir zeigte, dass er das auch tat. Also mich zu lieben, trotz allem. Dann nickte er und das Lächeln weitete sich aus und ließ ihn aufglühen. »Du hast gelogen«, sagte er langsam.

»Ganz genau«, bekannte ich heiter, weil ich endlich wusste, dass nun alles gut werden würde. »Aber nicht alles war gelogen, was ich da gesagt habe. Dass ich dich mag, war keine Lüge. Und dass ich gerne mit dir schlafe, auch nicht.«

»Soso«, sagte er und legte seine Arme um mich.

»Schuldig, Officer«, hauchte ich und schlug die Augen nieder. »Ich habe es getan und ich fürchte, Sie werden mich nun verhaften müssen.«

»Es gibt keine Officer bei uns, Ida«, raunte Parker, begann aber bereits damit, mich zu verhaften.

»Aber es klingt weit weniger aufregend, wenn ich sage: *Schuldig, Polizeimeister Parker, bitte legen Sie mir die Handschellen an.*«

»Ich war Polizeihauptkommissar«, begann Parker, aber ich beschloss, dass es nun genug war mit dem Geplänkel. Seine Hände brachten mich um den Verstand und ich wollte ihn nicht unnötig ablenken.

»Verhafte mich einfach, Gideon«, sagte ich und dann lange Zeit nichts mehr. Zumindest nichts, was ich hier wiedergeben würde.

Kapitel 35

Natürlich wollte Parker wissen, weshalb ich ihn belogen hatte, aber ich kam ihm zuvor und bestand darauf, erst einmal sein Problem zu erörtern.

»Wieso geht man zur Kripo, wenn man kein Blut sehen kann?«, fragte ich ehrlich interessiert.

»Es war anfangs nicht so schlimm. Ich bin nicht gleich umgekippt und ich habe mir sagen lassen, dass man das in den Griff bekommen kann. Dass man sich daran gewöhnt.« Er seufzte. »Ich habe sogar eine spezielle Atemtechnik erlernt, die mir dabei half. Die Arbeit an sich war großartig und ich wurde ja nicht jeden Tag damit konfrontiert. Ich versuchte, mir nicht einzugestehen, wie viel es mich kostete, wenn ich einen Einsatz hatte und nicht wusste, was mich erwartet, aber ich hatte es im Griff. Bis ich es eines Tages nicht mehr hatte. Es war häusliche Gewalt und es war ein unschöner Fall. Ich sah diese Frau und ich konnte meinen Blick nicht abwenden. Ich wollte ihr helfen und ich wollte, dass ihr Mistkerl von einem Ehemann dafür zur Rechenschaft gezogen wird. Aber ich stand nur da und konnte nicht mehr atmen. Dieses ganze Blut und ihre niedergeschlagenen Augen, ohne Regung. Sie war so weit, dass sie es einfach hinnahm, und sie brauchte Hilfe, um diesem Albtraum zu entkommen. Und ich konnte sie ihr nicht geben. Nicht in diesem Moment. Seit jenem Vorfall war es ganz schlimm. Als hätte sich ein Schalter umgelegt. Atmen half nicht mehr und diese Angst bei jedem Einsatz, dass ich total ausfalle …« Er sah angestrengt an die Wand. Ich wusste, dass er darüber noch nicht allzu oft gesprochen hatte, und legte meine Hand auf seine. »Bei solch einem Einsatz musst du dich zu hundert Prozent auf deinen Kollegen verlassen können. Du musst dich darauf verlassen können, dass er dich schützt und in jeder Sekunde voll da ist. Dass er instinktiv reagieren kann. Und davon war ich weit entfernt. Ich war eine Gefahr, für mich und jeden in meinem Team.«

Ich strich über seine Brust. »Und deshalb hast du den Dienst quittiert?«

»Am Ende ja. Es hat mich fertiggemacht. Ich hatte ständig Angst zu versagen. Und im Ernst, ein Kriminalkommissar, der umfällt, wenn er Blut sieht? Das ist ein Witz und ein ziemlich schlechter. Ich hatte mich für den Beruf entschieden, weil es eine Familientradition ist. Mein Vater und mein Großvater waren bei der Kripo. Sie waren immer Feuer und Flamme für diesen Job. Ich bin mit ihren Geschichten aufgewachsen und ich fand es cool, was sie machten. Ich wusste natürlich, auf was ich mich einließ, und ich fragte sie, ob man sich daran gewöhnt. An die Gewalt und an das Blut, mit dem man es zu tun bekommt, und beide versicherten mir, dass es so wäre. Dass es Techniken gibt, die man vermittelt bekommt. Hilfestellungen, um das alles mit einem gesunden Abstand zu sehen. Dass man lernt, sich auf das zu fokussieren, was im Moment zählt, und die Umstände nicht zu dicht an sich heranzulassen. Und am Anfang schien das auch zu funktionieren. Ich wollte es unbedingt, weil ich unbedingt diesen Job machen wollte. Ich habe fest daran geglaubt, dass ich es beherrschen kann. Mein Vater hatte ebenfalls diese Probleme, wie er mir gestand, und er hat sie in den Griff bekommen.« Er seufzte leise. »Ich nicht.«

»Bist du im Dienst auch umgekippt?«, fragte ich.

»Nein. Aber ich musste mich setzen, mein Gehirn war wie tot, mir war schlecht. Ich musste unter einem Vorwand den Raum verlassen. Und manchmal war ich nahe dran.«

»Aber heute«, fragte ich besorgt. »Heute bist du umgefallen.«

»Weil das du warst, Ida. Weil ich mir vorstellte, was dir passiert sein musste. Weil ich nicht damit gerechnet hatte. Im Dienst konnte ich mich wappnen. Bei dir«, er lachte leise, »ist das wohl ein Ding der Unmöglichkeit.«

Ich kaute nachdenklich an meiner Unterlippe herum. Das war nicht gut. Parker seufzte noch einmal.

»Wenn du Angst davor bekommst, deinen Job zu machen, musst du etwas ändern. Dann bot sich die Chance bei der *Schirm und Schild*. Meine Chance. Nicht viele Beamte wechseln freiwillig in die Wirtschaft. Und es ist ein guter Job. Ich kann vieles anwenden, was ich in meiner Ausbildung gelernt habe.«

»Und du hast mich kennengelernt.«

Er lachte leise. »Ja. Das ist das Allerbeste daran, ganz ohne Frage.«

Nachdem er mir seine Geschichte anvertraut hatte, war es an mir, ihm meine zu beichten. Ich fand, dass das weit schwieriger war. Parker war immer so korrekt und zu lügen war für ihn ein echtes Problem. Ich musste ihm also die Wahrheit sagen, damit er verstand, weshalb ich das getan hatte. Ich wollte es ihm auch sagen, obwohl ich nach wie vor Angst hatte, dass er mich dann für noch verrückter hielt als zuvor.

»Ich habe dich nie belogen«, sagte er und sah mich streng an. »Ich habe dir nicht alles gesagt, aber ich habe dir keine Lügen aufgetischt.«

»Ich dir auch nicht. Falls du dich erinnern willst, dann war es höchstens Justus, den ich belog. Dass du dabei auf der Treppe herumhängst und unsere vertraulichen Gespräche belauschst …«

»Ida, ich habe nicht gelauscht. Und es war trotzdem eine Lüge.«

»Aber eine, die dich schützen sollte«, sagte ich leise.

»Mich schützen? Vor wem? Vor Justus?« Parker klang alarmiert. »Weil da doch mehr ist, als du zugibst?«

»Was? Quatsch. Doch nicht mit Justus, jetzt mach dich nicht lächerlich.« Ich rutschte ein wenig näher an ihn heran und schmiegte mich an seinen warmen Körper. Ich ließ meine Finger über seine Brust gleiten. Ich liebte es, das zu tun und dabei zu hören, dass er es ebenfalls liebte.

»Wovor wolltest du mich dann schützen?«

»Vor dem Schicksal«, sagte ich seufzend.

Und dann erzählte ich ihm von Oma. Von ihrem Karl und dem wilden Gerhard. Von ihrem Entschluss, dass sie sich nie mehr auf eine feste Beziehung einlassen würde, und von meinem Eindruck, dass sie das tat, weil sie dachte, sie brächte den Männern Unglück. Von meiner Mutter und meinem Vater, dem ersten und einzigen Mann, den sie je liebte, und wie diese Liebe endete.

»Und du denkst, dass es an euch liegt?«, fragte er ungläubig.

Ich nickte. »Es gibt mehr Dinge zwischen Himmel und Erde, als Eure Schulweisheit sich träumen lässt«, zitierte ich weise den guten alten Shakespeare.

»Aber ein Fluch? Im Ernst, ich hätte nicht einmal dir zugetraut, dass du an so etwas glaubst.«

»Jetzt weißt du es«, sagte ich schnippisch.

»Hey. Nicht böse sein«, er küsste mich und ich beschloss, dass ich ihm sehr viel öfter böse sein müsste, wenn er so damit umging. »Wenn du mir jetzt auch noch sagst, dass du an diese ganzen Horoskope glaubst, die dir deine Oma …«

»Sag nichts Falsches!« Ich platzierte meine Hände auf seiner Brust und drückte sicherheitshalber ein wenig zu, um meinen Worten Gewicht zu verleihen. »Denn ja, ich glaube daran. Und du solltest es ebenfalls tun. Schließlich haben die Sterne mir für dieses Jahr versprochen, dass ich die Liebe meines Lebens finde. Den Mann, der mich liebt und mich so nimmt, wie ich bin. Und wer weiß, ob ich ohne dieses Wissen den Mut gehabt hätte, hier aufzutauchen.«

»Dann werde ich nie mehr etwas sagen«, schnurrte er zu meiner Zufriedenheit.

»Besser so«, sagte ich und wollte meine Hände wieder über seinen Körper wandern lassen. Leider hatten sich die Pflaster, die ich mir gestern so großzügig auf meinen Handballen aufgeklebt hatte, in der letzten Nacht ein wenig gelöst und nun beschlossen, zur Abwechslung statt auf mir auf seiner Brust zu kleben. Und als ich jetzt meine Hände über seinen Oberkörper schicken wollte, überlegten sie einen Moment, wo sie nun endgültig verbleiben wollten. Einen Augenblick hatten wir ein Unentschieden, und das kostete Parker bereits die ersten Haare, ehe sie meine Handflächen aufgaben und sich endgültig in seinem Pelz verfingen.

»Ida«, stieß er hervor und ich hörte, dass es nicht ganz schmerzfrei abgegangen war. Ich betrachtete das Pflaster, das sich jetzt auf ihm befand. Mir hatte es kaum wehgetan, als es sich ganz verabschiedete, aber das war vermutlich auch eine andere Ausgangssituation. Ich besah mir den Schaden und dachte nur ganz kurz nach. Wer diese Sorte Pflaster kennt, weiß, dass sie normalerweise wirklich gut halten. Und dass es nur eine Möglichkeit gibt. Ich beugte mich über ihn, küsste ihn und zog gleichzeitig beherzt das Ding ab.

»Himmel, Ida.« Parker keuchte und ich sah grinsend den kleinen Bereich, der jetzt wieder haarlos war. »Willst du mich umbringen?«

»Nein«, sagte ich und tat das, was ich von Omi gelernt hatte. Den Schmerz einfach wegküssen, mit ganzem Einsatz. »Das will ich ganz sicher nicht.«

Parkers Erklärung für seinen Zusammenbruch hatte mich fast überzeugt, dass alles in Ordnung war. Aber ein wenig mulmig war mir dennoch. Ich meine, ich war jetzt nicht der Obertrottel, der ständig irgendwo hinfiel, aber es war nicht zu leugnen, dass ich durchaus das eine oder andere Mal ein wenig zu beschwingt um eine Ecke bog. Und überhaupt, wenn er bisher nicht umgekippt war, bei mir aber schon, dann war das doch nicht ganz beruhigend, oder? Ich versuchte später, das Gespräch noch einmal auf dieses Thema zu bringen, aber Parkers Kreislauf war wieder stabil und er selbst wieder völlig der Alte.

»Das wird schon nicht passieren. Und du weißt jetzt ja, dass du mich zumindest vorwarnen solltest. Dann stelle ich mich darauf ein.«

»Aber du wolltest nicht, dass ich einen Arzt rufe.«

»Weil es unnötig war. Die haben Besseres zu tun, als mir die Hand zu halten.«

Ich nickte und kaute einmal mehr auf meiner Unterlippe herum. Genau das hatte Opa Karl auch gesagt. Als er noch reden konnte.

Kapitel 36

Ich glaube, Omi und ihre Freundinnen waren fast ebenso begeistert wie ich, dass Parker mir verziehen hatte und wieder bei uns ein- und ausging. Auch wenn sie ihm ihre Begeisterung nicht so deutlich zeigen durften wie ich. Aber sie probierten es zumindest und er gewöhnte sich daran, dass sie ihn herzten, wenn sie ihn in die Finger bekamen, und sich dann kichernd wie Schulmädchen darüber ausließen, wie *fest* sich sein Oberkörper doch anfühlte. Ich glaube, dass er es gar nicht so schlimm fand, wenn sie das taten, und dass er sie wie ich schon längst in sein Herz geschlossen hatte. Diese Frauen waren mein Vorbild, mein Ausblick in eine Zukunft, die einem Angst machen konnte. In eine Zeit, in der man alt war und es einem drohte, dass man einfach übersehen wurde, vergessen wurde, alleine zurückblieb. Und die mir jeden Tag zeigten, dass man dem Leben entschlossen, mutig und mit einer gehörigen Portion Frechheit ins Gesicht sehen musste.

Ganz besondere Freude hatten sie daran, ihn in Verlegenheit zu bringen, und sie ließen keine Gelegenheit aus, genau das zu tun. Ich verstand auch das. Gideon war der heißeste, liebenswerteste und coolste Mann, den ich kannte. Und zeitgleich war er so unfassbar korrekt, so sicher in seinen Ansichten, was sich gehörte und was nicht. Und wenn die drei – oder auch ich – etwas sagten und taten, was sich der allgemeinen Meinung nach nicht gehörte, konnte er so wunderbar verlegen werden. Und dann war er wirklich zum Anbeißen, fand ich.

Ich weiß noch, wie er dahinterkam, was es mit Omis Telefonseelsorge tatsächlich auf sich hatte. Ich hatte es ihm nicht gesagt und wenn es nach mir gegangen wäre, hätte er es auch nicht wissen müssen. Aber er bekam es heraus, weil man alles irgendwann herausbekommt.

Omi hatte immer noch keine ihrer Bekannten dafür gewinnen können, was mich nicht wirklich wunderte. Auch wenn es in unserem kleinen Ort eine Menge richtig toller Menschen gab, waren Oma und ihre Mädels doch etwas Besonderes. Ich meine, gut, da gab es den Nackten, der ebenfalls ganz schön verrückt war. Er hieß so, seit er vor fünf Jahren in das Dorf gezogen war. Normalerweise weiß man sehr schnell, wer dieser Neuzugang ist, aber er war schneller, sich vorzustellen und ganz nebenbei einen lebenslangen Spitznamen zu verdienen. Er und seine Freundin wohnten zu dem Zeitpunkt noch nicht lange hier und sie waren ein recht heißblütiges Paar. Eines Tages bekamen sie einen Streit, als er wohl gerade unter der Dusche stand. Worüber sie stritten, ist nicht überliefert, aber sie verließ daraufhin wutschnaubend das Haus. Und er, völlig aufgelöst, eilte ihr hinterher. Der Streit setzte sich auf der Straße fort und die beiden kamen zu keiner rechten Einigung. Also stürmte sie davon, die Hauptstraße hinauf, und er folgte ihr. Leider konnte sie ziemlich schnell rennen und er auch und irgendwie verabschiedete sich in seiner wilden Verfolgungsjagd das Handtuch, das er sich um die Hüften geschlungen hatte. Er merkte es wohl, entschied aber, dass sie wichtiger war, und sauste einfach weiter hinter ihr her. Es dauerte etwas, bis er sie zum Anhalten bewegen konnte, und er war in dieser Zeit die Sensation des Ortes. Als sie endlich stehen blieb und bemerkte, in welchem Aufzug oder besser Nicht-Aufzug er da hinter ihr hergeeilt war, küsste sie ihn und der Streit war Geschichte. Und dann spazierten sie ganz entspannt Hand in Hand zurück, grüßten freundlich nach links und rechts und grinsten sich einen. Um seine Hüften hatte er sich lässig ihren rosafarbenen Schal gewickelt und tat einfach so, als wäre das ein Maßanzug. Und die Leute? Winkten zurück und taten ebenfalls so, als wäre das völlig normal. Vielleicht fühle ich mich deshalb so wohl an diesem Fleckchen Erde? Weil man hier verrückt sein darf und das akzeptiert wird? Der Nackte wurde jedenfalls letztes Jahr zum neuen Vorstand des Männergesangvereins gewählt, ein sicheres Zeichen, dass man ihn mittlerweile völlig akzeptierte. Und Omi hatte man wiederholt die Leitung des Frauenbunds angetragen, was zeigte, dass man auch sie respektierte, mit all ihren verrückten Ideen und Männergeschichten.

Tja, und eine dieser verrückten Ideen ist eben diese Hotline, mit der sie nebenbei ihre bescheidene Rente ganz nett aufbessert. Mein zu allen Schandtaten bereiter Freund Justus hatte ihr dabei geholfen, ihr erklärt, wo man so eine Nummer beantragt und wie man die dann auf ihre Damen aufteilt, das ganze technische Zeug eben. Mittlerweile braucht sie seine Hilfe nicht mehr und manchmal denke ich, was diese Dinge angeht, ist mir Omi weit überlegen. Und weil diese Hotline nach wie vor so gut läuft und sie immer noch keine beherzten Damen gefunden hat, die in das Geschäft mit den einsamen Witwern einsteigen wollen, verpflichtete sie nach wie vor gelegentlich mich.

Ich muss sagen, dass sie meine Einsätze wirklich minimal hält. Nicht aus Rücksicht auf mich, sondern weil sie weiß, dass meine Stimme viel zu jung klingt, um echten Anklang zu finden. Die Herren, die dort anrufen, wollen keine jungen Frauen am Telefon haben. Die hatten andere Nummern, die sie anriefen, und das waren auch keine netten alten Herren wie unsere, sondern alte Säcke, um mal ehrlich zu sein. Obwohl Omi fand, dass es auch die geben musste und man sie sein lassen sollte, wie sie eben waren, solange sie dasselbe für uns taten.

Bei ihrer Hotline war es auf alle Fälle so, dass man sich intern organisiert hatte und dass ihre Stammkunden das auch wussten. Wer eine resolute, realistische Gesprächspartnerin brauchte, die einem mal wieder den Kopf zurechtrückte und klarmachte, was das eigene Leben noch an Schönem zu bieten hatte, ansonsten aber einfach ein wenig Ansprache und einen klugen Rat brauchte, der rief Klärchen an. Ihren Dienst zu übernehmen war nicht schwer, denn diese Gespräche hatte ich gut drauf. Wem der Sinn nach ein wenig heiterem Geplänkel, gerne mit kleinen anzüglichen Witzen, stand, der war bei Gerdi genau richtig. Sie kicherte und flirtete ungeniert mit ihren Gesprächspartnern und gab ihnen das Gefühl, wieder jung und attraktiv zu sein. Das fand ich weit schwieriger und ihre Vertretung übernahm Omi lieber selbst. Ihre eigenen Zeiten jedoch waren für alle, die sich nicht festlegen wollten. Omi konnte Rat und Hilfe geben, Zuversicht wecken und das Leben einfach ein wenig besser machen. Und sie konnte auch mal flirten und sich dabei selbst wieder jung und begehrenswert fühlen. Sie hatte alle Rollen drauf und sie liebte die Abwechslung. Sie ging jedes Telefonat mit viel Elan und grundsätzlich ohne Vorurteile und offen an. Dabei hatte sie aber Grenzen, die sie unmissverständlich zeigte. Ich weiß noch, wie einmal ein seiner Stimme nach recht junger Mann anrief, der es aufregend fand, mit einer betagten Dame über Sex zu reden. Aber da war er bei Omi an der falschen Adresse.

»Sie Schmutzfink«, fauchte sie ins Telefon. »Ich könnte Ihre Oma sein. Ja, ich weiß, dass Ihnen das gefällt, aber mir nicht. Und wenn Sie genau wissen wollen, was ich gerade tue: Ich reibe mir mein Knie mit Franzbranntwein ein, weil mich mein Rheuma heute umbringt.« Damit legte sie auf und ich applaudierte ihr grinsend.

Deshalb war es für mich auch eine kleine Überraschung, als ich herausfand, dass sie nicht alle Kunden mit Spezialwünschen so rigoros abkanzelte. Einen Kunden gab es nämlich, der schon lange anrief und den sie in ihr Herz geschlossen hatte. Und als der dann irgendwann stotternd gestand, was er sich einmal von ihr wünschte, sagte Omi zu seiner Überraschung, dass das kein Problem darstellen würde. Und als sich Helmut das wieder wünschte, war Omi schon daran gewöhnt, und so hat sich das eben ergeben. Helmut rief immer mittwochs an, an einem von Omis Tagen. Zuverlässig und pünktlich. Und wenn Omi wusste, dass nächste Woche ein Treffen der Frauengemeinschaft oder des Seniorenverbands anstand, dann sagte sie Helmut Bescheid, dass er sich eine Woche gedulden müsse, weil nur eine Vertretung verfügbar wäre, die solche Dienste nicht anbot. Ich hatte sie auch dringend darum gebeten, als sie mir kichernd von ihm erzählte, denn das war nichts, was ich mir zutraute. Zumindest nicht am Telefon mit Helmut.

Und dann hatte ich wieder einmal ihre Schicht übernehmen müssen und ich kam auch ganz gut klar. Ich hatte ein Gespräch, in dem wir ein wenig über das Leben an sich philosophierten, und eines, in dem ich einem Kunden einfach nur zuhören musste, wie er von seiner Frau erzählte, die letztes Jahr gestorben war. Das fand ich ziemlich traurig. Nicht seine Geschichten, denn die waren so voller zärtlicher Erinnerungen und Liebe, dass es mir ganz warm ums Herz wurde. Was mich traurig machte, war, dass er hier anrufen musste, um jemanden zu haben, der sich diese Geschichten anhörte.

Ich lag dabei bäuchlings auf den Polstern in meinem Palettenzimmer und wackelte mit den Beinen. Parker hatte es sich auf der anderen Seite bequem gemacht, mit einem Krimi in der Hand. Ab und zu warf er einen Blick herüber, wenn ich etwas sagte, widmete sich dann aber wieder seinem Buch. Ich mochte es lieber, wenn ich bei diesen Telefonaten alleine war, aber andererseits wollte ich ihn auch nicht wegschicken, nur weil ich versäumt hatte, ihm zu sagen, dass ich erst ab einundzwanzig Uhr Zeit für ihn hätte. Und es war ja auch bereits fast so spät. Vermutlich wäre nach diesem Anruf Schicht im Schacht.

Als es dann doch noch einmal klingelte, warf ich ihm einen entschuldigenden Blick zu und nahm das Telefonat an.

»Hallo, die Frieda von den *Omis mit Herz für dich.*« Ich sah Parker streng an, der amüsiert seinen Mund verzog. »Oder um genau zu sein, die Ida, die ebenfalls ein Herz für dich hat«, setzte ich dann munter hinzu.

Parker grinste immer noch, aber mir verging es gerade.

»Oh, Helmut. Äh, das tut mir jetzt leid, aber heute gibt es nur mich. Vielleicht …«

Ich unterbrach mich und lauschte seinen aufgeregten Berichten, dass er nicht darüber informiert worden war, dass ich heute hier wäre und dass sein Tag nicht der beste gewesen war und er jetzt ziemlich dringend etwas dagegen unternehmen müsste.

»Helmut, sie ist nicht da. Und wir beide, wir haben das doch schon probiert. Ich bin nicht wirklich ... Hm ... Ach so ... Nun, das tut mir leid.«

Er redete weiter und ich hörte zu und sah, dass Parker sein Buch hatte sinken lassen. Nein, auf gar keinen Fall, nicht hier. Nicht wenn er zuhörte.

»Was? Das ist nicht wahr? Mensch, Helmut, das tut mir leid, das ist wirklich bitter. Ja, ich verstehe dich, aber ...« Ich seufzte. »Na gut. Nein, du musst nicht noch mehr erzählen. Ja, ausnahmsweise. Oh, danke, dass du bereit bist, meine Versuche zu ertragen.« Ich lachte ein wenig und rappelte mich dabei auf. »Ja, ich meine das ernst.«

Ich warf Parker einen entschuldigenden Blick zu und deutete hinüber ins Nähzimmer, wohin ich mich verabschieden würde. Er zog die Brauen hoch, doch ich war schon durch die Tür.

»Na gut, dann mal los. Also, Helmut, du warst heute ein ungezogener Junge, ja? Und die Omi muss dich jetzt ein wenig bestrafen?«

Also, um das klarzumachen, die Bestrafung, auf die der Helmut stand, war nichts weiter als ein wenig Schimpfe. Zumindest bei mir. Ich hatte den Verdacht, dass Omi gelegentlich auch ein paar andere Dinge sagte und in Aussicht stellte, aber auch ich hatte meine Grenzen und er akzeptierte das. Aber wenn er einen ganz schlimmen Tag hinter sich hatte, dann konnte ihm nur das helfen, das behauptete er zumindest. Und ich drohte ihm dann halt an, dass ich ihn in sein Zimmer schicken würde und dass er kein Dessert bekommen würde, nein, auch kein Obst, und wenn ich ganz gut drauf war, dann beschied ich ihm, dass er morgen nicht zu seinem Rentnerstammtisch dürfte und dass ich ihm, jawohl, den

Rollator verstecken würde, damit er nicht heimlich türmte. Der Himmel weiß, wie man mit solchen Aussichten munterer werden sollte, aber bei Helmut klappte es. Ich drohte ihm nie einen Klaps auf den Hintern an, weil ich Angst hatte, wie er das aufnehmen würde oder dass er dann mehr wollte. Omi erzählte mir im Vertrauen und weil ich das für die Vertretungen wissen musste, dass Helmuts Frau wohl ein rechter Drachen gewesen wäre und er sie arg vermisste. Nun gut, auch das muss ich nicht verstehen.

Als ich von Helmut zurückkam, saß Parker mit undurchdringlichem Blick da und ich wusste, dass ich die Tür zum Nähzimmer nicht schnell genug geschlossen hatte.

»Das war ein Witz, oder? Das war Justus und ihr nehmt mich hoch?«

Ich schüttelte den Kopf und nach einem kurzen Moment schüttelte es ihn.

»Du hast … ihn bestraft?«

Ich nickte. »Helmut bekommt drei Tage kein Eis und er muss alle Küchenschränke auswischen.«

Parkers Augen wurden noch größer.

Ich zuckte die Achseln. »Er steht darauf. Putzstrafen findet er ganz besonders toll.«

»Und was sonst noch?«

Jetzt schüttelte es mich. »Gar nichts. Das ist harmloser, als es klingt. Zumindest, wenn er mich am Apparat hat.«

»Und bei Frieda?«

»Weißt du, was die oberste Regel bei meiner Omi ist?«, fragte ich ihn.

»Keine Schweinereien?« Er klang hoffnungsvoll.

»Nein«, sagte ich und grinste. »Frag nie nach etwas, wenn du die Antwort nicht wirklich hören willst.«

Kapitel 37

Parker brauchte eine Weile, um Omi wieder in die Augen sehen zu können. Sie fragte sich, was sie verbrochen habe, und schließlich gestand ich ihr, dass es meine beziehungsweise Helmuts Schuld war. Oder, um ganz genau zu sein, ihre, weil sie ihm nicht gesagt hatte, dass sie an diesem Tag nicht zur Verfügung stand.

Omi nickte verständig und beschloss, das zu klären, wenn sie Parker mal wieder in die Finger bekam.

Das dauerte eine Weile, denn er war zu einer Fortbildung gefahren. Seit unserem Einsatz auf Korfu hatten wir nichts Vergleichbares mehr bekommen, aber nun bot sich ihm die Chance, einen ausscheidenden Kollegen aus der Münchner Abteilung zu ersetzen. Und da er dafür glücklicherweise weiterhin hier arbeiten konnte, hatte ich ihm dringend geraten, das zu tun. Ob ich wieder mit dabei sein würde, war nicht klar, aber das war mir egal. Ich wusste, dass er sein Talent vergeudete, wenn er sich nur um die ganz kleinen Fische kümmerte, und dass er mich dazuholen würde, wenn es wieder einen Einsatz für zwei geben würde. Dass er das auch durfte, weil ich mich ebenfalls bereits bewiesen hatte und Masmeier immer noch ein Wörtchen mitzureden hatte. Auf alle Fälle verbrachte er eine Woche in München und ich freute mich wie verrückt, als er endlich wieder bei mir war.

»Ida«, schnurrte er auch verheißungsvoll, als ich ihm die Tür öffnete. »Ich habe dich vermisst … Himmel, was hast du denn angestellt?«

»Warum?« Ich sah ihn überrascht an.

Er deutete auf mein Haar.

»Oh, der Pony. Ich habe keinen Termin mehr bekommen und dachte, dass ich das alleine hinbekomme. Omi schneide ich auch immer die Haare …«

»Was einiges erklärt«, warf er leise ein.

»… und ich dachte, so schwer kann das ja nicht sein. Nun, es ist vielleicht ein wenig schief geworden, aber …«

»Ein wenig«, wiederholte er und grinste. »Du siehst ziemlich … avantgardistisch aus.«

»Echt jetzt? Das ist ja cool.« Ich grinste ihn breit an. »Oder liebst du mich nicht mehr, nur weil ich einen schiefen Pony habe?«

»Wie könnte ich. Ich glaube, ein ganzes Leben reicht nicht aus, um alle Verrücktheiten an dir zu entdecken, die ich liebe.«

Ja, manchmal ist Gideon einfach zu süß. Ich flog ihm um den Hals und küsste ihn so, dass er das mitbekam, also dass ich ihn süß fand. Und dann kam Omi dazu, räusperte sich frech und legte den Kopf schief, um abzuwarten, bis wir fertig waren.

»Und? Hat es Spaß gemacht«, fragte sie und sah ihn herausfordernd an.

»Ähm«, sagte er und ich sprang ihm hilfreich zur Seite.

»Und wie, Omi.«

»Und was denkst du«, sie stieß ihm ihren Zeigefinger in die Brust, »wie lange dir das Spaß machen darf? Bis du fünfzig bist? Oder sechzig?«

Er sagte nichts.

»Denkst du, wenn die Falten in deinem Gesicht zunehmen, verschwindet das einfach? Diese Gefühle? Oder dass sie dann plötzlich schmutzig sind? Schmutziger als heute?«, fügte sie hinzu und grinste wissend.

»Ähm«, sagte Parker wieder.

»Das sind sie nicht. Und sie verschwinden auch nicht. Wir bleiben Menschen, und das ist auch gut so. Man muss sich nur den Umständen anpassen. Und dem Leben, so unfair das ist. Aber das, was ich mache, ist für viele Menschen eine Gnade, weil sie es ebenfalls lieben. Und nur damit das klar ist: Mit vielen Anrufern rede ich einfach, weil sie niemanden haben, der sich Zeit nimmt, um ihnen zuzuhören. Und mit anderen«, sie schnaubte zufrieden, »mache ich ein wenig mehr. Und das«, sie reckte sich auf zu ihrer ganzen Größe von einssechzig, »mache ich freiwillig und ebenfalls gerne. Weil ich es mein Leben lang gerne getan habe. Es gibt mir das Gefühl, wieder jung zu sein und schön und gebraucht zu werden.«

»Ach, Omi«, sagte ich und küsste ihre Wange, »du wirst doch auch so gebraucht. Ich brauche dich, das weißt du.«

»Du brauchst mich nicht mehr. Du hast jetzt ihn. Das hat sie doch?«

Parker nickte.

»Und ich habe dich auch, oder?«, fragte sie ihn. »Wenn du es mit Idas Verrücktheiten aufnehmen kannst, dann kannst du es auch mit meinen.«

»Glaub ihr nicht. Das ist eine Falle«, wisperte ich ihm zu und Omi kicherte zufrieden.

»Deine Oma ist wirklich eine ganz besondere Frau«, gab er später zu, als wir ihrem scharfen Blick entronnen waren.

»Meine Worte«, antwortete ich zufrieden.

»Und ich mag sie mit jedem Tag mehr. Sie ist sehr klug und sie ist tapfer. Warmherzig und manchmal auch angsteinflößend. Sie sieht die Dinge in einem anderen Licht und sie findet Lösungen, die sonst keiner in Betracht ziehen würde. Darin gleichst du ihr sehr.«

»Ich hoffe doch, dass ich ihr in noch viel mehr ähnlich bin. Und eins ist mal sicher: Wenn ich alt bin, dann will ich genau so eine Oma sein. Eine wunderbare, großherzige, witzige Frau, von der ihre Enkel mit Stolz sagen, dass sie verrückt ist. Darauf solltest du dich einstellen, dann wird alles gut werden.«

»Damit kann ich leben«, gab er zurück. »Ich wäre sehr enttäuscht, wenn du keine verrückte Oma wirst. Und zuvor meine verrückte, wunderbare Frau. Irgendwann«, schob er schnell nach. »Wenn du dazu bereit bist. Oder du bleibst meine verrückte Freundin, auch das wäre perfekt. Hauptsache, du bleibst bei mir.«

»Das«, sagte ich langsam und fühlte, wie es in meinem Brustkorb warm aufglühte, »das habe ich vor.«

Ob Parker wusste, was ich ihm da Großes versprochen hatte? Nicht die Sache mit dem Verrücktsein, da war ich mir ziemlich sicher, dass ich sie hinbekam. Auch nicht, dass meine Enkel, ein Gedanke, der mich immer noch ein wenig schreckte, mir täglich vor Augen führen würden, dass ich wirklich alt geworden war. Nein, ich war immer noch ein wenig in Sorge, ob ich jemals Kinder haben würde, und noch mehr, ob er das dann auch mitbekommen würde. Nicht aus biologischen Gründen. Wenn ich jemals Kinder bekommen würde, dann nur seine, das wusste ich mittlerweile. Aber diese Angst, die mich mein halbes Leben lang im Griff gehabt hatte, die verschwand nun mal nicht über Nacht. Ich gab mein Bestes und ich fand, dass ich es recht gut machte. Ich hatte Parker nicht nur in mein Leben gelassen und ihm gesagt, dass ich ihn liebte, sondern ihn beim letzten Grillfest des Kleintierzüchtervereins auch allen meinen Freunden, Bekannten und anderen Neugierigen ganz offiziell als meinen Freund vorgestellt. *Ja, richtig, genau auf diese Weise mein Freund*, hatte ich breit grinsend bestätigt und ihn geküsst, damit wirklich jeder Zweifel aus der Welt war. Wir hatten auch in der Firma bekannt gegeben, dass wir ein Paar waren. Also nicht mit einem Aushang oder einer Rundmail oder etwas in der Art. Aber wir hatten auch nicht verhindert, dass die Kollegen es einfach mitbekamen. Sven war ein wenig enttäuscht und einige meiner alten Kolleginnen reagierten ziemlich verschnupft und sprachen eine Weile nur noch das Nötigste mit mir, weil ich ihn mir geangelt hatte, aber dann beruhigten sich die Gemüter wieder und es war nichts weiter als eine Tatsache, dass wir zusammen waren. Und ich hatte zum ersten Mal den Gedanken zugelassen, dass ich vielleicht einmal eine Familie haben könnte. Nicht heute oder morgen, aber wir hatten ja noch Zeit. Und wir redeten auch nicht von einer Hochzeit, also einer anderen als der, die wir uns damals ausgedacht hatten und die eigentlich ganz schön gewesen war, aber ich wehrte mich auch nicht mehr mit aller Kraft dagegen. Und ich dachte wieder öfter an Yvonne. Ich dachte daran, wie sie sagte, dass wir das perfekte Paar waren, und musste zugeben, dass sie recht hatte. Meine manchmal etwas verquere Art und seine gelegentlich durchbrechende Steifheit ergänzten sich großartig. Er lernte von mir, etwas spontaner zu sein, und ich von ihm, dass es schön war, einen Menschen an seiner Seite zu haben, der immer da war, egal ob die Sterne das gut fanden oder nicht. Ich lasse mir von Omi immer noch meine Voraussagen vorlesen und ich versuche, den guten mehr Glauben zu schenken. Wenn die Prognosen zu schlecht sind, dann warne ich Parker vor, damit er gegensteuern kann, was er hervorragend beherrscht. Und ich warne ihn auch jedes Mal vor, wenn ich mir wieder irgendwo eine Körperstelle blutig geschlagen habe oder im Eifer des Karottenschälens eine zu intensive Begegnung mit dem Gemüsemesser hatte. Wir haben das ganz gut im Griff, wofür ich dankbar bin, denn diese Sache hat mich immer noch nicht ganz losgelassen. Manchmal sehe ich ihn an, diesen wunderschönen, großen, starken Mann, der nur so strotzt vor Leben, und dann überkommt mich eine plötzliche, total verrückte Panik, dass ihm etwas passiert, dass ich ihn einfach so verlieren könnte. Dann versuche ich, mir Omas Worte in den Sinn zu rufen, dass lieben auch immer heißt zu verlieren und dass jede Sekunde, die wir miteinander haben, kostbar ist. Zu kostbar, um sie zu verschwenden, mit Streit oder der albernen Frage, ob man wohl irgendwann einmal seine goldene Hochzeit feiern wird. Vielleicht hat Yvonne das gemeint, als sie sagte, ich solle ihm vertrauen und ich solle tun, was er verlangt. Denn das Einzige, was er von mir verlangt, ist, dass ich ihn liebe. Und das tue ich mehr als gerne.

»Ich habe etwas für dich. Eigentlich sogar zwei Sachen.« Parkers Augen blitzten.

»Ernsthaft?« Ich klatschte in die Hände. »Und was?«

»Erstens einmal kam heute eine Mail an. Aus München.« Er machte eine Pause und ich tat ihm den Gefallen, ein wenig hin und her zu zappeln.

»Und was stand drin?«

»Es gibt da einen Fall. Eine Auszahlungsanforderung. Der Totenschein wurde auf Menorca ausgestellt und es gibt einige Unstimmigkeiten.«

»Und?«, fragte ich und zappelte ein wenig wilder.

»Nun, sie haben angefragt, ob sie ihn an uns weiterreichen können. Im Moment haben sie keine freien Kapazitäten und wir sind gerade gut besetzt.«

»Menorca«, sagte ich verträumt. »Da wollte ich immer schon mal hin.«

»Es gibt da allerdings einen kleinen Haken«, sagte Parker und seine Stimme wurde dunkler.

»Ach ja?«

»Du müsstest meine Ehefrau sein.«

»Das würde ich in Kauf nehmen. Ich bekomme doch wohl eine Sonderzulage dafür?«

»Die bekommst du. Gleich hier.« Er zog mich an sich und küsste mich. Kein *Schirm-und-Schild*-Ehemann-Kuss, sondern einen echten, der meine Knie weich werden ließ und meine Hüften ganz besonders kitzelig.

»Halt.« Ich griff nach seiner Hand, die sich unaufhaltsam auf den Weg zu Körperstellen machte, die eindeutig nur Ehemännern und solchen, die das werden könnten, vorbehalten waren. »Was war das Zweite?«

»Das ist nicht so wichtig. Das hat Zeit«, raunte er, aber ich blieb hart.

»Erst will ich es wissen«, sagte ich bestimmt. »Wer weiß, vielleicht gefällt es mir nicht und du erschleichst dir hier Vertraulichkeiten, die ich danach nicht mehr gewähren würde?«

»Das glaube ich nicht«, versuchte er es noch einmal, sah dann aber ein, dass er keine Chance hatte, und nahm seinen Arm von mir.

»Also gut.« Er griff in seine Jackentasche und zog ein akkurat gefaltetes Blatt heraus.

»Was?«, begann ich, als er es mir hinhielt.

»Für dich. Damit du mich endlich nicht mehr so anstarrst, wenn ich einmal sage, dass ich Kopfschmerzen habe oder mich schlapp fühle nach einem langen Tag.«

Neugierig klappte ich das Papier auf. Und starrte auf das schönste Geschenk, das er mir hätte machen können.

»Oh, Gideon!«

»Hier steht es. Schwarz auf weiß. Alles in Ordnung. Jeder einzelne Wert ist da, wo er sein sollte. Ich habe mir Blut abnehmen lassen, damit sie es untersuchen können.« Sein Blick wurde für eine Sekunde leicht glasig.

Ich seufzte glücklich, weil ich wusste, dass ihn diese Aktion einiges gekostet haben musste.

»Mein Herz ist stark und gesund und alle anderen Organe sind es auch. Ich habe alles durchchecken lassen, was man durchchecken kann, und jede einzelne Untersuchung war ohne Befund. Wenn mir etwas passieren sollte, dann ist das eben so. Aber es deutet nichts darauf hin, dass mich ein unerkannter Herzfehler oder etwas anderes in nächster Zeit ins Jenseits befördern wird.«

Ich sah auf das Blatt, dann zu ihm und in seine wunderschönen Augen, die gar nicht blitzten oder geheimnisvoll waren, sondern nur ganz offen und ehrlich und voller Liebe. Und in diesem Moment wusste ich, dass ich ein Mittel gegen den Fluch gefunden hatte. Ein Mittel, das ein Meter achtzig groß war, dunkle Haare hatte und eine Brust, die breit genug war, damit ich dort jeden Schutz finden würde, den ich brauchte. Ein Mittel, das mich vom ersten Moment an stärker gebannt hatte, als das ein Fluch konnte, und vor allem ein Mittel, das es wert war, dafür das Risiko einzugehen, das man immer eingehen muss, wenn man einen Menschen liebt und sich ihm anvertraut. Es ist ein wenig wie bei der *Schirm und Schild*. Man kann sich absichern und alle möglichen Verträge abschließen, um sich gegen alles zu schützen, was einem im Leben passieren könnte. Und doch konnte einem etwas zustoßen, was die Police nicht abdeckt. Und manchmal musste man genau hinsehen, um nicht einem Betrüger aufzusitzen, einem, der nur so tat als ob. Doch in den allermeisten Fällen reichte es aus. In den allermeisten Fällen bot die Police genau den Schutz, den man brauchte. In den allermeisten Fällen war es genau so, wie es sein sollte. Bei der *Schirm und Schild* echte Schadensfälle. Und bei uns? Nicht mehr und nicht weniger als echte Liebe.

Bevor wir uns verabschieden …

… möchte ich mich ganz herzlich bei Ihnen bedanken, dass Sie sich mit mir, Ida und Parker auf die Reise begeben haben. Ich hoffe, dass Sie beim Lesen genauso viel Spaß hatten wie ich beim Schreiben dieser Geschichte.

Wenn Ihnen das Buch gefallen hat, würde ich mich über eine Rezension sehr freuen. Natürlich lebt ein Autor nicht nur von Rückmeldungen und Bewertungen, aber es ist für uns dennoch eine Art Grundnahrungsmittel und kann hin und wieder ein Stückchen Schokolade ersetzen. So gesehen danke nicht nur ich Ihnen, sondern auch und vor allem meine Hüften ;-) …

Weitere Bücher der Autorin:

- Vorlaute Blumen und andere Eskalationen
- Verliebte Bücher und andere Schlamassel
- Tanzende Törtchen und andere Herausforderungen
- Beschwipste Früchtchen und andere Weihnachtskatastrophen
- Flamingo-Sommer
- Kolibri-Sommer
- Kakadu-Sommer
- Alles nur Ansichtssache ?!
- Alles nur Familiensache ?!
- Alles nur Vertrauenssache ?!
- Diese Sache mit Paris
- Von Muthasen, Fellnasen und dem ganz normalen Wahnsinn mit der Liebe
- 99 Tage mit Julie
- Verwünscht - Manchmal ist das Falsche richtig
- Drei Väter sind dann doch zu viel
- Maxi - Wer will schon einen Mann mit Porsche?
- Das Christkind wohnt in Hütte 7
- Das Glück wohnt in der Hütte 7
- Die Liebe wohnt in Hütte 7
- Believe - Mit dir kamen die Wunder (Sammelband)

Impressum

1. Auflage Februar 2021

Cover-/Umschlaggestaltung: Buchgewand Coverdesign | www.buch-gewand.de

unter Verwendung von Motiven von
stock.adobe.com:
© katyau,
© dariaustiugova,
© Svitlana,
© Taiga,
© Julija,
© elenamedvedeva
depositphotos.com:
© nataliahubbert,
© Lubianova

Korrektorat: Doris Eichhorn-Zeller | www.perfekte-texte-coburg.de

ISBN: 9798701072372
Imprint: Independently published

Franziska Erhard
Rosenstr. 21
76337 Waldbronn
franziska.erhard@gmx.de

Printed in Poland
by Amazon Fulfillment
Poland Sp. z o.o., Wrocław

74806032R00162